梁淮山 著

一路读行看世界

亲历三十多国不一样的精彩

苏州大学出版社
Soochow University Press

图书在版编目(CIP)数据

一路读行看世界：亲历三十多国不一样的精彩／梁淮山著.—苏州：苏州大学出版社,2018.6(2019.6重印)
ISBN 978-7-5672-2434-6

Ⅰ.①一…　Ⅱ.①梁…　Ⅲ.①中国文学－当代文学－作品综合集　Ⅳ.①I217.2

中国版本图书馆 CIP 数据核字（2018）第 108608 号

书　　名：	一路读行看世界：亲历三十多国不一样的精彩
著　　者：	梁淮山
责任编辑：	倪浩文
摄　　影：	倪浩文（版权©说明者除外）
出版发行：	苏州大学出版社（Soochow University Press）
社　　址：	苏州市十梓街1号　邮编：215006
印　　刷：	苏州市墨利印刷有限公司
网　　址：	www.sudapress.com
邮购热线：	0512-67480030
销售热线：	0512-67481020
开　　本：	700 mm × 1 000 mm　1/16
印　　张：	15.5
插　　页：	6
字　　数：	335 千
版　　次：	2018 年 6 月第 1 版
印　　次：	2019 年 6 月第 2 次印刷
书　　号：	ISBN 978-7-5672-2434-6
定　　价：	65.00 元

凡购本社图书发现印装错误，请与本社联系调换。服务热线：0512-67481020

印度德里

印尼日惹

英国温莎古堡

斯洛伐克布拉迪斯拉发

土耳其伊斯坦布尔

匈牙利布达佩斯

德国维尔茨堡

捷克布拉格

摩洛哥舍夫沙万

阿联酋阿布扎比

奥地利维也纳

德国慕尼黑

埃及开罗

埃塞俄比亚哈默人　　©梁淮山

埃塞俄比亚唇盘族　　©梁淮山

突尼斯迦太基遗址　　©梁淮山

挪威森林

坦桑尼亚角马大迁徙

以色列巴哈伊空中花园　©梁淮山

博茨瓦纳布须曼人　　©梁淮山

津巴布韦维多利亚瀑布　　©梁淮山

肯尼亚博格里亚湖

纳米比亚沃尔维斯湾　©梁淮山

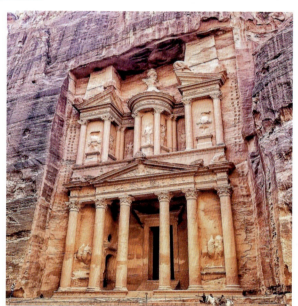

约旦佩特拉　©梁淮山

赞比亚赞比西河　©梁淮山

北京北海　　　　　　　　　　　　　　　　　成都武侯祠

苏州怡园

目 录

序一 ……………………………………… 邢蕊杰　001
序二 ……………………………………… 沈建东　003

彩色摩洛哥 ……………………………………… 001
阿联酋撷趣 ……………………………………… 004
随处可见动物的印度 …………………………… 008
初进日本 ………………………………………… 010
日本人的两条重要准则 ………………………… 012
令人尊敬的老人 ………………………………… 014
寻钟馆山寺 ……………………………………… 015
地狱之旅 ………………………………………… 017
韩国华侨爷爷定下的家规 ……………………… 018
麻浦大桥的温暖 ………………………………… 019
漫步清溪川 ……………………………………… 020
十九岁的讲述 …………………………………… 022
泰国的小学教育 ………………………………… 025
泰国司机的遗憾 ………………………………… 026
漫步夜色中的西贡河 …………………………… 027
越南的巨变 ……………………………………… 028
幸福的阿发 ……………………………………… 030
土耳其的穆罕默德 ……………………………… 032
古老埃及 ………………………………………… 034

俄罗斯双城记 …………………………………… 040
欧洲七国掠影 …………………………………… 043
跟英格兰老人聊天 ……………………………… 053
美籍印尼华侨的中国文化情结 ………………… 056
与犹太朋友同行 ………………………………… 059

诗城白帝城 ……………………………………… 061
走一回鬼门关 …………………………………… 063
游三峡、小三峡、小小三峡 …………………… 064
成都"三大炮" …………………………………… 065
中越边境山水画廊 ……………………………… 066
北海银滩 ………………………………………… 069
涠洲岛记 ………………………………………… 070
沱江泛舟 ………………………………………… 072
张家界顶有神仙 ………………………………… 073
游走在宋祖英的歌声里 ………………………… 074
走在厦大 ………………………………………… 075
昆明湖泛舟 ……………………………………… 077
静静的恩和 ……………………………………… 078
难忘的额尔古纳河 ……………………………… 079
槟榔谷 …………………………………………… 080

听雨天一阁 ……………………………………… 082
夜读西塘 ………………………………………… 082
夜宿乌镇 ………………………………………… 085
乌镇青梅 ………………………………………… 086
西栅枕水入梦 …………………………………… 087
秋游瘦西湖 ……………………………………… 088
烟花三月 ………………………………………… 090
九华山礼佛记 …………………………………… 092

仙居寻仙	092
访净慈寺	094
诸葛八卦村	095
南浔的早晨	097
新安江情人谷	099
雨中游柯岩	100
上海有个朱家角	102
大丰看麋鹿	104
溱潼古镇	106
雾中游茅山	109
徽州毛豆腐	110
走进绩溪龙川	111
雨中游唐模	113
访龚贤故居扫叶楼	115
海宁观潮去	116
泰山曲阜行	119
天堂寨之旅	125
抱愧河南	129
海南过冬去	136
陕西红色之旅	140
赤峰北京之旅	147
彩云之南	154
新疆好地方	160
西北避暑	168
越南柬埔寨七日	176
西行苦旅	191
江南名园巧借塔景	209
江南园林建筑中的男女平等思想	211

拙政园扇亭 ……………………………………… 213

留园又一村 ……………………………………… 215

桂花香动万山秋 ………………………………… 217

沧浪亭里兰花闹 ………………………………… 218

天香小筑 ………………………………………… 220

再访鹤园 ………………………………………… 222

石湖有个渔庄 …………………………………… 224

一个人的园林 …………………………………… 225

昆曲只合园中听 ………………………………… 227

静对秋水心自闲 ………………………………… 228

重访静思园 ……………………………………… 230

怡园读书记 ……………………………………… 232

神秘的南园 ……………………………………… 234

退思园留"人" ………………………………… 235

后　　记 ………………………………………… 237

序 一

这是一本让人好奇心渐起,越读越惬意的书。

书中记述的场景,都生发于旅行期间,但不是在大山大河中追思历史,感悟人文,也不是以个体漂泊式的体验挑战自然,领悟生命哲学。作者笔触之下,都是些日常的生活片段,散落在各处的细微景致。书中那些看似碎片化的场景,与作者就好像荒漠相遇知音,街头邂逅老友一般,默契十足,被讲述得栩栩如生,形象生动。某个未曾听闻的异域风情,从未相识的普通常人,不起眼的花草石木,随着作者的缓缓叙述,呈现出一种独特的心境,一种真实的生活态度,让你对旅行这件事不免会有新的思考。可能是一种期待,很想很想去他提到的那些地方。可能是一种惊叹,原来旅行不仅介于出发与抵达两点之间,还充满着如此丰富的优美细节。也可能是一种启迪,如此真挚而仔细地记录行走过程中所经历和体验的点点滴滴,对生活该是抱有多么美好的感恩之心,如此活一世应不虚此生。旅行的文化含量,从来不是靠去了多么悠久的遗迹或多么遥远的国度来衡量的。

这确实是一本言语真诚,又处处欢跳着生命力的书。字里行间,并不追求华丽铺陈,而是随意、细腻、感性的,以平时的语言呈现所感受的人物事件画面的自然状态。作者也曾说,因其不甚华丽,所以一直没有勇气拿出,也一直在拼尽全力不断修改。但是,我觉得,这样的文字之感,虽不致力于千涤万淘的纯美,却自有一种打动人心的力量。因为它呈现了真实本身,拒绝了虚假,对生活是一种接受而非排斥,而这恰恰是旅行生活的真谛所在。旅行的目的,是让人意识到自然的博大、世界的丰富、生命的渺小,从而愿意更加温柔而真诚地善待生命与生活。这样的文字,也有助于我们调整旅行中的心理习惯。普通的旅者,往往是哪儿都走到了,却走得空洞,人云亦云。

出发前，喜欢追随与预设，抵达后，喜欢了解知识传闻，在此过程中，却忽略了本来最值得珍惜的耳目直觉和具体细节。

  大多数人的旅行意义，在出发前百般期待，抵达后各种辛劳的矛盾中，抵消至虚无，以至于产生独行的背包客才是真正的旅行的说法。时下很多游记随笔也正是个人自助游的精神产物。不过，本书的作者却不是一位独行侠。他恰恰是旅行团队中的一员，而且还是非常重要的团队组织者和带领者——导游。这篇篇文字，正是他十余年来带团过程中长期坚持写作的成果。虽为导游却从行者的视角，以平缓从容的语气、真实细致的叙述，呈现行走过程中的点滴美好，可能会对浮躁的旅游步履有所矫正。只要你愿意静下心来细细品味旅行中的惊鸿一瞥，总会有意外的精彩在等待你。如此执着的坚持，如此认真的写作，也体现了作者想唤醒更多向往旅行的灵魂，希望人们带着发现的眼睛行走的良苦之心。

  对于作者而言，一路行，一路读，一路写。因为行走，更加热爱写作。最后我想用阿兰·德波顿《旅行的艺术》中的一句话再次推荐这本书：如果生活的要义在于追求幸福，那么，除却旅行，很少有别的行为能呈现这一追求过程中的热情和矛盾。不论是多么的不明晰，旅行仍能表达出紧张工作和辛苦谋生之外的另一种生活意义。

邢蕊杰
2018 年 2 月于绍兴
（作者为绍兴文理学院教授、文学博士）

序 二

认识淮山先生很偶然。几年前我去国际教育园做讲座,机缘巧合认识了他,几个人聊得甚欢,彼此留了微信,后来一直在微信上看到淮山一会儿在吴哥窟访古,一会儿在泰姬陵思考,一会儿在埃及研究神庙,一会儿又在俄罗斯了解东正教……或者分享他最近读过什么好书,心里很是羡慕他,在这个浮躁的社会里静心读书行走,践行了"读万卷书,行万里路"的古训,十分难得。

没有想到的是他做领队带团出去,安顿团员之余,克服舟车的劳累,深夜仍在灯下走笔,坚持每天把所见所闻及时记录下来,在国内走过了三十多个省、直辖市、自治区不算,国外还领队走过印度、埃及、土耳其、俄罗斯、摩洛哥、德国、奥地利、日本、新加坡、马来西亚、柬埔寨、越南、阿联酋等三十多个国家和地区。一路读行一路记录,积成十六七万活泼泼的文字,品读之余,更是佩服至极!荀子《劝学》说:"积土成山,风雨兴焉;积水成渊,蛟龙生焉;积善成德,而神明自得,圣心备焉。故不积跬步,无以至千里;不积小流,无以成江海。骐骥一跃,不能十步;驽马十驾,功在不舍。锲而舍之,朽木不折;锲而不舍,金石可镂。"随着时间的流逝,淮山先生的"跬步"与"小流"最终汇成了海,情趣盎然的文字之海。你可以细细品读,会心处会莞尔一笑,纽微处如和风春雨,不知不觉得到了知识,涵养了气质。我虽然没有徜徉在奥地利花园城堡,但读了淮山的书我知道了哈尔施塔特童话般的人文古迹。也没有去过阿联酋,但我知道了那里禁止乞讨,下雨街道水流成河,大家只有开心全不介意。阳光房没人要,有钱人养鸭子,垃圾车居然是奔驰,那是一种怎样的奢华?但那里的人喜欢做善事,斋月期间,超市收银台常常会有人帮付钱而不留名字,这对国人中的"土豪"会不会有所启迪?济贫救困原也是中华民族优良的传统,但今天我们丢失了许多,需要我们再回头拾起来!

《初进日本》篇，尤其是这段文字，给我印象深刻。"日本多火山和地震，全国平均每天都有四到五处地震。日本人习以为常，轻微的地震，人们安之若素。强烈的地震将要发生时，官方会发通告，接到地震预报后，大家会迅速聚集到指点的安全地点，领取食物和水，老人和小孩优先，大家主动照顾老幼，互相谦让。近千人聚在一起，秩序井然，解散时候偌大的场地不留下任何一片垃圾。国际媒体多次报道过，日本的比赛、演出结束，场馆都没有任何垃圾，令人肃然起敬。"我们这里凡大型活动、演出结束后都是一片狼藉。不乱扔垃圾，这难道不是国人最缺乏的文明素养吗？早在20世纪30年代鲁迅先生就说过，我们要学会"拿来主义"，运用眼光自己拿来，学习别国所长，增长自己的文明。"一个不断学习的民族才会进步。"类似诸如《韩国华侨爷爷定下的家规》《泰国的小学教育》《美籍印尼华侨的中国文化情结》等，读淮山的文字不仅是"疏影横斜水清浅"的美景描摹，在淮山的文字里还有忧国忧民的情怀在流淌，读罢还是一次人文素养学习和涵养的过程，《一路读行看世界》的价值亦在于此。

对于祖国的大好河山和风土人情，淮山也不吝笔墨，文字平实而富有情趣，无论江南园林美、听雨天一阁、夜游西塘，还是踏浪北海银滩，难忘的额尔古纳河、青川甘三省交界的碌曲县清爽的郎木寺、唐克乡九曲黄河第一弯，都让人如临其境，如闻其声，如见其人。《西行苦旅》篇看罢；感到如嚼青橄榄，很有滋味。老人说，人世间没有吃不了的苦，只有享不了的福。吃苦乃有快乐和收获，苦竟然会化成甜水，浇灌心田，滋养人生，这自然是一种境界的提升，当时未必能想到，好在有淮山勤奋的记录在此。

淮山在微信里不断和我交流他写书修改的体会，我知道其中的艰辛过程，斟酌文字间，伤神费思量。他不断修改，改了六稿还在改，可见他的认真了。看似寻常最奇崛，成如容易却艰辛。付出自然会有回报，有时候需要花点耐心等候花开。

淮山邀我为他的新书写序，诚惶诚恐间，写下了我阅读他电子版《一路读行看世界》的体会。愿淮山一路读行下去，收获会更丰厚。是为序。

沈建东

农历丁酉年末于苏州

（作者为苏州博物馆研究员、著名民俗专家）

彩色摩洛哥

摩洛哥与摩纳哥跟巴基斯坦与巴勒斯坦一样容易被人搞混。摩洛哥在北非，44.6万平方千米，而摩纳哥在欧洲，仅1.98万平方千米。我先知道摩纳哥这个弹丸之国，因为它是世界闻名的赌城。很多年后才知道摩洛哥。当我准备走进摩洛哥去了解这个国家时，发现这个国家太漂亮了，一下子爱上了它。没有一个国家像摩洛哥这样色彩丰富，四大皇城各有自己的色彩：白色之城拉巴特、蓝色之城非斯、黑色之城梅克内斯、红色之城马拉喀什。最喜欢蓝白小镇舍夫沙万，它简直是一个童话世界。后来又知道马拉喀什跟苏州居然是友好城市，还有摩洛哥环球旅行家伊本·白图泰曾在中国许多地方留下足迹。

入境在卡萨布兰卡，正是电影《卡萨布兰卡》故事的发生地。卡萨布兰卡是西班牙语，意为"白色的房子"，摩洛哥人称这座城市为"达尔贝达"，是阿拉伯语，也是"白色的房子"的意思。我们专门参观了瑞克咖啡酒馆，其实电影里所有场景都是在美国拍摄的。现在看到的瑞克咖啡酒馆是2004年根据电影复制的，里面播放着"As time goes by"的经典旋律，坐在咖啡馆，好像身在电影中。

在摩洛哥首都拉巴特，中午吃到了当地特色美食塔吉锅，椰枣咖喱牛肉，上面撒了芝麻，咖喱味适中，牛肉炖得很烂，团友们个个点赞。斋月期间，当地穆斯林在第一次祈祷时间凌晨3:00之后至日落19:45之前不能进食也不能饮水。司机、当地导游、餐厅服务员都是穆斯林，我们大快朵颐时，他们尽量避开。这几天，用餐真是一件别扭的事情。

行走千年古都非斯，错综复杂的巷道像迷宫一样，据说有九千多条小巷。毛驴至今是主要的交通工具，在巷子里随时会遇见，巷子太窄，行人需要小心避让。非斯一直是摩洛哥最著名的手工之都，各行业的作坊应有尽有，如皮革、陶器、铜器、地毯、石雕、木雕、制衣。古城里还有许多清真寺，其中卡拉维因清真寺建于公元862年，也是古兰经学院，教授神学、数学、厉

摩洛哥拉巴特

法、医学、哲学、天文，学生来自世界各国。据考证，这是世界上最早的大学。

从千年古都非斯前往童话般的蓝白小镇舍夫沙万，途经一处绿洲，风景旖旎，导游提议同行的五个男人合影一张，摩洛哥籍阿拉伯人司机穆罕默德、兼有摩洛哥法国双重国籍的导游阿让、两位中国籍上海刁友、中国籍苏州领队，在这个彩色的国度我们一路同行。

摩洛哥最著名的美食是库司库司（couscous），它是用一种阿拉伯粗麦做成的，阿拉伯粗麦很像中国的小米。做法是这样的：将粗麦放在上层，下层放蔬菜、鸡肉、羊肉或牛肉以及香料，下层的香味便会渗入上层，最后将汤汁倒进粗麦后加黄油或橄榄油，将下层的各种菜盖在上面。这让我想到中国的盖浇饭。这是非常美味健康的食物，可惜团友们都吃不惯，一是因为盐少太淡，二是因为大家习惯了油盐酱醋的爆炒和红烧，吃不下清蒸的食物。既然来到了摩洛哥，还是应该尝试一下当地的美食。摩洛哥的菜肴油少，几乎无盐，基本都是蒸煮，餐前有沙拉，餐后有水果，整体饮食清淡，有益健康。

另外说一下摩洛哥本土的西瓜。这里的西瓜非常大，很像长长的冬瓜，一个有三四十斤，没法手提，都是放在肩膀上扛回家的。一路上看到摩洛哥人扛西瓜也是一道特别的风景。因为光照时间长，这里的西瓜汁水充足，超级甜。大家猜想，这么大的西瓜，买回家一次根本吃不完，估计要请邻居帮忙吃。

走在蓝白小镇——舍夫沙万，最具风情的是各式各样的门。关于这个小镇为什么是蓝色，有人说蓝色驱蚊，有人说蓝色象征天空，有人说蓝色象征地中海。我个人更相信与犹太人有关的说法。15世纪在西班牙受到迫害的犹太人躲到了舍夫沙万，20世纪纳粹迫害犹太人，又有一大批犹太人来这里避难。犹太教里蓝色代表上帝的庇护，所以犹太人在宗教信仰的指引下全部把房子涂成蓝色。1948年犹太人离开舍夫沙万去了以色列。犹太人离开了，蓝色却流传了下来，每年春天都会重新粉刷一次。

梅克内斯与拉巴特、非斯、马拉喀什并称"四大皇城"。它被称为"黑色之城"。其实这座城市并不是黑色的。这里的"黑"指的是肤色。16世纪，伊斯梅尔国王为了抵御基督教势力和奥斯曼帝国的入侵，从南部招募了大批的黑人入伍，勇猛善战的"黑旗军"为这座城市立下汗马功劳。伊斯梅尔王朝修建了规模宏大的宫殿和花园，可惜现已不存。我参观了现存的皇家马厩和地下粮仓。据说地下仓库的粮草够上万匹战马长期食用，皇家马厩曾同时饲养五百多匹纯种阿拉伯马。粮仓和马厩的规模如此巨大，令人惊叹，也可见当时伊斯梅尔王朝何等的强盛！

丹吉尔是著名旅行家伊本·白图泰的家乡，它与西班牙隔海相望。走到斯帕特尔海角，面前就是直布罗陀海峡，左边是大西洋，右边是地中海，距离对面的西班牙仅15千米。这里既是大西洋与地中海的分界，也是欧洲与非洲的分界。

马拉喀什有最美的私家花园——伊芙·圣罗兰花园。它最早的名字叫马约尔花园，曾是法国艺术家马约尔亲手建造的私人别墅，后来国际时装大师伊芙·圣罗兰将它买下并定居在此。国际名牌圣罗兰在大多数国际免税店都能看到，没想到今天会走进他的花园。他和伴侣皮埃尔·贝格隐居在这里，最后他也长眠在自己精心打造的这座花园里。园里的建筑是耀眼的蓝色，天空的色彩。最引人注目的各种仙人掌，有一百多种。发现北非的园林和苏州园林有许多相似之处，比如入口都简约不显眼，园中的小路曲折有致，将园里空间巧妙地分为多块，体现隔景艺术，茂林修竹之间都巧置凉亭，还有理水艺术。水是园林的灵魂，园中的水渠和水池在干旱的非洲既是迷人的风景，又给游园者送来凉意。

回程在德国法兰克福机场中转，吃到团友从中国带来的方便饭，无需电源，不用开水，自动加热三分钟，香气扑鼻的鱼香肉丝饭就可以吃了。真是方便，走在任何一个国家或地区，随时随地吃到热气腾腾的中国餐，也是幸福。第一次见到，长见识了。

摩洛哥归来，反复翻看一路的照片，太喜欢这个彩色的国度了。

2017年6月24日

阿联酋撷趣

阿联酋是阿拉伯联合酋长国的简称，有七个酋长国，七个漂在石油上的袖珍小国被合称为"油海七珍"，其中有"土豪"之称的迪拜和首都阿布扎比最为人们熟知。最近有幸走进阿联酋，撷取一些有趣的见闻跟大家分享。

禁止乞讨行为

在阿联酋完全见不到乞丐，法律明文规定"禁止乞讨"，如被发现将受到法律严惩。阿联酋是高福利国家，穷人可以领取政府补助金，公民不需要乞讨，乞讨这样不劳而获的行为，不仅影响市容，也被国人鄙视。有人说要去迪拜乞讨，那是不了解阿联酋的法律。

一下大雨街道成河

刚到阿联酋恰好赶上大雨，六年来最大的一场雨，到处积水很深，颇有身在威尼斯的感觉。当地朋友说，阿联酋所有的城市都没有排水设施，实在难得下雨，所以不需要。下雨对于当地人来说，是很开心也很期待的事，虽然下大雨街道成河，大家丝毫不介意。

超市收银台会有人帮付钱

阿联酋富豪多，很多富豪热衷慈善，特别是斋月，他们会利用各种机会做善事。有些富豪特别喜欢去超市收银台帮人付钱。我的迪拜朋友就遇到这样的怪事，收银台结账时，刚要掏钱包，收银员摆摆手说，这个柜台结账的都不用付钱，有人帮忙付。朋友想要表示感谢，却看不到人。收银员说，这个人放下信用卡就走了，过会儿回来拿卡。还说，每到斋月，就有人过来帮忙付钱。迪拜刷信用卡不需密码，帮忙付钱留下卡就行了。世界上还有这样的好事，不过当地人不需要，对外国人来说还是很开心的事。

阳光房没人要

阿联酋干旱酷热，阳光紫外线极强，这里最不缺的就是阳光。热的时候，人们出门都要把自己裹得严严的，生怕被晒到。凡是楼层高阳光好的房子，大都无人问津，跟中国恰好相反。听说，有位中国开发商在迪拜郊区，找一块地建了一片房子，因为四面无遮挡，阳光直射，一套也卖不出去。不知己知彼，怎能不闹笑话？这里的人们最怕的就是阳光。

有钱人养鸭子

阿联酋人养虎、狮、豹、狼作为宠物的事多次被国际媒体报道,其实也有富豪喜欢养鸭子。阿联酋位于波斯湾,石油资源丰富,严重缺乏天然淡水。由于鸭子只能生活在淡水里,所以阿联酋以前没有鸭子,很多人也没见过鸭子。养鸭子不仅需要专门的水池,更要每天提供大量淡水,只有烧得起钱才能养得起鸭子。这次在阿布扎比见到鸭子,真是幸运。

隼带着护照上飞机

隼是阿联酋的国鸟,阿联酋国徽的主体就是一只隼。隼能在沙漠中生活,拥有一双极其敏锐的眼睛,捕猎勇猛,还能帮忙在沙漠中寻找水源,深受阿拉伯人喜爱。这里养隼已有上千年的传统。阿联酋的隼,地位崇高,土豪们养的隼不仅有自己的身份证,还有自己的护照,跟着主人乘飞机,每一只都有自己的座位。所以在阿联酋航空的飞机上,看到你的旁边有一只或是几只隼,不要大惊小怪,人家全是买了机票的。

垃圾车是奔驰

阿联酋清理垃圾和清扫马路的车是奔驰车,这也太烧钱了。人家说奔驰车质量好耐用,优点特别多,比如奔驰车吸附力超强,清扫路面非常干净,所以路上一点灰尘没有。最先进的是,这些用于搞卫生的车辆都可以电脑监控。

沙迦室外不能晾晒衣服

迪拜的朋友说,相比迪拜的开放,沙迦要保守很多,有很多的规定,比如禁止室外晾晒任何衣服,只能在室内晾衣。还有看女性不能超过三秒,一旦被举报后果很严重。我很纳闷,裹得那么严,只露出眼睛,谁会看三秒?还有些极端保守的女性,浑身衣服和头巾都是黑色,陌生人在场时连两只眼睛都遮起来,整个一团黑,什么都看不到。

阿联酋迪拜

别提五星级酒店

一般地区最好的酒店是五星级，但在阿联酋这个国家，特别在迪拜，五星级酒店简直上不了台面，人家有六七八星的，比如六星级的亚特兰蒂斯酒店、七星级的帆船酒店、八星级的阿布扎比皇宫酒店。真不知道哪天会出现九星级、十星级。

奖学金高得吓人

阿联酋的奖学金有可能是全世界最高的。拿近年非常热门的纽约大学阿布扎比分校来说，该校的奖学金逐年上涨，现在达将近两百万人民币，其竞争激烈程度远远超过哈佛大学，申请成功率仅为1%左右。一旦考上这所学校，四年的学费、生活费、交通费全部由学校承担。谁叫人家国家有钱呢！学霸们加油哇，别考哈佛、耶鲁、剑桥、牛津了，有实力直接冲刺阿联酋的大学吧！

我在阿联酋停留的时间并不长，看到的也不过是浮光掠影。要了解这个国家还得大家自己亲眼去看看。希望下次再到阿联酋能多住一些日子，更深度地了解这个国家。

2017 年 3 月 30 日

随处可见动物的印度

在印度，动物随处可见，大街上就能看到牛、羊、马、猪、骆驼、狗、猴子等。若是在印度说要去动物园，会被印度人笑死，因为出门就有各种动物。

数量最多的动物是牛，据统计有五亿多只。它们在印度生活得悠闲自在，路上、地里、岸上、水里几乎所有地方都能见到它们的身影，它们成群结队地横穿马路，有的直接睡在马路中央。我们还遇到两头公牛在大巴车前争斗起来，完全不把人类和汽车放在眼里。约80%的印度人信奉印度教，印度教崇拜牛，不杀牛，不吃牛肉，因此牛的数量一直有增无减。印度国内的大部分餐厅也没有牛肉。

2016 年 10 月 20 日

印度恒河

初 进 日 本

　　走进日本的第一站是福冈，并没有想象中的繁华，没有多少高楼大厦，但特别干净，高架林立，交通便利。

　　车窗外随便哪个方向看去都有绿色，远处的群山不说，即便在市区，各处空隙也都种树，到处充满绿意。据统计日本的森林覆盖率高达64%，远远高于其他国家，因为重视绿化，日本的空气特别好。日本资源紧缺，所以特别注重资源保护。比如木料，主要依赖进口，绝不轻易砍树，即便山里树木倒了，也不会有人拉回家。他们的公共意识很强，山上的各种果子烂了也没人去摘。环境保护意识，早已深入人心。

　　在去篠栗南藏院的路上，看到碧绿的秧田和清澈的溪流。日本稻田不多，但种出来的米煮饭很香，当然日本的电饭锅也很好，煮出来的饭粒，饱满发亮，他们煮饭时还使用活性炭。日本种水稻不使用农药，确保营养健康，对市场上的大米检测多达509项，可见日本人的严格认真。日本是世界上最重视信誉的国家之一。据统计，超过千年历史的企业有十多家，百年老字号多达二十多万家。

　　关于信誉，在日本工作的朋友讲述了这样一个故事。他到日本留学打的第一份工，是在一家鱼店里包装鱼肉，每份180克。日本人不吃整鱼，直接将块状的鱼肉买回家，省了杀鱼，也没刺。老板每天会抽查，如果一盒鱼肉多三克五克不要紧，但如果少一克，就要扣除当日工资，因为这会严重影响信誉。一克都不能少，我们看到了日本人眼里生命一样重要的信誉。

　　午餐时，看到两位仍在工作的高龄老人，指挥停车的老头82岁，在餐厅门口登记并引导客人乘电梯的老头85岁。两人精神状态都非常好，若不是亲眼所见真不敢相信。日本人热爱工作闻名全球，年轻人拼命加班，老年人不愿退休，工作让他们充实幸福。日本人的平均寿命连续二十多年位居世界第一，男性平均寿命80.75岁，女性平均寿命86.99岁。日本朋友告诉我，长寿的秘诀很多，多吃鱼和饮食清淡有节制是最主要的。还有朋友说，日本的

日本京都

医院几乎没有心脑血管科，我国的心脑血管疾病发病率为30%，而日本仅为0.03%。日本人吃鱼多，特别是深海鱼，深海污染少，鱼生长周期长，不仅营养价值高，更有明目、补铁、通血管等多种功用。

  日本多火山和地震，全国平均每天都有四到五处地震。日本人习以为常，轻微的地震，人们安之若素。强烈的地震将要发生时，官方会发通告，接到地震预报后，大家会迅速聚集到指定的安全地点，领取食物和水，老人和小孩优先，大家主动照顾老幼，互相谦让。近千人聚在一起，秩序井然，解散时偌大的场地不留下任何一片垃圾。国际媒体多次报道过，日本的比赛、演出结束，场馆都没有任何垃圾。令人肃然起敬。

  街上看到的一幕特别让我惊讶，一个放学的小学生，七八岁的样子，穿着学校的制服，背着书包，书包上挂着水壶和便当袋，手里提着两个很沉的袋子，提得非常吃力，绿灯亮了，穿过马路，他赶紧放下来，歇歇手。歇一下，赶紧一手一个袋子大步朝前走。身上这么多东西，家里也没有人来接。日本朋友说，学生放学会顺便帮父母买东西，分担父母的家务活。下雨天也不会有家人专门来送伞，孩子要学会自己面对困难和解决问题。

  日本虽然是个小国，但很多方面确实值得我们学习。

2015 年 6 月 13 日

日本人的两条重要准则

  最近平均每月去日本两次，每一次都发现一些值得我们学习的地方。跟多位在日本生活的朋友不断地聊天以及一次次的观察，发现日本人有两条极为重要的准则，一是对自己负责任，二是不给别人添麻烦。

  日本是个高度诚信的国家，诚信几乎是生命，为维护个人诚信，每个人都会小心翼翼。对自己的诚信、自己的工作、自己的健康日本人都极端负责。日本人的敬业和勤奋是世界公认的，他们对企业的那种忠诚是多数国家做不到的，主动加班，超额完成任务，无论发生任何事情，都决不影响工作。

  在日本工作的朋友小姜曾经跟我讲过一个故事，至今印象深刻。他初到日本时，为了多赚钱，下班以后还熬夜打零工，结果身体累垮了。生了病，向公司请假，领导说："你好好休息吧！"第二次请假，领导脸色不好。第三次请假的时候，领导明显很生气，跟他说："再生病，你就不要来了。一个人连自己的身体都照顾不好，对自己的健康都不负责，怎么对工作负责？怎么对企业负责？"他很惭愧，觉得挺有道理，此后特别小心，注意休息，加强运动。后来，他才知道，日本人绝少请假。对自己健康负责，从他们的生活和教育可以看出来，日本人特别注意节制饮食和生活规律，而且从小就特别强调体育。

为对健康负责，日本人特别注意食品的赏味期限（相当于中文里的保质期，也即保鲜期），绝不食用过期食品，甚至快要过期的也不会食用。虽然日本是极度节约和重视环保的国家，但跟自己的健康比起来，一切都微不足道。小姜说，他母亲初到日本，很看不惯他和妻子把即将过期的东西扔掉，觉得他们不会过日子，随意浪费。每次清理冰箱前，他母亲就把要过期的东西提前收起来，省得扔掉。他多次做母亲工作，母亲还是舍不得，换成日本老人早就毫不犹豫地扔掉了，老人更要对自己的健康负责。日本的超市如果出售了过期的食品将受到严厉的处罚，甚至直接停业。对于不易保存的食品，超市都很小心，一到下午4点，这些食品就降价，争取尽快卖掉，一旦过了保质期就要一律扔掉。

日本人一生中说得最多的一句话就是"すみません"，就是"很抱歉，给您添麻烦了"的意思。不给别人添麻烦是日本文化的最重要的准则。小学教材《社会生活教育》的第一章第一节，就教育小朋友不要给别人添麻烦，还告诉他们"让别人不快、让别人担心、让别人操心"都属于"给别人添麻烦"。每次在日本旅行也随时能听到这句话，比如走路碰了一下，超市、车站借过一下，排队的时候，都会听到"すみません"。日本人特别重视自立，自己的事情都尽可能自己做，不麻烦别人，也尽量不影响别人，不打扰别人。

最让我佩服的是，对于垃圾的态度，绝不给任何人添麻烦，日本人出门随身带垃圾袋，公共场所还主动捡垃圾，每个人主动爱护自己生活的城市。家里的垃圾，他们严格按照标准分类好，把脏的瓶瓶罐罐洗干净，每个塑料瓶要按瓶盖、塑料纸、瓶身分三类，然后按规定的时间将指定种类的垃圾放到指定的地点。日本街上很难找到垃圾箱，环卫工人也极少。

日本人非常重视保险，也是不给别人添麻烦的表现。他们普遍认为不能因为个人原因给家人带来麻烦。另外，日本老人为了不给家人和社会添麻烦，退休后都把养老金存起来（日本的养老金是一次付清的），去找工作养活自己，等到自己完全不能工作了，把养老金取出来交给养老院。在日本的收费站、停车场、超市、餐厅，六七十岁还在工作的随处可见，甚至八十多岁还在工作，他们都不愿给社会添麻烦。

去日本次数越多，越感到这两条准则在日本人心目中的重要。这两条原则集中体现了日本人的高度自律和社会公德，非常值得学习，希望身边所有中国人也能把这两条作为自己的原则。

2015 年 9 月 9 日

令人尊敬的老人

居酒屋里，一对年迈的夫妻用餐结束。正要从包厢里走下来，店里的老板赶紧拿着鞋拔跑过去，准备搀扶行动不便的老头，顺便帮他拔鞋子。穿着西装的老头轻轻地挥手拒绝了，下台阶时一个趔趄，差点摔倒。站稳后老人慢慢地坐下来穿鞋子，拔好鞋子，结好账，一对老人躬身道谢后离开，步履缓慢，有些许摇摆。

清晨在乡间小街散步，看到一位矮胖的老人在遛狗。狗在路上拉下了大便，老人颤巍巍地掏出准备好的袋子，很费力地低头包狗粪。他低头很久才把狗粪全部弄进袋子。清理好了狗粪，他一手牵着狗，一手提着一包狗粪，继续前行。

用早餐的时候，发现餐厅里的三位服务人员都是年老的女性。她们都化了淡妆，笑着向每位顾客问好、道谢，其中发餐盘的那位年纪最大，佝偻着腰，走路不是很稳，她每一个动作都很认真，给人敬业的感觉。一会儿她开始收餐具，一趟一趟很慢，在她的脸上却读不到工作的辛苦。

日本是个老龄化国家，每一天都会遇到很多工作的老人，这些老人带给我很多感动，令人敬重。他们尽量自食其力，自尊自重，他们退休以后仍在工作，寻找自己的价值，让自己的老年生活充实。他们竭尽所能地做好自己的本分，为社会做些事情。无论什么时候出门，他们都穿着干净体面，女性再老都要化妆，这既是对自己的尊重，也是对别人的尊重，与年龄无关。

观察发现，这些老人普遍乐观，而且宽容，绝不会因为自己年老，就觉得应该被照顾。他们再老也不愿给别人添麻烦，绝不轻易接受帮助。比如乘坐公共交通，绝大多数老人都不要年轻人让座，一是他们感觉自己还没有老到需要被照顾，二是他们认为年轻人上班压力大也很辛苦。老人们就这样心平气和地生活，老得很体面，老得很从容，甚至优雅。直到有一天，完全不能自理了，他们就会住进养老院，这笔钱他们早已准备好了。

谁都会衰老，每个人都在一天天老去，年老时，我们是否也可以这般从容而优雅，令人尊敬？

2015 年 12 月 6 日

寻钟馆山寺

这次从富士山下来，入住的温泉旅馆在浜名湖边。晚上翻地图，惊喜地发现馆山寺居然就在附近，旅馆所在的地址正是静冈县滨松市西区馆山寺町。

馆山寺，对于去过苏州寒山寺的朋友来说，都很熟悉。说到寒山寺，中国无人不知，小时候都背过《枫桥夜泊》。清代学者叶燮在《松鹤堂记》中写道："天下佛刹之流传，或有或无，天下人安能尽知而道之？惟寒山则人无不知而能道之者，则以唐人张继'月落乌啼'一诗，人人重而习之。寺有兴废，诗无兴废，故因诗以知寒山。"何况我就来自苏州，走进寒山寺近百次。偶遇馆山寺好像异国他乡突然走到了老朋友的家门口。忍不住把这件事分享给几位国内外的朋友，他们都很惊讶，叫我千万找找馆山寺的那口钟。多数人知道馆山寺与苏州寒山寺有关，因为两座寺庙有口一模一样的大钟。这次正好寻访此钟。

如此熟悉却又陌生的日本名刹，如今近在咫尺，感觉太突然。盼着早点天亮，看了几遍手表，时间尚早。睡不着，五点前后便起，早点去寻访馆山寺。推门出来，外面竟还是漆黑一片，气温很低。出门先往湖边走，湖边冷风刺骨，一路未见行人，只遇见一位老人冒寒跑步。发现当地路牌上写的是"浜名湖"，之前看到书上有写"滨名湖"的，日文里"滨"和"浜"同音。

湖边到处是小路，馆山寺其实很近，但不知从哪条路过去，幸好有手机导航，找到大路，看到馆山寺温泉，知道馆山寺近了，果然步行三分钟看见一座小山，右手边上去的台阶边石牌上写着"曹洞宗馆山寺参道"，拾阶而上便是馆山寺。这时天色已亮，馆山寺正对浜名湖，视野开阔，风景绝佳。

到了馆山寺每座殿堂大致看看，便开始寻钟，没料到很容易就发现了，它就供奉在寺庙最中间的一栋建筑门口。钟前的说明有"明治の鐘"四个大字，并有一行小字"中国蘇州·寒山寺との友好提携記念の鐘"，特别备注钟上铭文为首相伊藤博文所撰，我要找寻的正是此钟，确凿无疑。果然跟寒山寺的那口完全一样，见到此钟颇亲切！曾无数次站在相同的钟前，向国内外友人讲述中国寒山寺与日本馆山寺的特殊渊源。

日本高僧空海，也叫弘法大师，804 年以学问僧的身份随遣唐使来到中国，途经苏州寒山寺，学成后从长安返回日本，810 年创建馆山寺，在日文里，"馆山寺"的发音かんざんじ与"寒山寺"相同。明治年间，日本僧人山田润挂单苏州寒山寺，得知寒山寺钟被日本人劫去，立誓找到古钟归还寒山寺，并更名山田寒山。回国后遍访日本列岛无果，决心重铸古钟，于是各地化缘，铸成两口铜钟，一口送给苏州寒山寺，一口留在日本馆山寺。因为空海与寒山寺的特殊关系，寒山寺方丈性空法师特铸空海铜像，与鉴真大师一并立于弘法堂。馆山寺与寒山寺因此亲如兄弟。

从馆山寺的文字介绍知道，当时空海从高野山开始云游，寻访到此，发现这里山清水秀，非常适合修行，所以在此建寺。可惜馆山寺跟寒山寺命运相似，一再遭受火灾，数次重建。现在看到的建筑是明治二十三年（1890）所建，钟是明治三十八年（1905）所赠。因为由来已久的红叶信仰，馆山在当地也称红叶山，是红叶祭的著名景点，而秋天是最美的季节。这一带风景殊胜，来拜访馆山寺，又欣赏浜名湖风光，真是一举两得。

日本人钟爱苏州寒山寺，与唐代诗歌密切相关。张继的《枫桥夜泊》在唐朝就由遣唐使传到了日本，后来编入日本教科书，在日本的影响甚至超过李白、杜甫的诗歌。清代学者俞樾也在《重修寒山寺记》中说："凡日本文墨之士，见则往往言及寒山寺，且言其国三尺之童，无不能诵是诗者。"另外，诗僧寒山子的诗歌在日本也广为流传，因此寒山寺和寒山子在日本妇孺皆知。馆山寺跟寒山寺渊源深厚，所以两座寺庙齐名，今日得访，亦是见证。

拜访馆山寺，得见大钟，真是幸事。站在馆山寺前，好像听到的是寒山寺悠远的钟声。我从苏州来，在这静谧的清晨，湖畔古刹听到了历史的回响。

2017 年 2 月 10 日

地 狱 之 旅

提到地狱，人们第一印象是阴森恐怖，让人逃离。然后这次日本之行，我却走到了一个遍布地狱的地方——大分，这里的地狱指的是温泉，既可以欣赏风景，又可以放松身心。比起地狱相反可以说是实实在在的人间天堂，令人沉醉忘忧。

日本是多火山国家，火山喷发后的地带，漫山烟雾，岩石成为黏土，数平方千米寸草不生。这些不毛之地很像佛教中的地狱，地狱中一个个热水池子便是温泉了。据说日本人最初是不敢去地狱的，看到动物受伤以后，都去地狱里泡，泡了以后伤口很快愈合，知道了温泉有医疗养生的功效，于是泡温泉成风。后来明治天皇觉得将泡温泉称为"下地狱"很不吉利，很多地狱因此而改名，但有一些地区沿用至今，特别是九州地区。

这次所到的大分，属于九州地区，是驰名的温泉胜地，温泉数量居全日本第一，这一带分布着三千多个泉眼。当地百姓都把温泉水打回家，有专门的木制温泉房，每天在家就可以泡温泉。大分最有名的是八大地狱：海地狱、鬼石坊主地狱、山地狱、灶地狱、鬼山地狱、白池地狱、血池地狱、龙卷地狱。因为时间关系，我们主要游览了海地狱，八大地狱中最大的一处。

去海地狱的一路，漫山遍野的绿，让人心情舒畅，跟地狱实在扯不上关系。渐渐看见一股股升腾的白烟，知道离地狱近了。白烟忽然密了起来，海地狱终于到了。下了车，趁人少赶紧把地狱的名字拍下来留作纪念。进门有小湖和水池，莲花朵朵，前方白烟滚滚，大家直奔浓烟而去，池面不是很大，热气腾腾，密密的白雾笼在水上，白雾下是蓝色的温泉，果然颜色像海水，但水温高达 98 度，只能观赏没法下去泡。这里的温泉水煮鸡蛋很出名，丢下去五六分钟就熟了，煮好的鸡蛋日语里叫"玉子"，300 日元 5 个，折合人民币三块多钱一个，很多游客买了品尝。

为了弥补不能泡温泉的遗憾，景区里有足汤。"汤"在古汉语里是热水的意思，日本的地名里"汤"字很多，也可见中国文化影响之深。所谓"足汤"就是泡脚的温泉，一路寻过去，看到池中已挤满人，有站有坐，还有提着鞋子的，赶紧脱鞋下去，一点不烫，水温恰好。水是流动的，虽然几十个人在泡，水却不脏，泉眼里的水不停涌出来，漫出的水顺着边上的沟渠流下去。在天然的温泉里泡脚舒服极了，泡了大约半小时，完全解乏，两脚轻松，穿上鞋子继续上路，去看看这里最有名的莲花——大鬼莲，连当地的莲花都跟地狱有关系。

　　下午去了金鳞湖和汤布院，看到河水湖水都很清澈，鱼儿又多又肥，可惜日本人不吃河鱼。走到哪里风景都很好，空气也很好。在村庄里闲步看到很多人家的温泉房。觉得这里的百姓真幸福，靠海临山，处处温泉，不仅是天然氧吧还是疗养胜地。可惜这里火山太多，不宜定居，看来旅游便是最好的选择了。

　　这次地狱之旅虽只有一天，但已经感受到了这里天堂般的魅力。

2015 年 9 月 8 日

韩国华侨爷爷定下的家规

　　这些年出国成风，移民机构如雨后春笋，追捧外国国籍成为一股热潮。出国的人越来越多，有些人到了国外不惜一切代价谋取所在国国籍，想方设法给全家人办移民，甚至出现了这样的怪现象：人生活在中国国内，用的却是外国护照。还以此为荣，殊不知很多老华侨在国外生活了几十年都没加入外国国籍。这次在韩国旅行，一位老华侨定下的家规就让人特别感动。

　　这位老华侨是韩国导游阿英的爷爷。阿英祖籍山东，几乎没在中国生活过，但她的中文讲得特别流利，字字句句都在调上。在国外遇到过很多普通话跑调的华裔，我很好奇阿英怎么讲得这么好。她说在家里，人人都讲中文，这是爷爷定下来的规矩，进了门就不许讲韩语，谁若是进门还讲韩语，爷爷会迎头就打。爷爷要所有人记住，在家里只能讲中文，绝不许任何人在家里讲一句韩语。所以她们自小养成了习惯，出门讲韩语，进门讲中文。阿英说小时候挨过爷爷打，为此不太喜欢这个过于严厉的爷爷。同时又因为爷爷的严厉，孩孙们都很争气，读书、工作都很出色，个个讲一口流利的中文。因为双语，他们在韩国更有优势，长大后都发自内心地感激爷爷。

我遇到很多长期生活在国外的中国家庭，孩子都讲不好中文。一位生活在曼谷的华人朋友阿福，他一个儿子大学毕业，一个儿子在读高中，两个儿子都不会讲中文，也从来没回过中国，他自己会讲，但也不能阅读。我跟他开玩笑说，等他不在了，后代都不知道自己是中国人了。还有在日本生活的朋友小顾，孩子不肯讲中文，他每年暑假都要专门把孩子送回中国。

爷爷还有一条规定，就是不许加入韩国国籍。阿英四十多岁，一直生活在韩国，持有的仍是中国护照。阿英的爷爷民国时期做生意过来，在这里定居下来，虽然身在国外，他从未忘记自己是中国人，娶的妻子也是中国人。他要求子女们都必须回到中国生孩子，阿英就出生在中国，生下来两个月后，母亲才带着她回韩国。阿英的儿子也出生在中国，今年15岁，就读于首尔的一所华语学校。那天去景福宫，正好路过这所学校，阿英开心地说，儿子就在里面上学，这也是她的母校，脸上充满了喜悦和骄傲。虽然长期生活在韩国，阿英说到中国还是"我们中国"，韩国是"他们韩国"，让大家备感亲切，这才是自己的同胞。这些华侨虽然身在国外，仍保持着一颗中国心。

在移民成风的今天，在这个追捧各国绿卡的时代，国外还有一个家族，几十年来恪守着两条家规：第一，讲好中国话；第二，保持中国籍。

2015 年 10 月 27 日

麻浦大桥的温暖

首尔是韩国的首都，也是韩国生活节奏最快的城市，自杀率一直居高不下，是美国纽约的五倍。横在汉江上的麻浦大桥（1984 年以前叫汉城大桥），是观赏首尔夜景的绝佳地点，同时又是骇人听闻的自杀圣地，曾有188人在这里结束了自己的生命，因而被誉为"死亡之桥"。

每一年选择麻浦大桥作为自杀地的人数在剧增，加高栏杆、增加巡逻仍无济于事，只能试着改变自杀者的念头。政府尝试了各种办法，有两点得到了广泛的认可。一是在 1.8 千米的大桥护栏上加装了 2200 个感应器，当行人过桥时，灯就会点亮，照亮前进的道路，给人光明和希望；二是在桥上写下了很多温暖的话，让大桥像个老朋友一样和行人真诚而友善地交谈，这些话都是民间征集而来。比如：

你吃饭了吗？

最近忙吗？

你有几个孩子？

你一定很想念父母吧？

去洗个澡，好好地泡一泡！

趁现在去见一见你深爱的人吧！

最光明的时刻就要到了！

告诉我们你的困难吧！

……

这些话很简单、很朴实，但温暖到心坎里，让人们看到生命的美好，看到人间的温情，让这些绝望的人重燃希望，为家人和朋友，而改变想法，重怀信心，坦然面对人生的挫折和失败。

夜幕降临，走上麻浦大桥，灯光依次亮起，那些温暖的话语，好像亲人的微笑，让人放下心中的负担。

一座自杀之桥，就这样变成了拯救生命之桥。这些光、这些话，满怀诚意，给人活下去的勇气。

今天正好是汶川地震纪念日，希望所有人珍爱生命，好好活着。

2015 年 5 月 12 日

漫步清溪川

有了水，山就活了；有了水，城市就亮了。水是山的灵气，水是城市的眼睛。无论去哪个城市，最向往河流和湖泊。当盛名之下的汉江还在为是否要更名为韩江而苦恼的时候，五百年前隐于都市的清溪川正淡泊而宁静地流淌。

这次住在首尔的市中心，酒店对面就是清溪川广场。韩国朋友跟我说，晚上一定要去清溪川散散步哦！回酒店很早的那晚，想起近在咫尺的清溪川。

"清溪"二字我很喜欢，中国好几座城市有清溪河，曾经生活过的古城南京就有一条。唐诗中有几句写清溪的诗句至今难忘，李白爱宣城的清溪，反复吟咏，一句"清溪清我心"深得我心，苏州诗人张旭的"笑揽清溪月"尽显盛唐时代江南文人的豪情与浪漫。

晴朗的夜晚，步伐轻快，几分钟便到了清溪川，眼前一亮，这分明是峡谷中的河流，溪水清浅，潺潺作响。缘溪而行，乱石、杂草、矮树相伴，不觉身在闹市，只觉是山涧。向西行走，远远看见了一条明亮的瀑布，游人渐多，一路的河沿断断续续有台阶和座椅，每走两步就有一对情侣，相拥如一人，这里是恋人的天堂。瀑布是清溪川的起点，绕到对面，从起点出发，慢步向东。沿河的感觉很好，若是夏天我也会把脚伸进水里，感受清凉与惬意。走一段就有一座桥，像是苏州园林里隔景用的长廊。清溪川上共有14座桥，不同时代，不同风格，过了几座，才想到应该数一数的。忽然听到广播里一段浑厚的男性嗓音，前方大桥上的一个洞孔发出耀眼的白光，迎面刺来，音乐响起，灯光开始变幻色彩和图案，小溪顿时成了魔术师。原来我赶上了灯光表演，几对恋人汇集到河上的小木桥，步行道上的情侣也停下脚步，灯光好像懂得恋人的心里，图案从父子迅速变幻成情侣，做出各种亲昵的动作。一路有涓涓细流，有激越奔腾，有静水流深，像一首乐曲，有高有低，张弛自如。

继续向前，很多地方河岸很高，有些地方直接分成三级，最上面是马路，最下面是沿河的步行道，中间的一人高处有一条路，好似山腰。桥下的山腰处，宽阔平坦，有的桥下一群青年人聚餐，有的桥下三五人围坐聊天。桥下的石阶上密集的情侣之外，也有家庭，有带父母的，也有带孩子的。对岸的一家吸引了我的目光，四五层的石阶上，两个可爱的小女儿坐在上层，两人中间放着食物，父母坐在下层，父亲在做各种有趣的动作，两个孩子笑得前俯后仰，多欢乐的画面。这些场景让我想起，韩剧里清溪川还是一条许愿河，很多情侣和孩子把硬币投进溪里，许下心愿。

一路紧贴小溪行走，两岸的地形在变，高处建筑和霓虹灯在变，小溪的深浅在变，草木也在变，抬头看霓虹闪烁，低头听溪水淙淙，两岸的墙上还有彩画，走得再远不觉乏味。耳畔的水声是夜首尔最纯美的音乐，身边走过三三两两的首尔人，听不懂他们的语言，但能听出他们的幸福。

沿着小溪走了很久，前方仍有很远，过了一座桥，远方还有一座桥，路和小溪一并在脚下延伸，看不到尽头。很想走完，拼命往前，或许因为白天已经走了太多路，脚也痛了，但不想放弃，这让我想起小时候，总渴望走得很远很远。考虑到还要走回去，只好止住脚步。下次来首尔，一定要清晨出发，哪怕走到中午也要走到终点，实在太喜欢这条小溪了。

怎么也没想到，首尔会有这样幽静的处所，它让城市拥有一份难得的山林野趣。清溪川流淌在繁华的首都，是城市的一道清流，也是都市生活的缓冲，让慢不下来的首尔人在这里慢下来，至少有一刻不用"巴里巴里"（韩语"快点，快点"）。

喜欢首尔，不仅因为它的柔情浪漫和秋天的五彩缤纷，还有一条让人"清心"的清溪川。

2015 年 10 月 28 日

十九岁的讲述

这次泰国之行，曼谷芭堤雅、普吉八天，有两个导游。曼谷段的导游是很油滑的阿宏，三十七八岁，一口被香烟熏黑的牙齿，一肚子幽默，每天逗得大家很开心。普吉岛的导游是小林，二十四岁，黝黑精瘦，童年丧父，言语不多，但真诚实在，大家不经意间被他感动。此外阿宏带了十九岁的实习导游，名字叫阿雄，非常负责，给了大家许多惊喜。

阿雄是华裔，来自泰北的清莱府，生于 1994 年，胖乎乎的，笑起来很憨厚，勤快单纯，全团都很喜欢他。他是我和地接导游的得力助手。有他，工作很省心。他和我并坐第一排，一路上聊天。十九岁导游的讲述让我看到了一个刚毕业的泰国高中生眼中的泰国。

泰国政府特别重视教育，十二年的义务教育是强制的，开除学生违法。泰国开放，中学生学坏的很多，老师很头疼。如果学生不来上学，老师就要去家里请，甚至校长都有可能去学生家里，请家长协助，不管犯了了什么错误都不可以开除。我问阿雄，有没有被老师上门请过，他摇摇头笑着说，他是好学生。

泰国考大学很难，大部分学生高中毕业就开始找工作了。阿雄高中毕业，因为会讲中文，所以选择了导游工作，虽然这个行业辛苦压力大，但收入还行。

泰国的暑假在每年的三、四、五月，大约两个半月，泰国的泼水节就是过年，固定在每年的4月13日—15日。寒假在十月，时间非常短，只有十天左右。

学校以前重视英语，现在重视汉语，因为旅游业是支持产业，中国是第一客源国，到了泰国旅游景区八成是中国人。一部《泰囧》让泰国挤翻天，泰国人看到了中国的爆发力。因此，泰国政府开始致力于推广中文。

泰国学生也痴迷苹果手机，到处有iPhone的广告，但多数学生买不起。阿雄得意地告诉我，他的iPhone是爸爸从澳门买的，比泰国国内便宜两千泰铢（人民币约400元）。

泰国孩子早熟，学校里谈恋爱很早，通常十五六岁就开始，家长并不反对。阿雄现在的女朋友是小他一届的学妹，高三在读，他还给我看了照片，长头发，个子不高，皮肤很黑，笑起来挺漂亮。他说女朋友很活泼，会唱歌。她也不会考大学，高中一毕业就会出来工作。

关于人妖。学校里也有人妖，当然是极个别的，有点受到歧视。他们虽然是男生，却不太敢去男厕所，怕同学捉弄。泰国人妖多，很多非常漂亮，每年还有人妖选美活动。常常发生帅哥被骗事件，在酒吧偶遇的美女，很可能是人妖。常有帅哥被灌得烂醉，第二天早上才发现上当了。

泰国最贵的水果是中国的水蜜桃，非常有钱的学生才吃得起，另外苹果和橘子也是从中国进口的，大部分水果店不卖这几种水果，一是本地水果已经品种很多，二来太贵没人买。泰国一般的酒店自助餐有西瓜、菠萝、木瓜、甜瓜、莲雾等水果，只有高档酒店才有进口的苹果和橘子。我们在曼谷的一家五星级酒店自助早餐有苹果和橘子，阿雄看到了特开心，我们却怎么也开心不起来。

泰国的铁路少，所谓的高速也开不快，总体来说交通很落后，阿雄每次从曼谷回清莱老家坐车要十几个小时，回老家一趟，疲惫不堪。

泰国曼谷

关于聊天工具，中国年轻人一般用QQ和微信，他们主要用Facebook和Skype，大部分学生只用Facebook。

十九岁的时光，花一般美好，充满纯真，青涩渐退，开始成熟。走出校园，看到了外面的世界，生活开始精彩。

2013年4月24日

泰国的小学教育

几次走进泰国，发现泰国虽然经济落后，但教育理念一点也不落后。泰国推行十二年义务教育和双语教育的同时，既学习西方的素质教育，又注重亲善友爱的校园氛围。泰国的小学生学习非常轻松，没有一点学习压力，课程少、作业少，校园生活丰富多彩，孩子们很享受这样的学习生活。不像中国小学生太可怜、作业太多，学校和家长"众志成城"地剥夺着孩子们的童年。泰国的学校坚决把童年还给孩子，让他们尽情享受属于自己的金色童年。为此，泰国有很多特别的规定。

首先，所有小学的教学楼，都不能超过三层，鼓励所有的孩子走出教室。教育部门考虑到一旦楼层高了，孩子们会不愿意下楼。还硬性规定，每一所小学操场的面积最低要是教学楼面积的三倍，泰国的操场普遍特别大，足够容纳全校的孩子，孩子们可以尽情玩耍，进行各种活动。泰国的小学生不仅可以带玩具去上学，还可以在校园里养宠物。泰国到处都有流浪狗，脾气温顺，一般不会咬人，操场上的流浪狗也是孩子们的玩伴。

其次，所有的小学8点上学，下午4点必须放学，而且基本没有作业，即使个别老师布置了作业，量也是非常少，通常在学校就可以完成。放学只有一件事，那就是玩。若是中国的哪所小学早放学又没作业，家长肯定要让孩子转学，或者学校直接被中国式家长灭了。在泰国，所有的小学必须每周双休，周六周日上课违法。泰国的孩子也不会去上补习班，他们没有升学的压力，小学直升初中，学校之间差别不大。

再次，泰国的小学学习内容丰富而且实用，主要包括：泰语、数学、生活体验、品行教育、职业基本知识、兴趣体验等。生活体验主要是教会孩子们应用科学方法处理日常生活问题，会生活比会学习重要，孩子们是生活中的人，而不是学习机器。泰国读大学的不多，很多高中毕业就工作了，学校从小就开始让他们了解各个职业，让他们尽早地认知社会。泰国是佛教国家，特别重视品行教育，老师们不但教孩子们学习，也教孩子们做人，陪孩子们一起玩，师生关系很和谐。泰国的小学往往建在寺庙旁边，僧人随时应邀走进学校，跟孩子们谈人生谈未来，教育他们要做好人，要行善积德。老师们都会说："不管以后你们读到高中还是大学，不管以后你们从事什么职业，贫穷还是富有，一定要做个好人。只要你们都是好人，就是老师最大的骄傲。"做个好人，始终是泰国教育的首要目标。

泰国的小学教育很简单，也可以说是很成功，值得中国借鉴。近年，部分中国家长把孩子送到泰国接受初等教育，这一点很值得中国反思。

2015 年 6 月 1 日

泰国司机的遗憾

泰国是一个尊崇佛教的国家，寺庙林立，多达三万多座；僧侣众多，随处可见，人们见面皆微笑合十行礼。泰国还有一个特别的传统，每个男人一生中都要去庙里做一次和尚，通常是在毕业之后、工作之前，时间也不是绝对固定，但无论如何，要在结婚之前，长则两三年，短则两三月，也有出了家就不再回家的。年轻时做一段时间和尚，既是个人修行，为来世积德，也是为父母祈福，是家庭的荣耀，是每个家庭的一件大事。泰国人认为，节俭而戒律严格的僧侣生活，对于年轻人是极好的学习和锻炼，以免他们在物质的世界误入歧途。对此我很认同，常跟泰国人聊这个话题。

这次打车去素万纳普机场，路途很远，司机主动跟我聊天，他不懂中文，我不会泰语，只能用英语聊。从工作聊到家庭到个人爱好，我惊讶于他英语的流利，问他哪里学的。他拍拍方向盘笑着说，这就是他的老师。他说自己只有高中毕业，完全是自学。他四十出头，租了一辆出租车，收入不错，有两个女儿，大女儿大学毕业做老师，小女儿正在读大三。泰国教育落后，读大学的非常之少，他很为两个女儿骄傲。我很好奇，他才四十多岁，大女儿都工作了。他说他结婚早，19岁就结婚了。我说那你婚前没去庙里做和尚。他收敛起笑容，低声告诉我，这是他年轻时犯的错误，虽然婚后去做了两年和尚，终究觉得遗憾，违背了传统，让父母很丢面子，已经结婚了，再也无法弥补。他认为，无论如何还是要先出家后成家的。他的弟弟复读两年都没考上大学，在他的建议下，弟弟没有直接去工作，而是先出家两年。

这位司机很喜欢中国，对中国了解很多。以为他来过中国，他说还没出过泰国国门，是通过中国电影了解中国。他喜欢看港片，特别是功夫片。他是成龙的超级粉丝，最欣赏的中国女星是巩俐，一说到巩俐，一股兴奋劲，直夸漂亮。我开玩笑说，你这么喜欢中国，等小女儿一工作你就退休，去中国旅游。他说，退休了要去庙里做和尚。我特惊讶，辛苦了一辈子，该享福啊！心里暗暗想：泰国比中国人均寿命低得多，晚年短，庙里生活很清苦，就算是没能婚前出家，婚后已经补了啊！他笑着说，这是他很多年的心愿，是退休后第一件要做的事，但他不会一直在庙里的，两年吧，最多三年。我从他身上感觉到了泰国深入骨髓的佛教理念，无处不影响着他们，出家、修行，是每一个泰国男人的责任。我深为他这份坚持感动。

忙忙碌碌的今天，传统渐行渐远，多少人还能有这样的坚持呢？

2015年5月20日

漫步夜色中的西贡河

为了纪念国父胡志明，西贡市改名胡志明市，但这条河仍叫西贡河。

浑浊的西贡河让人只想逃离，夜灯下它悄悄换了一身夜巴黎的装束，妩媚温柔起来，那份法式的浪漫，叫人不敢轻认。

习习晚风让白日繁华喧闹的都市安静下来，密如激流的摩托车终于稀了，被38℃的高温搅起的烦躁也早已无踪。灯光闪烁的游船上笑脸一片，歌声荡漾。我悄悄下船，脱下旅行者的装束，沿河漫步，看看西贡人生活中的西贡河。

河边最多的是钓鱼者，多数是结伴而来的年轻小伙，三五成群，也有父子同钓的，还有情侣各持一竿。他们用的鱼饵居然不是蚯蚓，而是一种爬行很快、会飞、能在土里钻来钻去的昆虫，我家乡淮安的方言称之为"土狗子"。好多人已经有所收获，一条条鱼装在袋子里，挂在护栏上，钓鱼者默默得意。细看几条，发现是清一色的品种，大小相当，它们嘴巴扁扁的，身体短小，胡子很粗，应该是鲶鱼之类。河岸上无数的情侣，是这里真正的主角。他们将摩托车停靠临水的护栏，搂抱着坐在摩托车上，趴着栏杆，遥望对岸的高楼和明天的幸福，在凉爽的晚风中呢喃轻语。也有少数的情侣并肩坐在沿河的长椅上，喝着饮料、吃着零食，有些是打包来的美食，边吃边说着不着边际的话，不时发出笑声，随意而休闲。

偶有孤独的身影，一位年轻女子倚靠着护栏给远方的朋友打电话，好像诉说着情感的挫折和都市的艰辛，还有一位小伙子僧人般盘坐在地上，打着电话，面前堆放着香烟和打火机，等待着朋友的样子。也许，越是繁华的都市越多孤独的心灵吧！

越走越远，竟然遇见三三两两的垂柳，腰身细细，晚风中像轻舞的少女，不解城市的忧愁。河上一座座拱桥，像情人紧握的手，桥上一对对情侣相拥着眺望河上的风景。

安静下来的西贡，完全是另一种味道，静静的西贡河，夜色中浪漫温柔，令人着迷。

2015 年 4 月 7 日

越南的巨变

常说大上海，一年小变样，三年大变样。时隔三年，再次走进越南，发现越南一样飞速发展，大变模样。

首先，街道明显整洁干净多了。这次从胡志明市的机场往市区，惊喜地看到了彩灯装饰的景观大道，耀眼清新，河内也新增了这样的彩灯大道，让都市之夜生动美丽。

高速多了，就有了护栏。之前越南交通滞后，高速不但少而且不设护栏，很不安全，限速也厉害，司机开得小心翼翼，如今高速终于像高速了，快捷安全。可喜的是，从河内到下龙湾的高速和下龙湾机场也动工了。

市区的重要路口添置了红绿灯，比以前有秩序多了。记得第一次来越南时，红绿灯很少，汽车、摩托车横冲直撞，交通一片混乱，游客根本无法过马路。特别记得旅游车停在餐厅对面，大家过不去，餐厅有工作人员专门拦车，让大家过马路。

沿着公路看到很多精装修的墓地。这几年条件好了，厚葬之风日盛，墓地装修得越来越豪华，估计是受华人影响。

曾经的越南人，矮小、黝黑，可如今完全不是这样了，特别是第一大城市胡志明市，他们皮肤白、身材好，美女帅哥超多，与中国人几乎无从分辨。越南餐厅、酒店的工作人员，女的穿奥黛，男的穿白衬衫，都很白净漂亮，也是一道美丽的风景线。

女人头上的斗笠少了，男人头上的绿帽子少了。斗笠曾是越南的标志之一，如今已经极少看到，盛行几十年的绿帽子如今也难得一见。越南久经战争，绿帽子便于在丛林中隐蔽，也体现男人对军人的尊崇。每个男人都以拥有一顶绿帽子而自豪的时代一去不返了。

下龙湾增加了很多酒店，又在拼命填海。曾经海边的老房子正在拆迁，

越南下龙湾

曾经光顾过的南风咖啡，原先在海边，已经迁到了马路内侧。这种大肆拆迁，过度开发，疯狂填海，很像中国二十年前，叫人揪心。

越南经济发展了，生活水平提高了，看到很多可喜的变化，基础设施在初步完善，但满目是发展的创痛，污染严重，环境恶化，越南正在走中国老大哥刚刚走过的路。

希望越南向中国学习经验的同时，也要多吸取教训。

2015 年 4 月 14 日

幸福的阿发

昨天翻看普吉岛之行浮潜、跳水、游泳、海钓的近百张照片，特别开心，这些都是普吉岛导游阿发一路主动帮我拍的。去泰国遇到的导游多数来自中国，遇到的泰国本土导游反而不多。每次遇到泰国本土导游总是更轻松顺利，也总有意外的收获。阿发老家在泰国北部的清迈，刚到普吉岛来做导游不久。

阿发是我见过的泰国导游中笑容最多的，任何时候都开开心心，好像这个世界上没有不开心的理由。阿发淳朴热心，主动分担领队工作，让领队来海岛也玩个尽兴。这是多次普吉岛之行中玩得最开心的一次，很感激阿发。从普吉岛回来已经半个月了，阿发憨厚的笑容和每一天洋溢在脸上的幸福还时常浮现在脑海。

阿发来普吉岛做导游之前在曼谷做过三个月"小弟"（中国籍导游的助手、翻译）。这样算来，他真是很新的导游了，虽然他拿起话筒不知道讲什么，也常常忘词，但他很真诚，服务很用心，大家还是很喜欢他，每一天他都是笑呵呵的。一般导游会说自己大学毕业，或者硕士博士毕业，阿发坦白地告诉大家，他只读到初中，在中国与老挝边境做生意学会了中文，只会说，不会读写，他刚刚通过导游考试，再过两个月就拿到证了。他毫不避讳之前在曼谷做过"小弟"，还私下跟我说，做"小弟"收入也不错，很轻松，没有任何压力。他真是很容易满足的"小弟"。让我意外的是，初次见面他直接告诉大家他刚刚带完第一个团，这是一般导游没胆量说的，通常刚入行的导游都生怕游客和领队知道自己是新导游。阿发很虚心，所有行程都认真跟我商量，我来得次数多，我的建议他全都采纳。

他是泰国籍导游，给了大家了解真实泰国的机会。大家什么都问，他一一详细作答，谈到朋友们聚会吃泰式火锅、泰式烧烤和周末约几个朋友海钓，特别起劲，他还给大家看手机里的照片。有人问及他的家庭，他也毫不隐瞒地跟大家分享。大家最有兴趣的是他居然有两个漂亮的老婆。他1988年出生，形象一般，标准的"黑矮胖"，但却有两位美女心甘情愿嫁给他，多少叫人妒忌。他说，第一个老婆是他在老家清迈娶的，今年给他生了个女儿，现在四个月大，刚刚搬到普吉岛来。他微信的头像，正是他跟大老婆及女儿三口的合影。第二个老婆是他在老挝打工的时候娶的，去年给他生了个儿子，还在老挝，目前正在申请移民泰国。大家对他两个老婆的事情问这问那，他一点不介意，都老老实实地回答。比如他的收入如何分配，他说大部分交给大老婆，小老婆家境挺好。大家还问两个老婆有没有联系过。他说老挝语与泰语差不多，两个老婆之间也可以交流，大老婆也很喜欢二老婆生的儿子等。泰国男少女多，政府默许一夫多妻，但对于家庭生活一般人不愿意公开。阿发毫不隐瞒，他还告诉大家，他娶第二个老婆的时候，跟大老婆商量过，大老婆同意才娶的。每天晚餐时，他先给家里大老婆打电话，然后跟老挝的二老婆微信语音聊天，甜蜜至极。提到家庭，阿发就好像是最幸福的人。他常说，他这辈子有两个老婆、一个女儿、一个儿子，上天太偏袒他了。

阿发非常乐观，这个团仅有九人，其中五个学生，根本不赚钱，他说无所谓，只要顺利结束，大家满意，就知足了。他俏皮地说敢拿起话筒就是最大的成功。结束的时候，我提醒大家多给小费，我自己也主动给阿发小费。普吉岛跟阿发相处七天，他的笑容和快乐感染着团里每一个人，他的知足常乐也很值得大家学习。

每次微信里看到阿发，就想到他的笑容，想到我们每个人都可以像他一样简单一点，知足常乐，幸福每一天。

2015年9月7日

土耳其的穆罕默德

每到一个国家都会遇到新的导游,有的回国不久就忘了,但这次土耳其导游穆罕默德特别难忘。他热情开朗,会变魔术,爱唱歌,喜欢摄影,特别享受导游这份工作。回国后,大家一直在群里念叨他,在土耳其的旅行中,他每天的笑容,他给大家拍的照片,他介绍的那些知识,都在大家美好的回忆里。

穆罕默德是英语导游,曾在美国留学,讲一口纯正的英语,主要带英语团,多数是政府团。接我们这个团之前,他刚刚接待过哥伦比亚总统的儿子。这是他难得一次带中国团,他完全不懂汉语,有翻译将他的土耳其语翻译成汉语,虽然跟大家沟通不便,但他真诚爱笑,而且多才多艺,让大家一路很开心。

穆罕默德酷爱音乐,特别是土耳其民间音乐。他出生于爱琴海边的小城,生性乐观。第一天,他就主动唱歌,先唱了一首土耳其民歌。他闭着眼睛唱得极其投入,很动听,大家热烈鼓掌。接着他唱了一首通俗歌曲,调子有些哀伤,是关于一个穆斯林和基督徒的爱情故事。路上,他给大家看他演唱的视频,有些在演出,有些在家里,多数是边弹边唱。导游和翻译工作之外,他也是一位经常参加演出的歌手。土耳其是穆斯林国家,每天会五次响起提醒祈祷的歌声,每次唱词不一样,音调也不一样,穆罕默德在车上唱给我们听,并且解释各次祈祷之间的区别,车上游客和司机都录了音收藏。他说他少年时就很擅长唱这个,那时没有高音喇叭,每个村都会选一个声音动听的少年站在全村最高的地方唱,他就是被村里选出来的,全村人听他的歌声去祈祷,说到这里他特别自豪。

穆罕默德是我见过的外国导游中最幽默的一个,一路给了大家很多笑声。最有趣的是在棉花堡,他跟我还有司机一起去游泳。司机对自己的游泳速度很自信,要跟我和穆罕默德比赛。第一轮,我输给了司机。第二轮,他和司机比,我猜他一定会输得很惨,他叫我帮他拍下他们的比赛,我有点诧异。

土耳其卡帕多奇亚

我一声令下,司机游得飞快,穆罕默德迅速爬上岸,沿着游泳池一路奔跑,到了对岸迅速下水,然后气定神闲地站在水里,司机游到对岸,发现穆罕默德居然早已到了,傻傻地抓后脑勺,想不通穆罕默德是怎么游过来的。第二天,这段司机输得很惨的视频给大家看,车上笑翻了。我让穆罕默德写下几位他喜欢的土耳其歌手,他想了想,郑重地说,第一个要推荐的是穆罕默德,也就是他自己,然后大笑,接着他列了十多位音乐家的名字,他还特别推荐了一位伊朗的音乐家法里德·法加德(Farid farjad),说他的音乐非常棒。穆罕默德一路给我们拍照,他很善于选择角度和背景,大家很喜欢他拍的照片,纷纷请他拍。我在棉花堡的照片都是他拍的。他把大家旅行中有趣的瞬间拍成视频,让旅途多了很多乐趣。他也用微信,也得意地把他跟中国美女的合影发在他的朋友圈。在地下城门口合影的时候,他说这张照片不好,大家以为他要帮忙重新排列和设计动作,没想到他直接站到大家中间,说这张拍出来才好,等大家明白过来都在笑,穆罕默德就是这样有意思。他还常常给大家惊喜,比如经过大片大片的向日葵,大家很想停下来拍照,他让司机把车停下来，直接跑到马路对面摘了两个大圆盘，一脸笑容地送给大家。看他过马路的样子，大家称他"偷向日葵的人"，大家拍下的那张他笑着举起两朵向日葵的照片，每人都发在了朋友圈里。

穆罕默德热爱音乐的同时，也热爱读书。他接受欧美文化较多，所以反对保守和野蛮，特别提倡尊重女性，主张女性接受教育。对于宗教和国家命运，他有自己的思考，是土耳其思想开放的新一代知识青年。土耳其的导游总体文化程度很高，第一要求就是大学毕业。

跟这样的导游合作很开心，也学到很多东西。每一天他给大家唱歌，在景点拍照，导游不仅是工作，也在旅行，也是交友，他真心把每一位外国游客当朋友。工作中保持旅行的心情，在重复的工作中发现美丽的风景，发现开心的事物，让这份好心情伴随自己一路的工作。

优秀的导游充满了正能量，热爱导游工作，才会将导游工作做好，穆罕默德享受着导游这份工作，真正地乐在其中。

2015 年 7 月 30 日

古老埃及

从小就知道文明古国埃及，知道金字塔，没想到居然有机会走进埃及去看看，真是幸运。

有了书的陪伴，旅行更加美好，此次埃及之旅忍不住多带了几本书，当然不会忘记带上一支笔，不管走到哪个国度，读书写作都应该如一日三餐一样成为日常生活的一部分。完美的旅行，应该始终有一本好书陪伴自己，始终有一支笔随时书写。

这次埃及之行几乎体验了所有的交通工具，乘飞机，乘大巴，乘火车，尼罗河乘游轮，乘帆船，红海乘游艇，越野车冲沙，骑骆驼进少数民族地区，古城乘马车，景区乘电瓶车，还在尼罗河上跟当地人一起摇船，从未有过如此丰富的交通体验。金字塔之外，几乎参观了所有著名的神庙，还游览了首都开罗、阿斯旺大坝、红海，走进埃及神秘的少数民族，最幸福的是乘坐游轮在风景如画的尼罗河游览四天，很享受游轮上美妙的旅行生活。

第一站，参观埃及历史博物馆，在七千年的文明面前，我是多么无知和渺小。

哈特普苏特女王生活在公元前1500年—前1450年，是古埃及第十八王朝的法老。3500年前，她已经戴假发，穿胸罩，两个雕像的眼珠都是纯水晶。

在亚历山大，塞拉比尤姆神庙早已沦为废墟，巍然耸立的石柱诉说着曾经的辉煌。

游览埃及首都开罗和海滨城市亚历山大，发现埃及最繁华的都市竟然如此破败，几乎所有的楼房都是烂尾楼。这让我想到另一个文明古国——印度，建筑比埃及好些，但脏乱远超埃及，触目惊心。四大文明古国，两个脏乱，一个在伊拉克，至今战火不断，中国绝对是最幸运的了。悠久的文明，是永远值得炫耀的财富，或许也是沉重的负担。

埃及香精店里的玻璃瓶，极具阿拉伯风情，五彩缤纷，美不胜收，很多人不想买香精，只想买几个玻璃瓶带回家。

亚历山大海边遇见女中学生们，阿拉伯国家的女性受教育程度一直在改善。埃及的学校男女分班，在学校组织下参观古堡的这些女中学生活泼大方，她们笑闹成一片，大胆地邀请外国人拍照，有花头巾，有牛仔裤，勇敢地释放青春和个性。她们有幸接受更高的教育，摆脱了母亲一代一袭黑衣只露两只眼睛过一生的命运。每个女孩都是未来的母亲，文明开化和提高教育是潮流，所有的禁锢都会成为历史。

开罗游览结束经过一夜火车到达最南部的城市阿斯旺，参观著名的阿斯旺大坝和未完成的方尖碑。阿斯旺跟苏丹交界，许多地方都能看到荷枪实弹的埃及大兵，有些关卡的大兵端着冲锋枪，我们有身在戎区的感觉，但一路并没有停车检查。车上有人想偷偷拍照，端枪的士兵看到了摆摆手，当地导游也反复提醒大家不要拍，于是所有人把相机、手机收了起来。登上尼罗河的游轮，躺在床上就可以欣赏尼罗河风光。

从纳赛尔湖乘船来到菲莱神庙，精美的雕刻无处不在，不论室内还是室外，满目震撼。可与柬埔寨的吴哥窟、印度的泰姬陵媲美。菲莱神庙建于古埃及托勒密王朝，是为古埃及神话中掌管生育和繁衍的女神艾希斯而建。艾希斯在民间也称为"爱神"，神庙原先在阿斯旺大坝南面的尼罗河中的菲莱岛上。1962年建设阿斯旺大坝时，菲莱岛将被淹没，埃及政府将其原封不动地

埃及卢克索

转移到菲莱岛以北 500 米的艾格里卡岛,名字仍叫菲莱神庙。

前往神秘的阿布辛贝神庙,漫长的旅途都是在穿行无边无际的金黄色沙漠。终于到了一个休息站,见到了第一抹绿色——仙人掌,好亲切的绿啊!这是沙漠中最顽强的生命。厕所的男女标识头像让人眼前一亮,如此小巧简单却色彩绚丽,这是古埃及常见的图案。将它们放在厕所,既有埃及特色又是一道风景。真希望我既是作家又是一名画家,一路吸收古老文明赐予的灵感,一路写下见闻,也用画笔真实地记录。

阿布辛贝神庙是此行最期待的埃及神庙,因为这座神庙只有在 2 月 21 日和 10 月 21 日这两个有关拉美西斯二世出生和死亡的特殊日子,阳光才能直接照到里面拉美西斯二世的脸上,极为神奇。由于建设阿斯旺大坝水位上涨,世界各国的专家为搬迁阿布辛贝神庙绞尽脑汁,通过各种计算,试图完美无缺地迁移这座神庙。但搬迁后阳光照到拉美西斯二世脸上的时间还是被推迟了一天,可见古埃及人的高度智慧,他们对于天文星象的预测和计算多么精确,今人真的无法企及。阿布辛贝神庙分大小两座神庙,内部所有的墙壁都有精细的雕刻,大部分是战斗神的拉美西斯二世英勇作战的故事。

乘骆驼来到阿斯旺的少数民族——卢比亚。卢比亚是埃及皮肤最黑的民族,世代生活在尼罗河最上游,他们的房子是整个埃及最漂亮的,色彩丰富而且墙上有彩绘。有幸到当地人家里体验生活,喝他们自制的红色饮料,喝当地的茶,系未经炒制的绿叶所泡,还有蘸焦糖吃当地的饼,这种饼像面包但有点硬,吃完喝完大家一起唱歌跳舞。这一家养了鳄鱼,主人还拿出小鳄鱼给大家玩。这里小鳄鱼也是孩子们的宠物。最喜欢他们色彩绚丽的房子。

努比亚的集市，手工编织的篮筐很漂亮，还有一个小伙用彩色的沙子现做瓶装沙画，画是非洲风情画，图案漂亮，特别是骆驼很生动。我很喜欢这个村庄。

在埃及南部的少数民族努比亚黑人村庄，遇见一个中东小男孩，跟着家人来这里旅游，估计他是第一次看到中国人，睁大了眼睛看着我们。小男孩特别白净，跟当地的黑人形成鲜明对比，五官特别精致，尤其是眼睛，大家喜欢得不得了，抢着跟他合影，他很配合，努力展示笑容。

旅行中早餐没有稀饭是在埃及旅行中常遇的遗憾，但总有意外的惊喜可以弥补。埃及的煎鸡蛋不输印度和越南，白色的洋葱丁、红色的番茄丁、绿色的青椒丁、黄色的肉丝末，四种颜色的配料加入鸡蛋拌匀入锅，煎出来的蛋娇嫩而清香，色彩丰富，煞是好看！

伊德富神庙是埃及第二大神庙，仅次于卡尔纳克祖庙，保存比较完好，是许多考古学家最感兴趣的地方。神庙供奉鹰头神霍拉斯，建于托勒密六世时期。主建筑包括一座18世纪60年代发现的多柱大厅。有许多浮雕，描绘的是霍拉斯和他的妻子海瑟约会之日的故事，天花板上还有关于努特女神的美丽浮雕。在伊德富神庙，我们惊喜地发现了两个有关光影的奥秘，一个是阳光在墙上特定的圆框内形成一只飞翔的老鹰形状，两只翅膀正好合到一起。这个神庙供奉的正是鹰神，见其苦心。另一个奥秘是阳光在特定时间正好照到墙上雕刻的众多人物中的法老王，恰如阿布辛贝神庙阳光正好照到拉美西斯二世的脸上。大家细细观察，有了许多有趣的发现。室内顶部雕刻的颜色保存非常好。其实所有的图案原来都是彩绘。一组人物全部没有手臂，认真看才知道，他们都是战俘，砍下来的手臂被用来喂了狮子。这座神庙还有一口巨大的深井，既是蓄水池又能测尼罗河水位，让人不得不佩服古埃及人的智慧。

在卢克索乘当地帆船进入尼罗河上的香蕉岛，漫步香蕉林，最漂亮的是紫色的香蕉花，一朵朵倒垂着，极像放大了的郁金香。香蕉园的小路上有好多树开着白色小花，芳香扑鼻，跟茉莉花的味道极其相似。岛上不仅可以吃到自然长熟的香蕉，喝到番石榴和芒果现榨的果汁，还能吃到原住民妇女现烤出来的饼。吃了香蕉喝了果汁，确实不错，地上蝇虫飞绕的饼还是算了。卢克索的各种小船很花哨。尼罗河上，我们轮流跟当地朋友一起划桨。这里的桨居然是方的，跟苏州的橹不一样，方的桨划起来空飘飘的，完全找不到感觉，幸好船家在旁边教我，大家都笑我笨拙，说一看就是没劳动过的书生，汗颜啊！

卡尔纳克神庙是世界上最大的神庙，建于3900年前，主要供奉天神阿蒙，整个神庙占地5平方千米，内有大小神殿20多座，巨型石柱134根。据说每根石柱正好八人合抱，团友们拉手试了一下，果然如此。神庙里数十米高的方尖碑，每一根都是一整块石头雕刻而成，科学家们至今无法解释它们是如何运来、如何竖起来的。神庙里还有个圣甲壳虫雕塑，极受人们追捧，当地人说围绕走三圈，男的可以发大财，女的可以生小孩。

走进撒哈拉的贝都因部落，三毛曾经走到的地方，这个部落最好玩的是男女厕所标志，居然用公鸡母鸡表示，不知是否因为部落里全部文盲，才采用此符号。村落的围墙杆子是棕榈树树干，挺别致。当地妇女居然连眼睛都遮住，需要的时候才露出两只眼睛。赶骆驼的多数是女人，每家都三四个孩子，孩子们疯跑打闹，跑步个个厉害，最原始的散养培养出来的特长。孩子好像都没洗过脸，个个脏兮兮，一群孩子疯得很开心。所谓的菜园子也只能长点仙人掌和大葱。晚上有演出，主要是各种舞蹈，最精彩的是肚皮舞。自助晚餐比较简单，但对沙漠里的条件来说已经过于丰盛了。烤饼就在一块铁皮上，没有油，饼里伴有骆驼奶，吃起来很干，现烤的口感还行，冷却下来有点酸。

每天都会吃到本地的伊拉克枣，它主要产于西亚和北非。形状比中国的枣细长，枣核跟核桃仁很像。因为糖分占三分之二，在埃及有"沙漠面包"之称，所含的糖为果糖，糖尿病患者也可以放心食用。20世纪六七十年代，

红海 © 袁黛娣

中国曾经大量进口过伊拉克枣，好多老人跟我提起家里买过伊拉克枣，价格很便宜，特别甜。

红海住的酒店早餐面包常多达三四十种，令人眼花缭乱。看到这么多面包，很想回家。吃惯了稀饭米饭，再美味的面包也提不起兴致。红海所住的酒店很不错，大厅的造型是金字塔，夜幕下更漂亮。

红海清澈蔚蓝，目之所及无不美。海水清得透明，岛全是沙漠化的，一色金黄，与世隔绝，我们占领一片作为私人沙滩。浮潜看到彩色的珊瑚，游泳的时候，我们一起在水上做各种动作，两男两女浮在水上像四片花瓣，手拉手旋转，沙滩上跑跳。我跳得最高，可惜由于过度用力做不出正常的表情。船上小弟中有一对同父异母的兄弟，哥哥爱笑，大胡子，很热情，极像葡萄牙人，弟弟内向，没有一点胡子，来自一夫多妻家庭的兄弟差别如此之大！

回到开罗，酒店还是在吉萨，伟大的金字塔就在对面，晚上的金字塔梦幻多彩。同行有三位资深的摄影家，拍了很多高水平的作品，夜幕下的金字塔跟白天相比有截然不同的美！

早餐后直奔金字塔，十五分钟车程，触摸胡夫金字塔，走近狮身人面像。游览完金字塔之后，参观开罗老城区的天主教堂，规模都不大，但处处古雅精美。

埃及之旅结束了，在埃及的每一天都特别震撼。希望朋友们都能到埃及来看看，现场感受一下古老的文明。

2017 年 3 月 25 日

俄罗斯双城记

这次俄罗斯之行，主要游览圣彼得堡和莫斯科。

江南已是阳春三月，而俄罗斯仍雪花飞舞。在俄罗斯几乎看不到中文，英语也不是很多，一般地方只有俄语。跟其他国家相比，俄罗斯国际化程度绝对算是比较低的。俄罗斯地广人稀，空气很好，天空特别好看，蓝得很纯净，蓝得像画，非常喜欢俄罗斯的蓝色天空。

没想到在莫斯科居然有机会看中国的演唱会。演唱会上，遇见了俄罗斯民歌，遇见了韩国蔡妍，遇见了西北风杭天琪，遇见了黄安，遇见了陈慧娴，遇见了黄品源……

黄安是我少年时代最喜欢的歌手之一，在《东西南北风》《新鸳鸯蝴蝶梦》这熟悉的歌声中时光倒流二十年，曾经在故乡的少年往事浮现眼前。二十年，从淮安小镇马甸走到南京，从南京走到苏州，走到全国各地，走到世界各国，二十年初心不改，简单生活，读书写作旅行。莫斯科的演唱会上，黄品源连唱三首《海浪》《小薇》《你怎么舍得我难过》，都是曾经很喜欢的歌。

演唱会的压轴歌手是粤语歌后——陈慧娴，曾经唱片销量一千万张，她的《飘雪》《千千阙歌》《红茶馆》《人生何处不相逢》是很多人很喜欢的粤语歌曲，少年时代就听她的卡带，在异国他乡听到久违的《飘雪》和《红茶馆》，亲切又感动，完全没想到在俄罗斯遇见曾经喜爱的歌手，开心又激动。

莫斯科看到路边特别有趣的广告牌，20 米高的三星手机，跟真的一模一样，只是放大了比例。

雨中游世界著名学府莫斯科国立大学，此校也是俄罗斯第一高等学府，创建于 1755 年。这是一所没有围墙的大学，校园中有大片的树林，最美的一片是白桦，莱蒙托夫、屠格涅夫、赫尔岑、别林斯基等许多名人皆毕业于该校，一大批中国红二代也曾在这里留学。20 世纪 60 年代风靡中国的《莫斯科郊外的晚上》唱的正是这里。

火车进站，回到圣彼得堡，地上雪很厚，非常冷，这一天 -9℃！路上都冻起来了，冰天雪地，把厚的衣服全部穿上身。圣彼得堡有莫斯科火车站，俄罗斯的火车站以终点站命名。莫斯科也有圣彼得堡火车站。

十二月党人广场，悬挂的冰凌排成一列，如长长短短的音符，阳光来了，冰凌们唱起来了。

圣彼得堡的伊萨基辅大教堂与十二月党人广场在一起，广场上雄伟的青铜骑士是彼得大帝，体现冲破重重阻力的革新派。十二月党人的妻子们义无反顾地追随丈夫流放西伯利亚的故事，因为普希金的那首《致西伯利亚的囚徒》广为人知，俄罗斯这份崇高的爱情赢得了世界的敬重。伊萨基辅大教堂非常著名，它与梵蒂冈的圣彼得大教堂、伦敦的圣保罗大教堂和佛罗伦萨的花之圣母大教堂并称为世界四大圆顶教堂。

俄罗斯莫斯科 © 梁淮山

圣彼得堡的冬宫，即埃米尔塔什博物馆，世界四大博物馆之一，有专门的埃及馆。前些日子刚刚去了埃及，再次看到古埃及文物好亲切。这些文物多是沙俄抢劫来的，当年沙俄也抢了很多中国文物，还大肆侵吞中国领土。历史告诉我们，落后就要被欺负，我们中国必须强大起来！！！

在克里姆林宫，身后的黄色建筑是俄罗斯总统普京的办公楼，屋顶上升旗表示他在，没旗子就表示他外出。莫斯科堵车厉害，普京乘直升机上下班，我们还专门去看了他的直升机停机坪。

四月的俄罗斯大雪纷飞。同一天会有阴、晴、雨、雪，时而大太阳，时而雨雪，瞬息万变。当地人说俄罗斯的天气是女人的脸、男人的心。旅行期间几乎每天都要下几次雪，有时大，有时小，下雪时候并不冷，阴的时候最可怕，刺骨的冷，-10℃，手和耳朵都差点冻掉，最麻烦的是手机直接冻关机。

俄罗斯那么大，只游览了两座城市，期待下次走不同的线路。

2017 年 4 月 17 日

欧洲七国掠影

这次欧洲之行十五天，游览德国、奥地利、捷克、匈牙利、斯洛伐克、斯洛文尼亚、克罗地亚七国。

德　　国

在德国听德语看德语，德语跟英语拼写相近，有一些能看懂。早餐厅找热牛奶，在饮料机上发现德语"milch"，正是英语中的"milk"，因为慕尼黑这个地名"Munich"也是"ch"发"k"，所以容易联想到。

法兰克福，走进歌德故居。德国最负盛名的作家歌德于1749年出生在法兰克福西思格拉大街。他的故居在第二次世界大战中被完全破坏，现在的建筑是重新修建的。小楼共四层，一层是厨房和餐厅，二层洛可可风格沙龙和音乐室，三层走廊上有精致的天文钟，在歌德诞生的房间里面有刊登歌德出生消息的报纸，四层是诗人的房间。故居的纪念品商店，有歌德的作品和研究专著以及相关的艺术品，旁边还有个专门的音像店，能买到德国各位音乐

德国新天鹅堡

家的作品。德国是诗人、哲学家、音乐家的国度,德国著名音乐家有贝多芬、巴赫、勃拉姆斯、门德尔松、舒曼、瓦格纳……奥地利也出了很多音乐家,有人发现德语区出的世界级音乐家最多,德语发音跟音乐的关系很值得研究。

走进德国小镇罗滕堡,好像穿越到了欧洲中世纪。这里游客稀少,安静美好,漫步在鹅卵石铺成的街道,两边建筑风格各异,随时驻足,都能拍出绝美的照片。镇上中世纪的市政厅、教堂、广场完好保存至今,一栋栋民居色彩缤纷,有的窗台点缀着鲜花,有的屋后有小花园,在这里完全找不到相同的建筑。傍晚的灯光,让小镇更迷人,到处充满温馨宁静的生活气息。我一下子爱上了这个小镇,心想退休后常来小住多好。

慕尼黑参观宝马世界,看到各种新车展示,展馆还有宝马自己生产的衣服、包、玩具,对于宝马粉丝来说真是福利。宝马车是中国人很追捧的汽车品牌,这里是德国总部,跟中国比,超级便宜,最新款中国还没有。有人开玩笑叫我带几辆回去,我想除非把它们都变小,回到中国再变大。

举世闻名的新天鹅堡,也叫白雪公主城,迪斯尼的城堡正以此为模型。

天鹅堡为巴伐利亚国王路德维希二世所建。这位童话国王酷爱读书，痴迷文艺，但结局很悲惨，40岁时被废，与医生外出散步时神秘地死于斯坦恩贝格湖。这位国王的一生遭遇跟中国的南唐后主李煜很相似。天鹅堡的门票是提前预约的，每批三十人左右，每人一个讲解器，多种语言可选择，有专门引导员，掌控节奏，体验非常好。这一点非常值得中国学习，保证安全和保持秩序的同时，更好地保护历史文化遗产，又为游客提供近乎完美的体验。

阿尔卑斯山下，国王湖风光秀丽，山上残雪可见，天蓝得纯粹，云儿自由飘荡。坐在湖边喝茶晒太阳，鸭子成群凫游水上，湖水清澈透明，可爱的小女孩在湖边喂鸭子，笑容灿烂，目之所及，自然而美好。山脚下漂亮的石头，超级好看，圆润光滑，很像南京的雨花石。石头爱好者看了一定很喜爱。景区里多数店铺，主要售卖各种石头。

登上1834米的鹰巢——希特勒生前最喜欢的地方。鹰巢建于1938年，曾是德国柏林以外的第二政治中心。公交车上去再坐电梯，山上有积雪，山下风景如画，国王湖就在附近，山顶可以眺望莫扎特的家乡萨尔茨堡。鹰巢和国王湖一带都曾是奥地利的土地，德国人喜欢这里的风景，经常来度假打猎，于是合伙花钱从奥地利买了下来，就跟美国1867年花720万美元从俄罗斯买阿拉斯加一样，这两桩买卖，卖方后来都悔得要死。

奥 地 利

奥地利最美小镇——萨尔斯卡默古特湖区的哈尔施塔特。薄雾中的哈尔施塔特像一部童话，这里的居民人人是艺术家，各家出售的工艺品多是自制，非常精美。游人们在这里慢下脚步，所有的窗台上都有鲜花，像一张张迎客的笑脸。坐在湖边的长椅上面对山水发呆，世界安静下来，难怪有人称这里为"世界最美小镇"。有些背包客挑临湖的小楼住下，阳台上就可以面对秀丽的群山和寂静的一面湖水。前一天在德国国王湖看到了很多鸭子，在萨尔斯卡默古特湖看到了洁白的鹅。洁白的鹅、深蓝色的湖水加上临湖的木房子，拍出来的照片特别美。难得有时间发半天呆，好幸福。

参观萨尔茨堡米拉贝尔宫花园——经典电影《音乐之声》的拍摄地。米拉贝尔宫由萨尔茨堡总主教沃尔夫·迪特里希1606年所建，花园中心是喷泉，跟中国园林一样以水为中心。欧洲的园林开放宽阔，并重视雕塑。整体艺术性跟中国园林无法相提并论，但贴近平民生活，人们随意进出，很多长椅供人休憩，好多当地老人坐着晒太阳，生活气息浓郁。

萨尔茨堡是莫扎特的故乡，莫扎特故居门口有音乐演奏，音乐声中一个黑衣女郎忘情地独舞。有一个帅哥在故居前的大街上在发莫扎特名字命名的巧克力，有莫扎特头像。1756年1月27日，莫扎特出生于萨尔茨堡，14岁开始学习作曲，17岁跟随父亲离开萨尔茨堡各地演出。莫扎特一生坎坷艰辛，英年早逝，但他奉献了纯美的音乐，他的作品受到全世界的喜爱。萨尔茨堡的很多街上可以看到艺人在演奏，他们全神贯注，沉浸在音乐的世界。

格拉茨，山顶公园看到幸福的画面，晴好的午后，公园长椅上一对老夫妻，相拥看风景，阳光温暖，互相倚靠着，好像睡着了。游人们不忍打扰，安静地走开。格拉茨当地人随时随地地阅读，在这里，阅读也是一道风景。

遇见孔夫子餐厅，想起莫斯科的三圣人餐厅。女老板是绍兴人，二十年前北京大学中文系毕业的她只身到欧洲闯荡，历尽艰辛，有了自己的饭馆。每一位在海外生活的中国人都有自己的奋斗故事。一路上好几个中餐厅老板是江浙人，浙江人最多。大家最开心的是前几天在德国遇到的扬州老板，他自己是大厨，那天所有菜是老板亲自下厨烧的，在国外吃到了正宗的淮扬菜，那个开心哇！确实每一个菜都可口，汤也好，西红柿蛋汤每人喝了两碗，加汤，加饭！捷克司机和德国导游也胃口大开。旅行总有惊喜。看来以后要经常去吃吃扬州菜。

在格拉茨现场感受欧洲NGO的热情和力量。格拉茨遇到公益健康组织，多处同步普及心肺复苏知识，现场有心肺复苏演练，欢迎路人参与体验。志愿者都是年轻人，我们受到热情的邀请，以为是要人工呼吸，志愿者耐心地解释说，按压为主，人工呼吸只是辅助，让大家消除了一个误区。因为停下来咨询了解，获赠科普手册，还得到限量版的纪念品。

格拉茨山顶公园，女生在上户外体育课，一群活泼少女翻跟头劈叉，个个高挑匀称，翻跟头整齐利落，路过的我们热烈鼓掌，朝她们竖大拇指。她们的表现欲被激发了出来，开始做各种高难度动作，可惜没拍下来。她们身高跟成人差不多，一问年龄才十三四岁，她们的老师过来打招呼，居然是意大利人，在格拉茨教体育。中国很多学校的体育课被主课霸占，更别提户外去上课了。体育应该贴近自然，户外体育课应该提倡，让孩子们自由锻炼和

奥地利维也纳

舒展身心,放出笼子的她们多欢乐!

  悠扬的小提琴从巷子里传来,有个人在独奏,没有任何行人。他不去人潮汹涌的大街,就在这巷子,静候知音。

  维也纳,追寻茜茜公主的脚步。美泉宫曾是茜茜公主生活的皇宫,16岁自由随性的她从巴伐利亚嫁到这个令她窒息的地方。茜茜公主的原名是伊丽莎白,全名伊丽莎白·阿玛莉亚·欧根妮,在奥地利哈布斯堡皇族世系表看到的正是她的原名。美泉宫是巴洛克艺术的经典之作,宫殿设计由皇家成员亲力亲为,整个宫殿共有房间1441间,其中44间是洛可可艺术。现在对外开放的只有45间。参观宫殿,我们看到了茜茜公主宫廷生活的细节。美泉宫巨大的后花园占地2平方千米,种树30万株,中轴线有凯旋门、喷泉,花园两边的树木被剪成一面绿墙。绿墙里有44座古希腊神话故事中人物的雕塑。美泉宫是维也纳最值得一看的景点。

  来到奥地利最著名的音乐殿堂——金色大厅。大楼正面的德语翻译成汉语是"音乐协会大厦",里面有五个演出厅,其中最大的一个金碧辉煌,人们习惯称为"金色大厅"。维也纳的新年音乐会正是在这里举行,每一个新年这里都是世界的焦点。目前唯一受到邀请的中国籍音乐家是郎朗。当地导游说,中国歌唱家在这里举办音乐会以后,金色大厅越来越商业化,有钱就可以在里面开音乐会或者演唱会。奥地利的国家歌剧院仍在拒绝商业化,只演出高艺术水准的经典之作。

酒店大厅这一层,一般用 1、0、G、L 来表示,但德语区用"E"和"EG"表示,由德语 Erdgeschoss 而来,表示平层的意思。德语英语有些差别蛮大,维也纳德语写作 wien。

斯洛文尼亚

斯洛文尼亚,风景如画的布莱德湖,乘传统木船上岛参观古老的教堂,教堂中央悬着一根麻绳,摇晃麻绳就可以敲钟,游客纷纷现场体验并留影。布莱德湖比杭州西湖、苏州金鸡湖稍小,风景绝佳,岛上有教堂,岸上有红顶的当地民居,四围山上的树五彩缤纷。不过最美的风景是人,一对对情侣划着小船在湖上。

在斯洛文尼亚首都卢布尔雅那市中心的旧书店淘书。门口有特价书 1 欧元一本,明信片和绘画 1 欧元一份。书店里除斯洛文尼亚语书以外,还有英语书专柜,我选了一本 3 欧元的,内容是如何成为一个优秀男人。

在斯洛文尼亚首都卢布尔雅那街拍,广场有个老头特时尚,六七十岁染着蓝头发。这里生活休闲,今天恰逢周末,商铺基本全部关门,所有餐厅咖啡馆爆满,特别是餐厅,找个座位很难。

走进世界闻名的波斯托伊纳溶洞,它是发现最早、研究最早、开发最早、规模最大的溶洞,"喀斯特"一词正源自这里。溶洞太大,需要乘火车进出,车程十分钟,里面不用彩灯,不命名景观,跟中国不一样。控制人为因素,尽可能让游客看到天然本真的风貌。整个景区 16 个讲解点,讲解器可选中文解说,景区采取分批预约制游览,有工作人员引导,体验非常好。细小的鹅毛管和钟乳石,洞里大片大片,很壮观。另外,洞穴生物学家统计这个洞里生物多达 115 种,最著名的是盲螈,体型细长,没有皮肤,有四个爪子,跟人一样可以活到 100 岁,所以被称为"人鱼"。它对光很敏感,所以不易看到,景区特意做了一个巨大的水箱,完全没有灯光,游客要很仔细看,才能发现里面有盲螈。

克罗地亚

克罗地亚是从前南斯拉夫独立出来的国家。面积5.6万平方千米，人口只有428万，面积是苏州的七倍，人口还不到苏州的一半。

首都萨格勒布看到好几家书店，不巧周日全部不营业。天主教的地区周日都休息。一家书店正好打七折，可惜关门，只能看看外面橱窗。萨格勒布的周末集市，有各种酒、酱、蜂蜜、调料、坚果等。没什么小吃，好可惜。

匈牙利

布达佩斯第一站是渔人堡，在此可欣赏多瑙河风光。多瑙河将城市一分为二，西边叫布达，东边叫佩斯，这座城市原来的名字叫布达和佩斯。整座古城区都被列入世界文化遗产。市区行走看不到任何现代化建筑，古老的建筑让城市充满文化气息，难怪来到布达佩斯的人都会爱上这里。在匈牙利布达和佩斯是情人，在中国布达和佩斯是兄弟。20世纪50年代，电影表演艺术家陈强随中国青年艺术代表团到布达佩斯访问演出期间，正好儿子出生，为了纪念这一时刻陈强给他取名为陈布达，后来的二儿子则取名陈佩斯。

西方的雕塑，看够了各种神和骑士，忽然见一位婀娜多姿的女子，看她的曲线，听水的声音，布达佩斯温柔可爱起来。

夜色温柔，多瑙河两岸灯火辉煌，阳光下庄严雄伟的皇宫、国会大厦、渔人堡到夜晚都换上了耀眼的晚礼服，魅力四射，吸引了成千上万的鸽子，连多瑙河上的铁桥也可爱起来。坐在多瑙河游船上，一边听着世界名曲《蓝色多瑙河》，一边享用当地特色晚餐和红酒，这个夜晚如此美好！多瑙河的水，给了作曲家和诗人们无限的灵感。布达佩斯的夜晚，多瑙河最迷人。

斯洛伐克

走进斯洛伐克，布拉迪斯拉发到处充满艺术气息。最喜欢那一面墙，墙上一幅幅画，像一扇扇窗子，通向一个个世界。

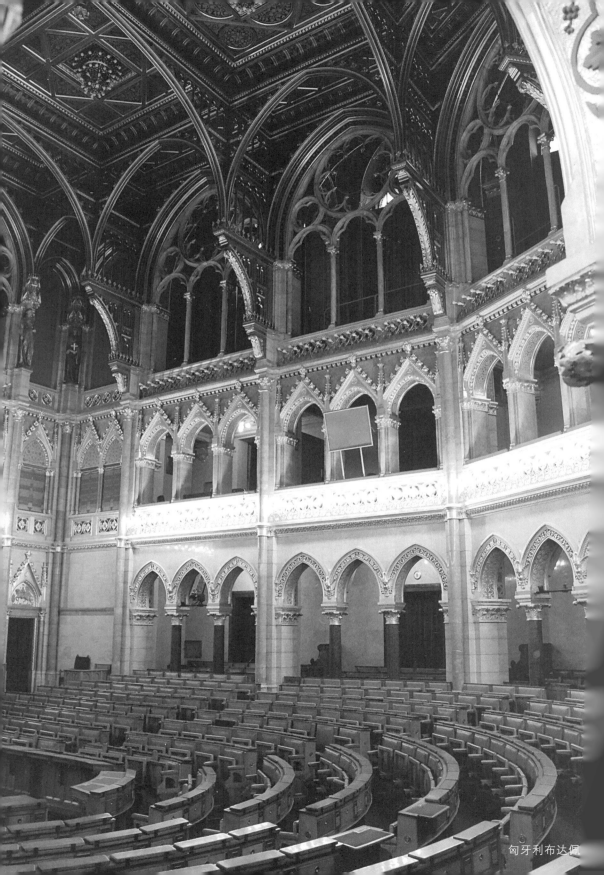

匈牙利布达佩

洛伐克布拉迪斯拉发

布拉迪斯拉发的酒店大厅看到很温暖的十句话,特别喜欢,收藏分享:

(1) Dream big. (2) Say please and thank you. (3) Try your best. (4) Be gratefull. (5) Choose to be happy. (6) Smile. (7) Hug often. (8) Offer to help. (9) Sing laugh dance. (10) Remember you are loved.

捷 克

在捷克逛超市,大型超市跟欧尚差不多,物价超级便宜,特别是巧克力,折合人民币几块钱十几块钱。莫扎特巧克力还有小提琴样式包装的,好赞!

遇见捷克最美小镇——克鲁姆洛夫。1992年,这座南波西米亚的迷人小镇被列入世界文化遗产。在印度,努力拍下每一个窗子;在克鲁姆洛夫,努力拍下每一个店面,它们都是如此的千差万别,自有风情。在克鲁姆洛夫还见到一种特别的乐器。你见过这样的乐器吗?一段刨空的木棍,吹奏者一会儿就满头大汗,赶紧停下来气喘吁吁地擦汗,必须脱掉上衣,并且不时休息。

走进捷克的百威小镇,百威啤酒的发源地。小镇上很休闲,酒店在商业中心里,楼下就是超市,出门就有多家服装店。捷克物价便宜。镇上还有亚洲的泰式按摩。

在捷克,不吃一个面包冰激凌,不算来过布拉格。一个面包冰激凌125克朗,折合约5欧元,在物价低廉的捷克绝对是奢侈,但男女老少开开心心排着队,年轻人也是拍了照再吃。夸张的是当地人吃完无一例外地要舔手指。这倒也是,欧洲的步行街上实在没什么好吃的。走过路过绝不错过,我也来一个,面包是现烤的,冰激凌上有草莓,并且淋了巧克力汁,还不错,真是美妙的体验。

布拉格的艺术气息无处不在,路边的画,精美的橱窗,雅致的窗台,有趣的雕塑,随时随地的音乐,让你深深爱上这座城市。曾在音乐中一再听到的伏尔塔瓦河,如今就在眼前。它是捷克人民的母亲河,也是捷克的国歌,是布拉格的灵魂。

布拉格的查理大桥上,被感动得差点流泪。一位盲女在人潮汹涌的桥上,深情地演唱,歌声直抵心灵深处,没有忧伤,只是平静地讲述,好像中国的《二泉映月》,让人泪流满面地倾听。我轻手轻脚地放下1欧元。一位路过的母亲给了孩子硬币,让孩子悄悄过去放进桌上的盒子里,我迅速拍下了这个

捷克布拉格

瞬间。旅行中关于某一座城市的感动,会铭记一生。

布拉格,伏尔塔瓦河上的查理大桥是一座让人流连忘返的艺术长廊。

2017 年 10 月 24 日

跟英格兰老人聊天

前几天陪同一对苏格兰老夫妻游览苏州。跟来自英国传统家庭的老人聊天,很开心,也很有启发。老人已经七十多岁,非常有教养和风度,老先生叫乔治,太太叫安,名字就很英国,夫妻俩都爱好旅行和读书,这是他们第三次来到苏州。

他们非常喜欢中国,不仅去过大都市北京、上海,古都西安、洛阳,天堂城市苏杭二州,领略过桂林山水,走访过云南少数民族,还去过内蒙古大草原,甚至还一直渴望去西藏,担心高原反应至今不敢贸然前往。说到他们去过的中国每一座旅游城市,他们的眼睛都要发亮,还跟我分享呼伦贝尔之旅

的感受。他们说欧洲的国家很小，人口密度大，而呼伦贝尔大草原无边无际，让人胸心开阔，蓝天白云，牛羊成群，真是美丽的画卷。他们倾心自然，说以前上班的时候，周末总是在乡村度过，退休以后，经常住在乡村的儿子家。安从 iPad 里翻出很多苏格兰乡村的风景照，顺便谈及中国园林与欧洲庄园的差异。他们的儿子在乡村有个漂亮的花园，不过这跟苏州的私家园林没法相比，他们笑着说。

中国的历史和文化让他们沉醉，琳琅满目的古董令他们着迷，用他们的话说中国到处是美景，并一再说中国人特别友好。我很好奇他们为什么有如此深厚的中国情结？乔治说，他的祖父是商人，曾经多次来到中国，带回去很多精美的瓷器、刺绣、木雕，童年听到最多的国家就是中国，如今有些古董现在传到了乔治手里，安兴奋地一一列举家里的中国宝贝。老人突然问我，如今中国的年轻人读历史多吗？我带着遗憾如实告诉他们，如今的年轻人阅读不是很多，很多年轻人不太懂历史。老人说，挺可惜，不过全世界都是这样。

他们欣赏传统的东西，特别是手工，所有手工做的物件，他们都有浓厚的兴趣。老人喜欢苏州的刺绣，他们自由行那天特意找到了苏绣博物馆，不巧没开门，不过顺便游览了被列入世界文化遗产的园林——环秀山庄，就在隔壁，这让他们很开心。他们跟我商量从同里回到市区以后，能不能带他们去看看刺绣博物馆，对于如此礼貌和蔼的老人的请求，我和司机很爽快地答应了。他们认真仔细地欣赏博物馆里的每一件藏品，啧啧称赞。见到他们如此喜欢，决定再给他们一个惊喜，把他们带到博物馆后面的刺绣工作室，让他们看看刺绣师傅们现场刺绣，老人家特别激动，一个个绣架看很久，好奇地问多久能完工，得知多数作品要几个月，也有的要几年，大件的要十几年。老人张大了嘴巴。老人拿出 iPad 一会儿拍半成品刺绣，一会儿拍正在低头刺绣的师傅，说回家跟家人朋友分享，因为他们绝不会有机会看到。

偶然谈到传统音乐，他们听到我也很喜欢中国古典乐器，古琴、古筝、二胡、埙、笛之类，他们很开心地说，他们以前每次来中国都会淘些碟带回去。安忽然问我：“你知道郎朗吗？”我说当然知道啊，很年轻的钢琴家，很多孩子是他的粉丝。老人激动地告诉我，他们现场听过郎朗的钢琴音乐会，感觉相当棒，他们和他们的朋友都非常欣赏中国的郎朗。郎朗果然是世界著名的钢琴家，连苏格兰的老人们都如此喜欢他。老人问我，如今中国孩子学西方乐器多还是传统乐器多。我告诉他们，学古典乐器的孩子非常多，但学钢琴更为普遍。老人说，不管学什么音乐，学音乐总是好的，音乐和文学是最好的朋友。

老人的腿脚已经不是非常灵便，我尽量地让自己慢下来，跟他们保持同样的步幅。老人说，这可能是他们最后一次来中国了，因为随着年龄增长，健康不允许了。以后他们旅行主要在欧洲，距离近，交通便利。他们经常去威尼斯，只要两个半小时就到了。欧洲诸国他们最喜欢意大利和荷兰。他们很喜欢旅行，去过三四十个国家。我说他们好幸福，去过那么多国家。老人笑着摇头，说跟他们同龄的好几位朋友，几乎周游了世界。但乔治先生说他们并不在乎去了多少国家，而是喜欢的国家尽可能深入，有些国家去过许多次，还想再去。他们说，工作之外，除了陪伴家人，其他时间都应该用来旅行和读书。退休之后，他们也写作，只是乐趣。安说，这次来园林里补拍的照片将会放到她正在写作的书里，关于刺绣师傅现场刺绣的场景肯定会放进去。

苏州的四天游览之后，他们将从上海飞景德镇，仍旧四天，慢慢寻访中国瓷都。虹桥机场送别，依依不舍，看着他们远去的背影，心中默默祝福。

很开心遇到这样的老人，心气平和，热爱生活，旅行，读书，就这样优雅地老去。真好！

2016 年 11 月 14 日

美籍印尼华侨的中国文化情结

这两天陪同两位美国朋友游览苏州，一位叫杰基，66 岁，是地道的美国人，在联合国的一个部门里工作；另一位叫文森特，58 岁，是华侨，在药监局工作，他们都是第一次来中国。我跟杰基说英语，跟文森特说中文，文森特中文讲得非常标准，几乎听不出来是华侨，好像就一直生活在中国，完全不似今天的一些海归不夹杂英语就不会讲话。他虽然学医学出身，但文艺功底深厚，两天中我们一路谈历史、文学、音乐、电影，非常投缘。

文森特祖籍广东梅县，出生于印尼，因为从小没读华语学校，只能自己想方设法多读中文书籍。他高中以优异的成绩保送台湾大学医学系，当时全台湾只录取一百人左右，四年后，他再次以优异的成绩考取美国哥伦比亚大学医学院的全额奖学金读硕士，又继续攻读博士，毕业后成为纽约的一名出色的医生，如今安家在纽约，就住在第五大道附近。这么多年他一直坚持读书，痴迷于中国的各种文化艺术。他不仅熟读中国古典名著，对于当今海外优秀华语文学作品也非常关注。在国外，他一直坚持收看中央四套的节目，他的国语也主要是跟电视上学的。他总是说，华人在国外立足不易，自己必须比别人优秀，才可能有机会，向前的每一步都很艰辛，特别是美国这样的国家，没有背景，没有人脉，个人发展非常困难。他坚定地认为物质固然重要，精神生活更加重要。他兄弟姐妹十四人，七男七女，全是名校毕业，他有三个妹妹是律师。他说客家人特别重视女孩的教育，她们长大不仅是母亲更要持家，还是丈夫的贤内助。宋氏三姐妹的父亲查理宋也是客家人。他的这个观点我非常认同。他的生活很丰富，喜欢运动，会做各种美食，研读历史的同时，他还收藏古代鼻烟壶、紫砂壶、玉器、扇面等，是鼻烟壶专家，他还给我看了他收藏的各种鼻烟壶图片，特别骄傲地分享他的各种宝贝。他特别喜欢逛博物馆，台北"故宫博物院"和纽约大都会艺术博物馆是他经常光顾的地方。

　　他每年都会出国旅行，这两天的一路上他跟我分享他在土耳其、英国、法国、日本、加拿大等各地的旅行趣闻。我们谈得最多的是港台文学，他喜欢余光中、郑愁予、席慕蓉的诗歌，喜欢李碧华、罗兰、孟君等人的小说，喜欢徐克、关锦鹏、王家卫的电影，喜欢大陆演员巩俐的所有电影，喜欢邓丽君的所有歌曲，最喜欢邓丽君生前的最后一张唱片《淡淡幽情》。古典诗词谱曲的这张专辑也是我极为喜欢的。美国的华语作家中，他最欣赏获得诺贝尔奖的赛珍珠的文字，我骄傲告诉他赛珍珠在江苏镇江生活了18年，童年、青少年时期都是在镇江度过的，还告诉他纽约人最爱戴的建筑家贝聿铭也是在江苏苏州度过童年的，这些信息让他特别意外。在周庄老戏台听昆曲谈到白先勇，他竟然在美国看过青春版《牡丹亭》，觉得昆曲唯美，很迷恋那些唱词。因为诗词的功底，他很享受我在介绍园林时反复渲染的古典诗意。他向我推荐很多他喜欢的作家，比如孟君，是我从未读过的，还专门推荐了几本他觉得非常值得读的书，如郑念的《上海生死劫》，罗兰的《飘雪的春天》等。其实郑念的《上海生死劫》也是我一直要读的书，去年一位好友曾强烈推荐，可惜一直没买到，他说可以把英文版的和繁体中文版的一并寄给我，

印尼日惹

让我特别开心。游览寒山寺的时候,他对我介绍的寒山子的诗歌饶有兴趣,一首首品读寒山寺外墙上的诗文。我开心地告诉他,我读硕士时主要研究唐宋诗歌,可以等他回国后,把寒山子诗集和王梵志诗集的电子版一起发给他,他非常欣喜。

临别时,依依不舍,他说这次回国,深入地了解了中国文化,还有意外地结识了一位如此聊得来的读书人,他把地址、电话、邮箱都给了我,说以后保持交流,到纽约一定要找他。刚到家就收到了他发来的充满感谢的邮件,有些感动。

在物欲横流的今天,在纸迷金醉的纽约,他坚定地做个读书人,按照自己的方式生活,很让我佩服。他虽然身在异国,流淌的仍是中国的血脉,永远有一颗中国心,是不变的中国文人。

2015 年 10 月 16 日

与犹太朋友同行

犹太人以智慧、精明和勤奋闻名于世,创造了无数的神话。爱因斯坦、马克思、弗洛伊德、卓别林、海涅、毕加索、门德尔松等世界名人都是犹太人。因为要去以色列,刚读完《下一站,以色列》,又买了《耶路撒冷三千年》。正在努力了解犹太民族的时候,忽然接到一个任务,接待两位访问苏州的美籍犹太人。

一直听说犹太人特别爱问问题,决定好好准备。曾在美国旧金山领事馆工作二十多年的朋友给了很好的建议:园林美学和世界文化遗产以外,首先要了解中国人和犹太人交往的历史,特别是二战时期中国上海等地对犹太人的帮助,了解一点犹太教知识;简要了解华人在美国的历史,如早期华人到美国淘金修铁路、支持孙中山革命、二战中资助祖国的抗日战争等;多介绍中国当今的发展和中国对世界和平的期望。

跟两位犹太朋友在两天的交往中,亲眼见证了犹太人爱阅读、爱思考、爱提问、勇于体验、谦虚学习等民族特点。因为生活习惯和个人喜好相近,一路聊得很开心也非常投契。简要做了一些记录。

犹太人的人均阅读时间世界第一。果不其然，这对夫妻随时随地阅读，早餐后、午餐后、出发前、等火车，甚至行驶的汽车上，只要得空随手把书翻出来。他们几乎不怎么看手机。我更加相信，热爱阅读的人总有一本好书时刻相伴。聊天中谈到阅读，他们说读书应该是生活的一部分，一定要从小培养孩子多读书，这些理念跟我完全一致。犹太是一个热爱阅读的民族，他们还有这样一个传统，母亲会在第一次让孩子亲吻的《圣经》上涂上蜂蜜，让孩子知道书籍是世界上最好的东西。

犹太人总有十万个为什么，他们从来不会羞于提问。这两天，这对犹太夫妻问题很多，我感觉自己从早到晚都在回答他们的各种问题。中国为什么坚决实行计划生育又放开二胎？碧螺春的"螺"跟茶叶有什么关系？苏州碧螺春跟杭州西湖龙井都是绿茶，有什么差别？苏州是南方城市，为什么苏州人爱吃面？响油鳝糊里的黄鳝只能生活在淡水吗？年轻人练书法吗？老年人退休了喜欢做什么？垃圾为什么不好好分类？……看到什么问什么，想到什么问什么。有些复杂的问题，先记下来，找好答案再回答，还有些问题，最后到火车站才解答。还有些苏州的专有名词，逐字标好拼音翻译成英语工工整整写下来给他们。看我这么认真地对待他们的每个问题，他们特别开心。

他们在旅行中，很注重体验，能参与的全部参与。拿美食来说，各地风味他们都勇于尝试。他们跟我描述各座城市千差万别的美食，比如在长沙吃臭豆腐，他们一边摆手一边摇头。最有趣的是在重庆吃火锅，他们张开嘴巴做辣得受不了、边吃边擦汗的样子，差点笑死我。来访苏州的外国朋友，很少要吃大闸蟹的，在平江路的餐馆里他们居然点了苏州的阳澄湖大闸蟹。

苏州园林里，到处有书法，他们对汉字萌发了强烈的兴趣。要跟我一笔一画学习写汉字，他们想把自己最常用到的中国字写下来。他们不要别人写好的，要自己模仿写下来，虽然歪歪斜斜但饱含诚意。他们学习的第一个词是"漂亮"，首先想到的是夸赞别人。第二个是"好吃"，夫妻都很喜欢中国菜，吃完饭，他们真把这两个字拿给服务员看，一群服务员笑着围在他们身边。第三个词是"谢谢"，到处用得到。犹太人的好学由此可见。

还有犹太人对历史特别感兴趣，他们问了我很多历史问题。关于二战时犹太人在中国的历史，他们将会专程参观上海犹太难民纪念馆。

两天很快结束了，从他们身上看到很多闪光的地方，这些正是现代中国人应好好学习的。

2017 年 10 月 27 日

诗城白帝城

白帝城是童年背唐诗就记住的地方，二十多年后我走到了这里。

白帝城位于重庆奉节县，因西汉末年公孙述割据蜀地在此自称"白帝"而得名。三国时期，刘备临终前也在此将儿子刘禅托付给诸葛亮。公孙称帝，刘备托孤，让白帝城成为蜀中名胜。今天的白帝城，已经没有白帝的遗迹，只有托孤堂还在讲述当年的托孤故事，真正将游客引到这里的是关于白帝城的万千诗篇。

白帝城是诗人的脚印垒起来的。据统计，七百四十二位诗人先后来过这里，留下四千四百六十二首诗。白帝城是用诗句堆起来的，一句句绚丽的诗句就是城砖。

李白不仅有"朝辞白帝彩云间，千里江陵一日还"，还有"白帝城边足风波，瞿塘五月谁敢过"，"巫山枕障画高丘，白帝城边树色秋"等。

杜甫不仅有"无边落木萧萧下，不尽长江滚滚来"，还有"浮云不负青春色，细雨何孤白帝城"，"去年白帝雪在山，今年白帝雪在地"等。

高适有"青枫江上秋天远，白帝城边古木疏"。

刘禹锡有"白帝城头春草生，白盐山下蜀江清"。

……

在白帝城留下诗篇最多的是杜甫。今天的人们在白帝城首先想到的是李白，因为那首著名的《早发白帝城》，而古代大部分文人更多想到的是忧国忧民的杜甫，可以读到很多古人在白帝城怀杜甫的诗作。最有名的是陆游的《夜登白帝城楼怀少陵先生》。他这样写道：

拾遗白发有谁怜，零落歌诗遍两川。
人立飞楼今已矣，浪翻孤月尚依然。
升沉自古无穷事，愚智同归有限年。

白帝城 © 梁淮山

此意凄凉谁共语，夜阑鸥鹭起沙边。

　　心灵相契，才有这样动情的文字吧！

　　白帝城后面就是著名的夔门，也叫瞿塘门，是瞿塘峡的起点，有"夔门天下雄"之说。新版十元人民币背面正是夔门，它"东连荆楚压群山，西控巴渝收万壑"。杜甫这样描述夔门之险："众水会涪万，瞿塘争一门"，"白帝高为三峡镇，瞿塘险过百牢关"。白帝城像矗立在江畔的诗人，送万里长江急转东去，波涛滚滚一去不返。

　　早先白帝城连接着岸，三峡工程结束后，成为江心一朵芙蓉，现在要经过一道长长的廊桥才能登上白帝城。水位上升后，已看不到夔门争雄的壮观景象，只能在古人诗句里想象了。

　　在诗城白帝城，我没写一句诗，完全被诗淹没！

2012 年 7 月 25 日

走一回鬼门关

　　这次游览长江三峡，第一站是丰都鬼城。丰都是重庆的一个县，丰都鬼城传说是阴曹地府所在地。

　　景区门口竖着一座铜像，是白无常，一张笑脸，头戴一顶长帽，帽上竖写着"你也来了"。看到这四个字，大家都觉得好笑，好像等了我们多少年似的，一副很吃惊又在意料之中的样子。传说黑白两无常都是捉鬼的神，白无常专捉好人，而黑无常则专捉坏人。白无常在门口迎接我们，证明我们都是好人。

　　鬼城在山上，此山叫名山，已经修好了电梯，还没投入使用，我们只能走登山道。进入景区拾阶而上，顺次游览哼哈祠、天子殿、奈何桥、鬼门关、黄泉路、望乡台、阎王殿、十八层地狱等。这里可谓集中国鬼文化之大成，将我们从小到大所听到的各种阴间传说生动地展现在面前，系统全面。

　　奈何桥、鬼门关、黄泉路这三个地方最值一说。

　　提到"奈何桥"，原先以为是浪漫的约会之地，一直记得有句歌词是"奈何桥上等三年"。前些日子在桂林看"印象刘三姐"，其中一段男女对唱销魂缠绵，"恋就恋，我俩结交定百年，恋就恋，哪个九十七岁死，奈何桥上等三年"，歌声飘荡在安静的漓江山水间，恍若神曲天籁，哀感顽艳。后来重看老电影《刘三姐》，才知道是翻唱刘三姐的歌。奈何桥是连接阴阳两界的一座桥，人们死后都要过这座桥，好人会有神佛保佑顺利通过，坏人则会被打入血池河。这也警示人们在活着的时候要多行善多积德，死后才能顺利通过奈何桥。

"鬼门关"三个字是黑色大写的，匾额很大，特别阴森。想到活着的时候还能来鬼门关，感觉挺有趣，特地在鬼门关前拍了一张照。小时候常听人开玩笑说到鬼门关，谁大病好了，去一趟鬼门关又回来了。如今我真去了一趟鬼门关又回来了。

黄泉路是通往阴曹地府的路，走完黄泉路到阎王殿，先接受阎罗王的审判，投胎转世或者打入十八层地狱，当然也有很多孤魂野鬼。

这些信仰在中国民间普遍存在，所以丰都鬼城是人们心目中的阴间在人世间的再现。离开时，大家开玩笑说，过几十年我们都要来的。一个小伙子开玩笑指着旁边上山的手扶电梯说，下次来的时候，可以乘电梯了。

临走时，特地跟门口的白无常打了招呼，我们走了，过几十年再来。

2012 年 7 月 26 日

游三峡、小三峡、小小三峡

此次三峡之行，不仅游览了著名的长江三峡，还游览了大宁河的小三峡和马渡河的小小三峡，换了两次船，船越换越小，景色却越来越秀丽。

三峡是长江中上游最壮丽的一段，分别是瞿塘峡、巫峡、西陵峡，西起重庆奉节白帝城，东至湖北宜昌南津关，全长191千米。船进三峡以后，竟没有丝毫的激动，曾经的险滩已经变成了运河，如今看到的三峡已经不是真正意义上的三峡了。乘坐的七层豪华游轮，相当于五星级酒店，岸上五星级酒店有的电影院、健身房、游泳池、高尔夫球场，游轮上一应俱全。行驶在长江上，仿佛在海上一样平稳，让人渐渐慵懒，只有江面的晚风让人舒朗。长江上的三天，夜晚最舒服，吹着江风，观赏江边渔火、城市的万家灯火。

小三峡在巫山县的大宁河，分别是龙门峡、巴雾峡、滴翠峡，全长60千米。大型游轮进不了大宁河，要在大宁河口换乘坐两层的游船。小山峡最美的时候是秋天，那时候会有漫山遍野的红叶。马渡河的小小三峡是大宁河的一个支流，分别是三撑峡、秦王峡、长滩峡，全长仅5千米。马渡河口换乘乌篷船游小小三峡。马渡河风景秀丽，乘坐乌篷船很有江南的感觉，我还穿上船工的斗笠和蓑衣拍了照。

　　这次游览三峡还有另一个收获，在小三峡和小小三峡看到了一些悬棺。悬棺是崖葬的一种，可能古代的少数民族才有，在山崖或山洞里悬棺，工程浩大，采用这种安葬方式的都是贵族。悬棺在云南、四川、贵州、广西、湖南、福建、江西、浙江等地都有发现。悬棺是历史之谜，至今专家们无法解释如何悬挂上去的，有各种猜想。曾经去过江西龙虎山，那里有悬棺的演出，也只是今人的一种猜想。

　　在马渡河上还听到了当地船夫咏唱的当地民谣。他们曾是三峡上的纤夫，三峡工程使得水位上涨，因此这个职业永远消失，再也看不到赤裸的三峡汉子喊着长江号子拉纤的场景了。

　　真正的三峡已经成为历史了！只怪我来晚了。

2012年7月29日

成都"三大炮"

　　这次去成都尝了很多小吃，最难忘的是锦里古街的李长清"三大炮"。

　　店面不大，但声响不小。"三大炮"现场制作，可听到连续三声炮响，经过的行人无不驻足。慕名而来者，闻香而来者，响声招来者，皆有。一边排队，一边观看师傅现场制作，有吃的，有看的，还是名小吃，真不错！

　　一份五元，付钱领了一份，纸杯中有三颗糕团，形似汤圆，浸在红糖芝麻熬成的汁中，尝一颗，甜糯可口，温热恰好。

　　店里的师傅一身白色厨师服和帽子，背对游客，甩出去的糯米团，击中薄薄的圆形铜盘，反弹起来，落下击中第二块铜盘，再次反弹落下击第三块铜盘，最后跳入装有黄豆粉和芝麻粉的匾中。原来顺次排列的三片铜盘有此妙用。师傅的动作娴熟潇洒，糕团倒也个个听话，按指定线路跳跃，接连发出很响的"当、当、当"三声，洪亮悦耳，果真是"三大炮"。店面的两边还有一副对联："欲把乡情待友人，糖油果子三大炮。"可见，"糖油果子三大炮"是比较有成都风情的传统小吃，是成都人走到哪里也忘不了的乡情。

千百年来，"三大炮"始终是那么受欢迎，三声脆响就是最好的招牌和广告吧！

在今天，这种表演性的小吃越来越少了，"三大炮"显得越发珍贵。去成都千万别错过哦！

2012 年 10 月 15 日

中越边境山水画廊

这次来广西中越边境，仿佛走到了山水画廊，边境一派迷人的田园风光，恰似世外桃源，驻足间悠然忘机。

从广西首府南宁驱车来到崇左市大新县，沿着国界飞驰，一路青山绿水，风景如画，难怪这里被称为"百里山水画廊"，果然不负盛名！

中越边境最美的是归春河两岸。归春河是中越界河，它发源于百色市靖西县，流入越南，最后又流回中国崇左市大新县，越南逛了一圈，又回到祖国，可以取名"海归河"了，恰如学成归来的游子。归春河流到大新县硕龙镇的德天村奔跌成两个瀑布，这就是宽阔壮美、举世闻名的德天跨国瀑布，紧邻的是越南板约瀑布。板约瀑布的纤巧恰好衬出德天瀑布的磅礴。

德天跨国大瀑布，是亚洲第一大跨国瀑布，世界第二，仅次于巴西与阿根廷之间的伊瓜苏大瀑布。德天瀑布极为壮观，一波三折，飞流直下，水流激荡，涛声震天。乘着竹筏，漂流在美丽的归春河上，逆流而上，一点一点向它靠近。瀑布边居然有越南人钓鱼，面前同时放着四根钓竿。还有越南人划着竹筏，过来兜售越南商品。离瀑布越近，大家越激动。到了瀑布前，飞下的万点水花打湿了竹筏，大家尖叫着，也有人勇敢拍照，不顾湿身。眼前如大海倾倒难遏，气势汹涌，惊动天地。我们兴奋不已，离它如此之近。上岸后有观景台可走到瀑布之上，山顶有炮台，山下有界碑，这里是中越交界。

德天跨国瀑布

　　53号界碑那里有个越南商贸集市。我们踏上越南国土，逛一逛边境的集市。里面约有近百个摊点，摊主基本都是女人，出售各种越南特产，如越南香烟、咖啡、香水、果干、排糖，还有沉香、红木、花梨木做的各种工艺品。每个摊点大同小异。摊主们都会讲普通话，但不是很标准，个个热情。当我走过时，她们一个个吆喝："帅哥，要买东西吗？"看来她们对中国的称呼非常了解。转了一圈，发现了一家鸡粉摊点，立刻决定尝一份正宗的越南鸡粉。它是最有名的越南小吃，被视为"越南最有营养的早餐"。所谓的鸡粉，比一般米粉要细。一边和同行的朋友聊天，一边看那位姑娘做鸡粉。她动作娴熟，先在碗里放上鸡粉，上面放四五块香喷喷的烤鸡，接着放两三块颇有嚼劲的香肠，还要放些蒜泥和几片生菜，再倒上鸡汤，搅拌一下就好了。配料是自己加的，按她的介绍，倒了几滴越南的鱼露、酸醋。她还递过来一个碗，里面有几瓣现切的柠檬，可以自己挤几滴柠檬汁在鸡粉里。一闻香气扑鼻，一尝真是美味。这样的一碗五元钱，还好不算贵。旁边坐着一位越南姐姐，吃鸡粉的同时，手里抓着一张面值两万的越南货币。我非常吃惊，问她吃一碗鸡粉多少盾，她答"一万五千盾"。差点倒地，一碗鸡粉居然花费一万五。原来越南盾如此的不值钱，算起来越南人个个是千万富翁。

越南盛产橡胶，都说越南的拖鞋好，纯天然橡胶制作，结实耐穿，能穿好几年。既然来到越南，大家都想买。找家摊点试一下，果然厚且柔软，十元一双，价格不贵。还有一种鞋面是钉状的，可以按摩脚底，二十五元一双，也不错。橡胶拖鞋不仅穿得舒服，还防治脚气。团里几乎每人都买了，有人给家里每人买了一双。集市出来的时候，人人提着一袋拖鞋。大家相视一笑，全部是同一句话"原来你也买了"。

晚上住青龙山庄，离硕龙镇五公里，紧贴一个小村庄，依山傍水，与越南隔河相望，绿叶红花，鸟语花香，让久在都市樊笼的人，瞬时忘记城市的烦恼，彻底回归自然。这里的夜晚，非常宁静，此刻世界只属于你一人，从阳台向外眺望，繁星漫天，晚风拂面，可以听到远处传来的歌声。

起得很早，顺着河边小路行走，空气清新，一路山泉叮咚。这里天气炎热，清早知了已经不知疲倦地叫开了，闯入人们的美梦。路边很多不知名的花儿，漂亮至极。还有我从未见过的竹子，在安吉的竹博园也未曾见过，粗壮的竹子，外皮枯黄，表面满是大片的斑点，完全不似泪迹点点的湘妃竹。战争总是破坏的，我猜想它会不会和战争有关。路边一片片稻田，有人骑着摩托车开过，头上都戴着斗笠，让我仿佛置身越南。这里人讲话已与越南人无异。身边走过一群群去上学的孩子，或许是学校远吧，七点钟就出发了。他们三三两两打打闹闹，一路吃着零食，踢着小石子，就像我们小时候一样。可惜现在城里的孩子，都是从一个笼子直接送进另一个笼子。

村里的人们已经开始忙开了，猪肉放上了案板，已经有人挎着篮子走来，有骑车卖米粉的，有人在喂鸡、喂鸭、喂牛——这里牛很多，竟是如此的原生态，也许他们正渴望城市，正如城里人希望回到农村一样。往往有人看不到自己的幸福，只想着自己缺少什么，却很少去想自己拥有什么。

行走在中越边境，就如行走在天然的山水画廊，好想画一幅画，可我画不出，它永远在心里，那是如梦的桃源。来过，便不曾离开。

2011 年 5 月 11 日

北海银滩

"北海"这个名字乍一听以为是中国北部的沿海城市,其实它在南部的广西。据说,名字跟早期的渔村南澫村有关,村里的船只经常驶到村北的海港捕鱼和避风,村里人称这个海港为"北面海",后来简称为"北海"。这里风景优美,植被丰富,气候宜人,碧海蓝天,多次入选"中国最宜居住城市"。听说我要去北海,朋友无不羡慕。

北海最出名的沙滩是银滩,有"滩长平、沙细白、水温静、浪柔软、无污染"的特点,被誉为"中国第一滩"。银滩,光听名字就诗意,阳光的照耀下,整个沙滩闪着银光。银滩全长24千米,海滩面积38平方千米。银滩沙质细腻,洁白如雪,被称为"东方的夏威夷"。这里的海水非常清澈,达到国家一级水质。海浪轻柔,温顺可爱,很适合游泳。

走在一望无际的沙滩,海天一色,忘了身在何方。脱了鞋子,卷起裤管,踩在柔软的沙滩,身心舒畅。沙滩上一个个小洞,一只只小螃蟹在闲荡,稍有动静,便飞速钻进洞中。动作快得让人咋舌。想要抓住一个小家伙,绝非易事。这让我想起张家港双山岛的蟛蜞。蟛蜞是长江里的一种螃蟹,窜得比耗子还快,所以双山岛抓蟛蜞很有意思。银滩上有一处浅滩,一汪清水里爬满了小螃蟹。它们见人就往沙里钻,转眼消失。不过在水里,可以连沙挖起一把,它随着沙被挖出来。方才生龙活虎的,居然会装死,在手心一动不动。刚放入水中,便迅速钻进沙里。好狡猾的小生灵啊!我们还抓到一只红爪白壳的螃蟹,跟其他螃蟹大不相同,引来不少朋友的围观。最后将它们一一放生。它们恢复了自由,爬得飞快。可是人的自由呢?被俗务套牢的人,谁来将他们放生呢?其实很多人活得还不如这只自由自在的小螃蟹。

幸好阳光不是很烈,不然半天晒成黑鬼。海水不凉不热,海风轻拂,闭上眼睛,任温和的海浪轻吻双脚。提着鞋子随意地踏浪行走,睁开眼睛看天空的朵朵白云,羡慕它们那样自由,可以任意东西。低头时偶然发现一个微绿色的水母,被海浪冲到岸上,还在呼吸,软软地瘫在沙滩上。我不敢动手。

同行的小伙子胆子大，将它拿起来，装入袋中，还加些海水在袋子里。游客太多，整个沙滩没找到任何贝壳，尽管我们走了很远。漂亮的贝壳应该只会在远离人群的地方。可惜这一带海边已没有处女地。如果住得近的话，破晓时分来的话，或许可以捡到漂亮的贝壳，可惜那时还在睡梦中。

银滩真的与众不同，如此的细滑柔软，这里的沙比舟山群岛朱家尖的沙还要细。走在这样的沙滩，真是妙不可言！如果身旁有自己的爱人，那样的时刻将会毕生难忘！

2011 年 5 月 12 日

涠 洲 岛 记

北海的北部湾南端有个岛屿，叫涠洲岛。这是一个神秘的地方。它对于旅游观光者有着无穷的魅力，很多人慕名而来，其中就有我。

涠洲岛从空中看像个玉环，环中是自然的避风港。岛上住着两千多户人家，常住人口1.6万。面积大约25平方千米，离海岸38千米，乘船去涠洲岛要一个多小时。涠洲岛比澳门稍小，这里也曾是赌城，以前中国和越南的很多富豪聚集在此豪赌。中华人民共和国成立后所有的赌场全部关闭。想起世界赌城摩纳哥，占地只有1.98平方千米，却闻名世界。涠洲岛的面积相当于它的12倍，如果任其发展不加干预的话，这里还会是一个赌城。

涠洲岛是中国最大、最年轻的火山岛。岛上植被丰富，风景如画，难以相信曾是火山岛。火山喷发形成各色岩石，最漂亮的岩石在五彩滩，海水退去，红、黑、黄、灰的岩石和一汪汪蓝色的海水配成一幅天然的五彩画。涠洲岛海水清澈，水质好，这里是珊瑚的天堂。涠洲岛东面、南面、西面三面都有珊瑚礁。岛上有月亮湾，是一个美丽迷人的小海湾。

大家都知道海南有个"天涯海角"，却很少有人知道涠洲岛有个"海枯石烂"。它是涠洲岛最南面的一块火山岩石，静静地伫立在海边，边上有座桥，叫"情人桥"，是情人山盟海誓的地方，背山面海许下"海枯石烂"的誓言，多么浪漫。这里只属于情侣。

涠洲岛上有个汤翁台，传说汤显祖曾在这里避过难。汤显祖的驻足，让小岛多了一丝人文色彩。翻开历史，原来苏东坡被贬时也曾来过这里。小岛无意中让多少落魄文人内省。从最远处看，从最高处看，从人生的低谷看，原来人生没有失败。天下之大，人心之宽，有何不可放下？

涠洲岛盛产香蕉，多数百姓以种植香蕉为业。登岛后满眼香蕉，岛上香蕉不值钱。香蕉四季栽种，任何时候来，都能吃到新鲜香蕉。平日吃的香蕉基本都是催熟的，因为香蕉熟了以后就不能运输，所以没熟就摘下，到目的地催熟卖出去。这里的香蕉是自然长熟的，游客真是有口福了，香蕉的价格是两元一大串，三元两大串。所以在岛上吃香蕉特过瘾。芝麻蕉虽然小，但很香。还有一种青的香蕉，外皮硬邦邦的，看似未熟，剥开后会发现熟得恰到好处。成熟的香蕉往往不方便携带，但这样的青香蕉不怕碰磨，携带方便。

历史上这个岛多次被日本人占领，明清时期岛上抗击倭寇的斗争从未停过。岛上至今还有海盗洞和藏宝洞。说不定还有海盗劫来的宝藏未被解密。据说岛上的香蕉还救过两个日本鬼子的命。两个没逃掉的鬼子躲在海边的山洞里，每天夜里出来偷香蕉，被村民发现了。日本鬼子若没香蕉，早饿死了。

涠洲岛的导游很有意思。因为地方保护的缘由，岛上的导游只能是原住民，她们不需要导游证。游船靠岸的时候，岸上接待我们的导游是一位阿姨，染着黄头发，脖子上戴着一串珍珠很大的项链。她讲解不错，可惜她的普通话不敢恭维。讲解一会儿，她就拿出大把珍珠项链给大家看，大家立刻问她价格。她很严肃地说："领导规定不许导游在车上卖东西，你们先拿过去看看，手链、项链都有，但车上不能买，等一会儿下车卖给你们。"大家差点笑晕过去，这位阿姨好可爱，多有职业道德啊！大家挺喜欢她，比较实在。因便宜的缘故，大家买了好多。临别时，我提醒大家还有要买的赶紧买，阿姨一听可来劲了，立刻又掏出许多项链给大家继续挑选。

其实好想在这里住一晚，坐在海边，远看大海，静观海浪，躺在沙滩上，看天上云卷云舒，看农民收割香蕉，看渔民清晨出海，开心归航，听当地原住民讲他们祖祖辈辈的故事，枕着涛声入梦。

2011 年 5 月 16 日

沱江 © 梁淮山

沱 江 泛 舟

凤凰城的沱江是湘西的一朵夜来香。

夜幕下的沱江,恬静如苗寨里的阿妹,纯真却充满时代气息,虹桥是沱江美丽的腰带。两岸灯光迷离,游人若织,处处是寻梦的旅人,走在江边,忘记旅途的疲惫,忘记昨天的故事。沱江是渴望逃出都市的流浪者驿站,是苗家的一座不夜城。

昨天逛了夜晚的凤凰古城,沉醉在迷人的沱江夜色中。今天上午沱江泛舟,乘一叶狭长的小舟,行到水中央。江水清清,河底的水草,浅浅可见,绿油油地铺着,随着水波在招摇,在轻舞,如一支舒缓的晨曲。一支长篙下去,船儿悠悠前行,两岸的吊脚楼绵延着,一路相伴。河边一群阿妹,说笑着,有洗菜的,有洗衣服的,有刷东西的,还有两三个孩子在她们后面玩耍。一个孩子靠近水边,引来了母亲的责骂,另外的孩子幸灾乐祸地跑开。

穿过虹桥,听到苗家阿妹的情歌。阿妹一身蓝印花布,戴着头帕,站在船头,一声声"阿哥哟",柔情蜜意,令人心动,真想对上一段。两岸突然全是酒吧,名字有"流浪者""迷路了""光阴的故事"等,带几分文艺色彩。

过了这一串酒吧，接连是沿江的客栈，住在当地人家里一定很妙吧！感受苗家的真实生活，听当地老人讲凤凰的掌故，夜晚还可以枕着沱江的温柔夜色入梦。还有些客栈，沿河每层有阳台，阳台上有一桌二凳，或秋千或沙发，令人神往，这样的地方最适合情侣。河上有一只小船，船上站着六只鸬鹚，保持着同一个姿势，乖乖待命的样子，雕塑一般。我们经过的时候，它们扫了我们一眼，一动不动，想必是静静地等着主人吧。

到了万寿宫，该下船了。万寿宫是黄永玉的画廊，画里处处有凤凰的影子，每一幅都能听到沱江的水声。我想，沱江才是凤凰最动人的画廊吧！

2012 年 11 月 27 日

张家界顶有神仙

每次来张家界，必去黄石寨。黄石寨上有块石碑，题着"张家界顶有神仙"，落款是朱镕基。朱镕基向来不轻易题字，湖南是他的家乡，美誉几分自然是愿意的。这次看到雨后的张家界，深刻体会到了这句话。

清晨的雨停了，我们开始上山。雨后的群山洗过一般，极其清新，一片一片白色的云雾，绕着傲立的峰峦，所有的山峰一派仙风道骨。看着雾里的群山，心生疑惑。这般充满仙气的地方，哪是人间，分明是神仙所居。一座座山峰，直入云霄，萦绕的雾白茫茫，山若舞女，雾似轻纱。岩石是黄色的，遥远的山巅绿树苍翠，空气纯净，整个世界纯净得令人感动，这分明是仙境，这正是阿凡达的世界。

上了天子山，白茫茫一片，御笔峰在哪里？仙女散花在哪里？一切美景都隐在了雾里。我们腾云驾雾，不辨东西，来自凡间的我们，完全迷失。脚步开始零乱，不时听见声音，却不见人，也许其中有仙人的对话，只是我们分辨不清。忽然传来一阵青春的笑声，不知是路过的游客，还是正在散花的仙女？雾气越来越重，直到对面不相识。

走在这一片化不开的雾里，我们更加相信张家界顶有神仙。

2012 年 11 月 25 日

游走在宋祖英的歌声里

湘西的美，在沈从文的文字里。

湘西的美，在黄永玉的画卷里。

湘西的美，也在宋祖英的歌声里。

游走湘西，处处是宋祖英的歌声。

宋祖英是苗族人，出生在湘西古丈县，实际上在永顺县的外婆家长大。永顺县流过一条河流，叫猛洞河。湘西旅游素有"张家界看山，猛洞河漂流"的说法。所以来到湘西，游客都不可错过猛洞河漂流。乘橡皮艇，顺流而下，耳畔响起宋祖英的《家乡有条猛洞河》。家乡有条猛洞河，藏着一支神秘的歌；家乡有条猛洞河，飞出一支神奇的歌。布尔门洞开，半边月飘落。阿妹跳摆手，背篓藏春波。拍摄这首歌 MTV 的地方叫王村，也是拍摄电影《芙蓉镇》的地方，为发展旅游，现已改名芙蓉镇。我们在这里尝了刘晓庆的米豆腐，味道不错。湘西的猛洞河是宋祖英家乡的歌谣，是梦里的歌谣，"最美我家乡猛洞河"，"最恋我家乡猛洞河"，都是深情的诉说。

在湘西处处可以看到小背篓。湘西的女人最勤劳，她们的一生离不开小背篓，小背篓是湘西独特的一道风景线。孩子们的童年就是在这样的小背篓里度过的，跟着妈妈的脚步开始了人生的各种头一回。头一回幽幽深山尝野果，头一回清清溪边洗小手，头一回赶场，头一回看龙舟……宋祖英就是凭着这首《小背篓》走出湘西，为观众熟知。《小背篓》歌词亲切感人，那是湘西金色的童年，最温暖的记忆。清晨，看到无数的小背篓来赶集，她们把所有的东西都背在小背篓里，是那样沉重。小背篓里坐着的孩子，戴着小帽子，手里抓着小玩具，好奇地四处看，第一次赶场这么热闹。沿途看到的小背篓，是一首动人的歌。

宋祖英的家乡古丈县是茶乡，这里出产的古丈毛尖，历史悠久，品质优良。唐代和清代都曾进贡朝廷，现在是全国名茶。沿着公路，看到大片大片的茶园，正如《古丈茶歌》里唱的，青青茶园一幅画，迷人画卷天边挂。家家户户小背篓，背上蓝天来采茶。我爱喝茶，所有与茶有关的文字音乐我都喜欢，这首《古丈茶歌》反复听了无数遍。古丈毛尖长在牛角山一带，青山绿水，晨雾缭绕，这样的环境最适合茶的生长。这里的水很清，苗家人在河里洗衣、沐浴、饮牛。昨天在苗寨，还看到苗家的阿妹在河边洗头，秀发如瀑布一样。一路看茶，春茶尖尖叶儿翠，绿得人心也发芽。每年春天，湘女们背着小背篓去采茶，那是多美的风景，远处传来茶园的歌，我们醉在茶香里。

湘西顿顿离不开辣椒，包括早餐，几乎每个菜里都有辣椒，不论荤素。有"四川人不怕辣，贵州人辣不怕，湖南人怕不辣"的说法，可见湖南人是全国最能吃辣的。湖南的女孩子吃辣椒，性格风风火火，有"辣妹子"之称。看到湘西家家户户有辣椒，门前地里种辣椒，屋檐下挂辣椒，姑娘们大口地吃辣椒，所以一个个都是辣妹子。这里的妹子美得就像红辣椒，辣妹子从小辣不怕，辣妹子长大不怕辣，辣妹子嫁人怕不辣，有辣妹子的地方，就能听到辣妹子宋祖英唱的《辣妹子》。

游走湘西，游走在宋祖英的歌声里。

2011 年 10 月 18 日

走 在 厦 大

在我心中，厦门大学是中国最浪漫的校园。很早就知道，厦大不仅是一所国家重点大学，更是中国最美的校园之一，一直仰慕。没想到我虽然无缘在厦大读书，却有幸多次走在厦大的校园内。

记得 1929 年初到厦大的鲁迅给许广平的信中，说厦大"背山面海，风景佳绝"。没想到向来苛刻的鲁迅先生对厦大的评价如此之高。有人说，厦门最美的是鼓浪屿，我却受不了那里的嘈杂和烈日；有人说厦门最美的是沙滩，我想它美不过海南；在我心中整个厦门最美的地方就是厦大，所以每次来厦门，我不一定去繁华的中山路，不一定去吃诱人的海鲜，不一定去沙滩上眺望金门，但一定会去厦大走走。整个厦门，我独爱厦大。

静静地走在厦大的校园，看娴静温婉的芙蓉湖，一池灵秀的碧水，那是

厦门大学

厦大的眼波。枝枝蔓蔓的老榕树,根须飘逸;细皮嫩肉的白桉树,玉树临风;风情万种的椰子树,海般热情;绿意盎然的草地,如茵如毡。他们将厦大装饰得如此俏丽,艳而不俗、秀而不媚。还有清水墙、琉璃顶的老房子,静静地诉说厦大的历史和华侨陈嘉庚的伟绩。路上三三两两学生擦肩而过,他们都是上帝的宠儿,可以在如画的厦大读书。厦大有山有湖又临海,真是全国无二。

厦大门前的南普陀寺,是闽南的佛教圣地,著名的闽南佛学院便坐落其中。弘一法师曾多次在此弘法,闽南佛学院也是在他整顿之后发展起来的。高校修学,寺院修禅,其实两者是相通的,都需要心静才能有所成。南普陀寺和厦大可以说是相辅相成,声气相求。这样的环境,可以让学生、学僧都沉静下来。厦大的学生应该很喜欢这个让人心生菩提的名刹,南普陀寺的僧人也一定因为毗邻厦大而欢喜和骄傲。

有人说,厦大是最适合恋爱的校园。的确,校园里很多的长凳和情人椅,那些并肩的恋人也是一道风景。大学时代,正值青春的男女不谈一场恋爱,真是辜负了这么美丽的校园,但厦大不是缠绵的,爱情学业两不误。厦大聪颖又勤奋，所以人才辈出，培养了无数杰出的人才，如陈景润、余光中、卢嘉锡、北村等。

整个厦门，我最爱厦大。

2012 年 8 月 6 日

昆明湖泛舟

清晨，乘画舫顺着慈禧水道来到昆明湖。

首先看到老北京口中的罗锅桥，它是一座高高拱起的石拱桥，几乎拱成了大半圆，形似趴下来的驼背。难怪北京人在苏州看到吴门桥时激动地说"前面一座罗锅桥"。从罗锅桥边上船进入昆明湖，阴雨天气，湖上一片烟雾迷茫，恍若仙境，湖水清澈广阔，昆明湖不愧为"京西碧海"。

船上静静的，大家都沉醉在昆明湖的美景之中。我独坐船头，遥望远方。湖上有精巧的小岛，岛上楼阁隐约，绿树环绕。岸上有长堤，堤上有人晨练。看着这清清的湖水，忽然想到近代著名国学大师王国维，他 1927 年自沉于昆明湖，恰好是那一年的今天。面对美景，心中感伤，天妒英才，辉煌的背后是解脱不了的痛苦，他写道："五十之年，只欠一死，经此世变，义无再辱。"无限悲壮，引人垂泪。颐和园的园丁说，那一天他很平静、从容，还吸了会儿纸烟。纵身一跃，了断此生。我在想，他深受德国哲学家叔本华的悲观主义哲学影响，年轻时也曾留学东京，受到日本文化的洗礼，日本人崇尚自杀，向往"毁灭之美"，这些审美倾向必定对他有不可忽视的影响。他将人生的终点选在了风景佳绝的昆明湖。在人生的低谷，或许有人绝望，但终究缺乏那样的勇气。人生一世，苦海挣扎，他终于解脱了，留下了不尽的疑团。人生是苦海，但也无限美好，痛并快乐着吧！

船儿徐行，水波不兴，船舱中的一声"那是十七孔桥"，打破了我的沉思。好美的十七孔桥，她静静地躺在碧波之上，一个个圆孔整齐排列，凝视着我们。十七孔桥像条宝带，一头连着南湖岛，一头挽着堤岸。上了南湖岛，走上十七孔桥，大家数着桥上的石狮子，摆出各种姿势拍照。

又该上船了，航线是从南湖岛到清宴舫。湖面上依旧烟雾迷蒙，对面的万寿山、排云殿、佛香阁都笼着轻纱一般，几分娇羞。风景迷人的颐和园，曾是皇家禁地，今天世人共享，这应是慈禧从未料到的。

偌大的昆明湖，历经沧桑，几百年来静静地看着船上各色游人，每一位都是过客，不变的是昆明湖。每一天它会想什么呢？或许什么也不想，任花开花落，云卷云舒。

2012 年 6 月 2 日

静静的恩和

今天，走到了俄罗斯民族乡恩和，一个非常安静美丽的乡村。

恩和坐落于风景优美的额尔古纳河畔，与俄罗斯隔河相望，边境线很长，这里生活着俄罗斯的后裔。恩和有耕地，种油菜、小麦、大麦，有牧场，青青的草原上有牛群、马群，每天可以喝到鲜奶。河流之外，还有低矮的群山，绿树成林。这里也盛产木材，当地房子是纯木结构，当地人称为"木刻楞"。这里生活安宁，仿佛世外桃源。

村里大部分的房子只有一层，沿路而建，房屋都是由完整的圆木搭建而成，屋子的窗口可以看到一盆盆鲜花，乡民保留着俄罗斯人热爱种花的传统。一座座小木屋，整齐有序，不拥挤，也不凌乱。这里人口较少，居民基本都是俄罗斯族，街上行人很少，偶然看到路边有三四个人坐在一起聊天，他们的俄罗斯族特征可以从五官上明显地看出来。镇上只有几家小商店。我好奇地一家家逛，里面的商品都很少，最大的那家商店里的商品还没有我们社区便利店多，店里还兼卖蔬菜和水果。最大的那家店老板夫妇都是大块头，男人长得跟汉族相差无几，说话非常豪爽，女人一看就是混血。在店里和他们聊天，他们很自豪地告诉我，他们家是当地商品最齐全的商店。他们说这里的老百姓过得很舒服，工作不忙，一年中大部分时间休息，政府还有补贴。一条河穿过村庄，河水呈现茶色，清澈见底，河里鱼很多。中午尝到了河里的鱼，味道不错，还有这里的泡菜很爽口，酱黄瓜酸甜适中，非常可口，是我吃过的最好吃的酱黄瓜。

午餐时候还欣赏了一台精彩的演出，演员都是俄罗斯人，不仅有极具俄罗斯风情的舞蹈和民歌,还有一位俄罗斯姑娘用中文唱《月亮代表我的心》。俄罗斯姑娘们身材都好得要命,但婚后极易发福,合唱团那些唱民歌的大妈全是水桶腰,对比鲜明。

恩和静静的,只有大自然的风声或水声,阳光温柔,草地青青,群山起伏,一座座木刻楞在幸福地午休。

真想在这里住上一个月。

2012 年 5 月 30 日

难忘的额尔古纳河

在电视上看到东北边陲的额尔古纳河,不禁有几分激动,连续几个夜晚它静静流淌在我的梦里。那里是 2012 年呼伦贝尔之旅最留恋的地方。

从呼伦贝尔的首府海拉尔往北 100 千米,便进入了额尔古纳市。额尔古纳在蒙语里最早的意思是"捧呈、递献",现在人们将它译为"奉献"。额尔古

额尔古纳 © 梁淮山

纳河是中俄界河,将中国版图看成一只雄鸡的话,额尔古纳正傲立于鸡冠之上,一如征服半个地球的蒙古姿态。这里是蒙古人的发祥地,蒙古族正是在这条河上发展起来,逐渐强盛,额尔古纳河也是著名河流黑龙江的上游。

那个 8 月,沿着额尔古纳河一路飞驰,河那边的俄罗斯群山起伏,散落的村庄清晰可见,这边有一片片的白桦林,有盛开的向日葵,有广袤的草原,有俄罗斯民族村,还有亚洲第一湿地——根河湿地。从一座小山上眺望根河湿地,有个马蹄状的小岛,传说是成吉思汗的宝马留下的足迹。茫茫无际的大草原上居然有一块如此美丽的大型湿地,观者无不称奇。

提到根河湿地,要向额尔古纳的女儿——钱瑞霞致敬。内蒙古是中国矿藏最丰富的地区之一,很多地方疯狂开发,环境恶化。额尔古纳矿藏丰富,境内探明的金矿多达十八处,无数的开发商找到了时任额尔古纳市市长的钱瑞霞。她深情地爱着这片土地,她见证过科尔沁草原变成科尔沁沙地,看到多少地方被开发得满目疮痍,也看到多少人一夜间变成暴发户,多少官员扶摇直上。她冷静地说,谁能保证额尔古纳这片土地上草原、森林、湿地保持不变,谁就可以开发。开发商一个个垂头而去。在以 GDP 作为政绩的时代,她独自顶着巨大的压力,始终将环境保护放在第一位。今天我们依然可以看到美丽的额尔古纳,真的要感谢这位额尔古纳的保护神。

在额尔古纳,穿行在白桦林,遥望无际的草原,眺望神奇的根河湿地,站在金黄的向日葵海洋,漫步在恩和俄罗斯民族乡,坐在额尔古纳河边,看着牛羊吃草,无处不是如此静谧,色彩丰富,如诗如画。

一次次梦里,回到额尔古纳河畔,内蒙古最具诗意的地方。

2014 年 4 月 11 日

槟 榔 谷

"高高的树上结槟榔,谁先爬上谁先尝。"

"少年郎呀采槟榔,小妹妹提篮抬头望。"

看到一株株高挺秀逸的槟榔树,立刻想到童年就很熟悉的一首歌《采槟榔》,邓丽君和高胜美都唱过。

槟榔谷位于三亚与保亭交界,两边的山上是茂密的热带雨林,山谷里居住着黎族和苗族。连绵数公里的山谷种满了槟榔,因而得名"槟榔谷"。走进槟榔谷,既能感受到黎族民俗魅力,又能体验到苗家风土人情。一进景区先进入黎族村,村里面的建筑都是黎族人日常生活的住房,简单,高低错落。部分建筑现在辟为博物馆,用各种文物、生活用品、艺术品、图片资料展示黎族灿烂的文化。感受最深的是黎锦和文身。

黎锦在中国少数民族纺织艺术中是非常耀眼的奇葩,以织绣、织染、织花为主,刺绣较少,色彩艳丽,图案精美。黎族服装漂亮,款式多样,很能显示黎家阿妹的身材。黎族很早就制作的筒裙,是中国最早的超短裙。黄道婆就是在海南,跟黎族人学会使用制棉工具和织造技术。回到家乡松江后,她将它们改进和推广到内地,棉织品一下子取代了麻织品,让松江成为全国的棉纺织品的中心。可见,黎族的纺织技术曾经多么先进。

黎族人另一个特点是文身绣面,它是黎族的传统习俗。先辈定下规矩,女子必须文身绣面。很多阿婆的脸、颈、背、四肢都刺有图案,图案的线条都是蓝色的。至于文身的原因,说法不一。有人说,黎族的图腾是蛇,所以像蛇一样刺上花纹;也有人说是为了修饰;还有人说是为了辨认。无论是哪种原因,这都是黎族独特的文化。村里到处可以看到年长的老人,他们在门口唱着歌,拉着家常,编着竹篓,织着黎锦。这些老人非常长寿,很多已经八九十岁。他们身体硬朗,还能干活,一群老人还用黎族的乐器为我们演奏了一曲。演出的地点是村里所谓的广场,大树下就是村里集会、娱乐、闲暇的地方,树下有个木制的宝座,那是村支书专门的宝座。坐在这寂静的槟榔谷中,真有与世隔绝的感觉。难怪他们会长寿,空气好,环境美,平淡从容地过每一天,简单幸福。

景区还有一台精彩的演出叫《槟榔谷韵》,是黎苗文化实景演出。有先民的钻木取火、青年男女的对歌和跳竹竿舞等。有一个互动的节目很有意思,节目名叫《捏》,青年男女之间爱得越深,捏得越痛,一个小伙子无处可逃,咻溜一下爬上了槟榔树,姑娘们在树下又笑又骂。苗家还有个捏耳礼,见面捏耳朵就是祝福,"捏捏耳朵,福气多多"。舞台上的阿妹们走下来,捏捏观众的耳朵,大家有点害羞,捏了之后个个一脸开心。都说黎族阿哥个个是爬树能手,如果爬树不行,那肯定讨不到老婆。阿哥要得到阿妹的青睐,不仅要能歌善舞，还要勤快，身手敏捷，这个要求真是蛮高的。按爬树速度，汉族小伙大部分要打光棍。

现在大部分黎族年轻人已经跟汉族差不多了，他们很多已经走出去，姑娘们不再文身，小伙子们也爬不上槟榔树了，一部分民族工艺正在失传，一些风俗文化将成为历史。

2012 年 9 月 18 日

听雨天一阁

今天有缘来到宁波天一阁，读书人、爱书人、藏书人心目中的圣地。

细雨迷蒙中，走进天一阁，回想着余秋雨《风雨天一阁》里面的文字。天一阁是我国现存的最大的藏书楼，为明代嘉靖年间兵部右侍郎范钦所建。取名"天一阁"，源自《易经》中的"天一生水"。藏书最怕火，故以水镇火。天一阁藏书七万余卷，为了保护藏书，范氏家族制订很多规定，最重要的一条：代不分书，书不出阁。世事变幻，天一阁依然傲立。

值得一说的是里面的百鹅亭，结构别致，雕刻精美，独具中国特色。传说主人曾用百鹅祭祖，远看可以看出一条条鹅脖子。现在上海世博园里的中国馆正是汲取了"百鹅亭"的设计灵感。

走在天一阁，遥想主人坐拥书城，万卷书香中透着淡淡茶香，那该是多幸福。退官以后，两袖清风，简简单单做个快乐的读书人。天一阁是个幸福的地方，读书最使人幸福，藏书又是一种幸福。很幸运我也喜欢读书藏书。

走出天一阁，心里默默在想，既然阅读改变人生，阅读让生命更加美好，那就做个快乐的读书人，做个简单的读书人。

2010 年 9 月 12 日

夜读西塘

生来本无乡，心安是归处。

——题记

算算有四五年没来看西塘的夜景了，夜色中沿河廊棚下的红灯笼，像朋友的微笑一样让我想念。终于又来了，驿动的喜悦暗涌在心。

　　今天是周日，担心拥挤，穿过唐家弄，上了西街，果然游人如潮，寸步难行。艰难地游览了种福堂、西园、纽扣馆、瓦当馆，当然也没忘体验西塘最窄的弄堂——石皮弄。大家一致决定早点吃午饭回酒店，等待古镇的夜景。

　　下午，在新镇四处闲逛，看密密麻麻的客栈，也不停看手表，仿佛今晚是一场约会。从新镇兜到了景区最北侧的入口，发现一家概念书店叫慢邮记，它远离喧闹，躲在古镇的角落，偶有两三个人进去。很喜欢这样的地方，想在这里静静地读一本书，看看时间已经4点多，5点半要用晚餐，决定晚上来夜读。我想西塘是夜游的地方，关门应该很晚。问了说营业到11点，正合我意。

　　用完晚餐，天黑了。餐厅出来从苏家弄上西街，弄堂里的灯笼已经亮了，

西塘 © 梁淮山

街上的游人仍旧不少，不过远没有白天那样壮观了。看着两边的店铺，心里惦记着慢邮记。一桥之隔的烧香港和塘东街，从幽静的古镇小街一下子步入震耳欲聋的酒吧街，简直是两个国度。家家门口都有年轻的小伙揽客，这种高分贝的音乐路人耳边再大声说话都极难听见，只想尽快逃离，去我的慢邮记，于是一路疾行。路上一家清吧里的歌声引我慢下了脚步，唱的是陈奕迅的《稳稳的幸福》，几乎没有伴奏，音质纯美，听了很舒服，唱歌的是位戴鸭舌帽的年轻小伙，店里只有很少的几位顾客。想起一位一直想开清吧的兄弟，他总是说，要努力攒钱，在苏州古城里开一家清吧，一直为他加油，期待他的店早点开业。挺想留步，静静地在这里听音乐看河上的风景，但更想看书，这一晚要留给阅读，遂还是离开了。

慢邮记只有我一位顾客，打算淘一本书，趁新鲜就在店里阅读，虽然包里有两本书，但买了新书立刻就读是很开心的事。买书有时真很难，有些经典现在想看可家里有，时尚小说很吸引眼球却无深度，也有书很不错但太厚不便携带。再三思量，买了一本东野圭吾的《解忧杂货店》，多位朋友推荐过。付了钱，就拆了塑封，准备立刻就读。店主是位小姑娘，她说你去里面读吧，不用点单——她看出我是真正爱书人。推开玻璃门，进入幽暗的里间，两排有五张桌子，桌子两面是沙发，桌上放有古旧的玻璃罩灯，散发着微光，将书靠近才能阅读，有点像童年的煤油灯。翻开书，外面的音乐一再扰乱心绪，这样的状态显然不适合读小说。找本随意轻松的散文吧，又出去买了一本——于丹的《人间有味是清欢》。

于丹和我一样研究古典文学出身，她的文字散淡有味，富含生活情理和文艺气息，她对于弘扬传统文化功劳甚巨，叫人敬佩。这本书里，她谈人生、生活、教育、旅行、节日等话题，很多身边的小故事，娓娓道来，令人感动，催人珍惜，还有杭州、丽江、黔东南、敦煌以及欧洲巴黎、挪威等地的旅行，视角独特，不时流出新鲜感。最感兴趣黔东南的文字，那里的乡土气息，人树合一的古老习俗，令人神往。静静地看书时，店里的猫不时调皮地在邻桌爬上跳下，店主怕它影响我看书，把它关进笼子。它喵喵地叫着，我好过意不去，其实我不介意身边有只调皮的猫。今晚还有另一个收获，第一次听到了马融的声音，沉浸书里的时候，耳边响起"你是否来过这里，美丽的彩云之巅……请你留在美丽的彩云之南，想起那蓝蓝的天"，声音纯净浑厚，极为动听，令我想起丽江的日子，听到了流浪的味道，我们一样在路上。查了资料才知道，他的音乐之路很坎坷，是丽江的酒吧驻场歌手，这些歌曲都是他的原创。最近刚刚知道有位苏州朋友，导游改行后在丽江做驻场歌手，认识多年从不知道她会唱歌，想必漂泊了这些年，她一定唱得更好了吧，祈祷她在他乡安好。

不知什么时候，外面下起了雨，看看手表，9点半。读到10点，合上书，走出玻璃门，跟店主很真诚地道谢。

邂逅了慢邮记，一晚的夜读，马融的歌声，给了我很宁静很愉快的一段时光。

2015年4月12日

夜宿乌镇

乌镇有东栅和西栅，东栅一年要去几十次，而西栅姓终无缘。喜欢乌镇，因为它是中国最后的枕水人家。西栅，一直是我向往的地方，那里的夜晚很安静，夜色温柔，可以枕水入梦。去过的朋友，无不诉说西栅之夜的恬静与浪漫。我更加期待。这次终于如愿以偿。

晚上7点到西栅，进去要摆渡。此时已经华灯绽放，水上船儿悠悠，岸上灯火点点，如情人的眼睛，灯影迷离，倒映水上。游船缓缓前行，水面灯影荡漾，如此的静谧。船儿很慢，船上很安静，大家静默着，在这样的美景中。不禁想，如果在船上入梦一定很妙，希望船儿再慢些。

独自走在西栅的石板街上，如穿行在历史，两侧的粉墙黛瓦渐渐入梦，橹声隐约可闻。这里的夜晚如此安静，仿佛情人的悄悄话所有人都能听到。西栅有七十多座桥，它们既方便交通，也是一道道风景，更是赏景佳处。西栅的桥多为拱形石桥，也有几座带顶篷的木桥。拱桥卧波，桥上放眼远眺，星空下的世界一片宁静，河边的枕水人家沉寂在睡梦里。一只小船徐徐摇来，小船是一道风景，桥上看风景的人，也正成为别人的风景。

信步而行，任意东西，走过一座古桥，纯木结构，包括台阶和顶篷。拾阶而上，脚步声清晰可闻。桥左侧是宽阔的水湾，民居绕水而建，中有一座水上戏台，是唱花鼓戏用的。这里的花鼓戏是用桐乡方言演唱，取材于农村题材，故事简洁，曲调轻快，极富水乡特色，深受农民喜爱。遥想过去赶集的日子，这里一定停满了看戏的船只，岸上桥上挤得水泄不通。现在听戏的人越来越少，生活的快节奏已夺走了细细品味地方戏的耐心。每晚7点到8点这里有花鼓戏。这样的夜晚，如果沿河面对戏台而坐，掌一杯清茶，听一回花鼓戏，该是很妙的。走到这里，已经8点半了。此时人去楼空，凝神细听，刚才的花鼓戏似乎还回荡在空气里。

西栅晚上有喝茶的地方，也有吃夜宵的地方，如裕生客栈。它二十四小时营业，是西栅唯一的纯木结构餐厅，两层小楼，店面临街。赏完夜景，肚子可能会叫，不妨来这里，掀开蓝印花布的门帘，直接上二楼，选个靠窗的地方，一边吃夜宵，一边看窗外的老街和偶尔经过的行人。裕生客栈经济实惠，环境也很好。老板是个戴眼镜的小伙子，斯文帅气，很热情，关于西栅，他如数家珍。里面的饭菜也很不错，最喜欢水乡家常羹，里面有笋丁、腊肉丁、火腿丁、胡萝卜丝、蛋花、香菜等，小碗连喝两碗，还意犹未尽。这样一道复杂的菜，用料多，搭配好，口感佳，吃得很享受，来西栅千万别错过。

西栅是约会的好地方，属于浪漫的情人；也是独行的好地方，一个人夜晚自由行走。西栅是做梦的地方，因为这里是梦境。

西栅来过，便不曾离开，因为心留在了这里，因为这里永远在心里。

2011年1月26日

乌镇青梅

江南的梅子，江南的雨，江南总是和梅子连在一起的。诸多的江南小镇中，我独爱乌镇，她是最后的枕水人家，如一位深闺中着蓝印花布的女子。每次去乌镇，必吃青梅。青梅是粉墙黛瓦的乌镇的另一种味道。

无论何时去乌镇，总习惯在茅盾故居旁驻足，吃一袋青梅。说不定茅盾小时候，上课之前，也常常在门口的林家铺子边上吃青梅吧！

沿着石板街，漫步至茅盾故居，看着姑娘用漏勺从坛子里捞出一颗颗青梅，小心装进小小的袋子，递上钱，接过青梅。轻轻放一颗在嘴里，脆脆甜甜，一点点酸，就是不能吃酸的人，也会爱吃。我最喜欢青梅的颜色，鲜活却不耀眼，就像丛林中的果实，不似温室或果园中的那样漂亮，但它自然大方，毫不娇气，就像乌镇不显高贵，但质朴中见气质。

乌镇的青梅酸甜爽口，老少皆宜。每次吃青梅的时候，我都会分给身边的朋友品尝，他们都会夸青梅好吃，很喜欢这样的口感，常常立刻就要买。我便引过去，看青梅一颗一颗捞出来。分享也是一种快乐。青梅本身就是一种快乐的象征。两小无猜的两个人，弄青梅，骑竹马，喜嘻闹闹，一起吃，一起玩，那是天真无邪的童年。

此刻吃着青梅的人，或许小时候并没弄青梅，但都有小时候一起长大的异性，最要好的那个，最难忘的那个，现在在哪里呢？也许在身边，青梅竹马成眷属是最圆满的故事。也许天各一方，内心深处那抹青涩的记忆，也正如这青梅般脆脆甜甜吧。

乌镇青梅的味道，让人眷恋，一颗青梅里，有过多少故事，有着多少回忆？都似这青梅，脆脆的、酸酸的、甜甜的。

2011 年 10 月 31 日

西栅枕水入梦

江南的诸多古镇之中，最爱乌镇的西栅。渐渐来得次数多了，不但没有丝毫的厌倦，反而越发喜爱和欣赏，西栅也渐渐成为我心中的知己。

我爱西栅的夜晚。一个人漫无目的地行走，忘却所有烦忧，走走停停，惬意舒适。灯光昏黄，长街漫步，踩着古旧的石板街，回忆着陈年旧事，每走几步就有一座小桥，是看风景的绝佳地点。小桥上，或伫立，或小坐，欣赏温柔夜色，都很有风味。看着摇橹船缓缓从桥下穿过，三三两两背着相机的游人从身旁走过。西栅分布着七十多座古桥，我爱这里的每一座桥，每座桥都有自己的风景和故事，一如我们每一个人。

走过一座座小桥，回到房间。我住的民宿是两层木质小楼，我住楼上第一间，一面临街，一面枕河。我的房间是个单间，木地板，雕花窗，床上罩着白色的帐子，一如童年的小床。床边的电话机是民国时代的老式电话机，若不是一台电视机在旁,差点以为自己穿越到了清末民初。

推开后面的窗子,下面是静静的西市河,月色如洗。忽然发现,东面有一座石梁桥,似乎正朝我看过来,目光相遇的刹那,它羞怯了,我们似曾相识,一时叫不出名字,因为这座桥我曾无数次走过。一只只船儿从窗边划过,有游客们的私语,有年轻人的歌声,还有游客和摇橹人的对话。趴在窗口,静静地看着对面河岸的街,断断续续的行人,人影幢幢,一只只倦鸟终于归巢,西栅的夜晚渐渐宁静。

看着对面的行人,我在想,我们一生不都在行走么?人生就是在行走和奔波中画上句号。

是啊,人生是一次旅行,我们终生在行走,总会在某些地方驻足,乌镇是最适合驻足的地方,它是最幽静最温柔的驿站。

这一夜,身在西栅的临水民居,躺在古旧的雕花床,枕水入梦,水乡酣眠,无限诗意。

2012 年 5 月 5 日

秋游瘦西湖

三月的瘦西湖,美在春天的轻盈和烂漫;八月的瘦西湖,美在秋天的清明和爽飒。

瘦西湖,我来了。洒满阳光的秋日早晨,令人沉醉的桂花香里,我又来了。秋风送爽,一片清明。

瘦西湖,是我一年一会的情人,我们的约定是烟花三月,那是你最美的季节。今年我失约了,秋天才来赴这场约会,想不到你一样的婀娜艳丽,光彩照人,你也是为悦己者容么?扬州城的美女,是否每一位都这般动人?

湖畔的彼岸花开了,红艳艳的,在晨风中摇曳,像一位红衣少女,歌唱着,企盼着。你无意在春天与百花争宠,开在静静的秋天,羞红了脸,你也是在等待着意中人么?

白塔是瘦西湖里的王子,玉树临风,俊逸儒雅,出生于豪富的盐商之家,却生性淡泊。孤高清傲,远离红颜脂粉,仿佛看破红尘,参透了色即是空,

二十四桥 © 梁淮山

日日与莲性寺里的僧人作伴，谁人能懂你的寂寞和无奈？

　　五亭桥永远风姿绰约，若说瘦西湖是扬州第一大美女，你便是她身上镶嵌宝石的玉带。你的光芒在夜里更加迷人，月宫里的嫦娥对你如此钟情，不然怎么会有"天下三分明月夜，二分无赖是扬州"？你为扬州赢来一城的月光和骄傲。

　　顺着杨柳依依的长堤，走到钓鱼台，每个月门都别有洞天，四面是殊异的框景。东门里是白塔，南门里是五亭桥，西门里是琼花树，北门里是小金山。钓鱼台边留个影，景色风流，人也风流。

　　汉白玉的二十四桥，虽小巧，却最令人流连，杜牧的诗、姜夔的词，多少才子佳人曾驻足。拱桥卧波，桥也是玉人，凭栏处，忆扬州美女，赵飞燕的舞姿、上官婉儿的才气、刘细君的坚韧、田秀英的笛声……

　　天下西湖三十六，扬州西湖最多情。

2012年9月25日

烟 花 三 月

听着《烟花三月》，想到此时正是扬州最美时节。

几年前的一次偶然机会，听到吴涤清的《烟花三月》，好唯美的歌曲，曲调舒缓婉约，充满唐诗风韵，意境优美，旋律动人，愁绪淡淡。一下子就喜欢上了，百听不厌。这首歌是扬州市的市歌，也是1999年中国十大金曲之一。听这样的歌曲，扬州城更加令人神往。

记得一次公司组织集体活动，有个扬州小伙唱了一曲《烟花三月》，唱完掌声响了很久，大家都喜欢这首歌。或许因为他是扬州人唱得更有感觉吧。谁不爱自己的家乡呢？周围很多朋友都喜欢这首歌，我也听导游同事唱过，温婉动听的女生版，将那种唯美演绎的特别精妙。

"腰缠十万贯，骑鹤下扬州"，扬州最美是三月，桃红柳绿，烟柳画桥。"扬州"两个字听起来就是一个充满诗情画意的地方。历代诗词里写扬州的篇章数以万计。"烟花三月是折不断的柳，梦里江南是喝不完的酒。"扬州就这样让人流连忘返，品味不尽。数一数扬州的风物历史，也别有风趣。

扬州有一朵琼花，宋代诗人韩琦赞道"维扬一枝花，四海无同类"，被称为"中国独特的仙花"，与隋炀帝有着说不尽的故事。扬州是运河之都，一条大运河穿城而过。邗沟是京杭大运河的第一锹，大运河最古老的一段在扬州。扬州也被称为"运河第一城"。

扬州有二分明月，唐代诗人徐凝写有"天下三分明月夜，二分无赖在扬州"，扬州赢得"月亮城"的美誉。

扬州有三把刀：厨刀、剃头刀、修脚刀。扬州浴室的搓背、修脚功夫一流。中国的沐浴文化在扬州。住一晚扬州，泡个澡，搓个背，修个脚，做一觉扬州梦。第二天早上吃个早茶，来个三丁包子，猪肉丁、鸡肉丁、笋丁鲜香脆嫩，你绝对不止吃一个。还有三套鸭（菜鸽、野鸭、家鸭）、三头宴（鱼头、猪头、蟹粉狮子头）也是扬州的美食名片。

扬州有四大菜系之首的淮扬菜，色香味俱全，蟹粉狮子头、大煮干丝、拆烩鲢鱼头、三套鸭、扬州炒饭不可不尝。扬州还有说不尽的二十四桥，在唐宋辞章里千百次吟诵。另外"苏门四学士"之一的秦观，是扬州高邮人。

扬州有天下第五泉，位于大明寺，茶圣陆羽评定，并作记。还有瘦西湖上的五亭桥，十五个桥洞，洞洞相通。《扬州画舫录》里这样写道："每当清风月满之时，每洞各衔一月。金色荡漾，众月争辉，莫可名状。"

扬州是"三关六码头"之一的盐码头。这里是盐商聚集地。扬州的繁盛首先得力于漕运和盐商。

扬州有漆器，扬州漆器，驰名中外，三获国际金奖。另外"建安七子"之一陈琳，东汉末年著名文学家，扬州人。今有散文名家朱自清、汪曾祺。

扬州八怪，名动一时，八怪其实不止八人，他们是清朝中期的扬州地区的一批书画家，以郑板桥为代表，他们追求自然，敢于突破，独辟蹊径，被视为怪人，开创了画坛新局面。扬州雕刻艺术精湛，以"扬州八刻"为代表，分别是竹刻、木刻、石刻、砖刻、瓷刻、牙刻、刻纸、刻漆。"唐宋八大家"里的欧阳修、苏轼都在扬州做过官，平山堂仍在。

扬州是九州之一，大禹分天下为九州，扬州是其中之一，可见扬州地名的古老。

春风十里扬州路，扬州的十里长街闻名遐迩。十里文昌路，唐宋元明清，从古看到今。

历史上"扬州以园林胜"，盐商的私家园林不可不逛，个园、何园最值一去。

去扬州，听一首《烟花三月》，吟诵几句唐诗，看看扬州城里的美女，尝一尝让乾隆馋得流口水的风鹅，泡把澡，做个扬州梦。早茶来一个三丁包子，嚼一块牛皮糖，中午来一份扬州炒饭，最后记得买一个绒毛玩具。

真是说不尽的扬州。扬州城还有你的老朋友。

身未动，心已在扬州。

2011 年 4 月 8 日

九华山礼佛记

　　有心礼佛，亦喜名山，池州九华山，四大佛教名山之一，我恋慕已久。首访九华山，适逢烟雨天。

　　出苏州，过湖州，越宣城，经南陵，至青阳县九华山下。天降甘露，好似赐福。群山迷蒙，香雾缭绕，胜似人间仙境。山下游望华禅寺，进第一香，遥望九华山。上山，游化城寺，拜肉身殿，登百岁宫，上天台寺，不畏艰辛。

　　自古名山僧占多。九华山，雄奇灵秀，庙宇如林，香火鼎盛。自古文人骚客纷至沓来，诗仙李白曾三游九华，留有"昔在九江上，遥望九华峰。天河挂绿水，秀出九芙蓉"的绝唱。

　　九华山，为地藏王菩萨道场。地藏王菩萨又称大愿地藏王菩萨，他曾立誓"地狱不空，誓不成佛"，"我不入地狱，谁入地狱？"他担起教化六道众生之重任，广遂众生心愿。我既来，亦勇攀高峰示诚心。此天台峰最险，陡直如削，至顶，衣衫尽湿。又到天台寺前，焚香三支，虔诚三拜，愿家人安康。

　　既登九华，诚心叩拜。平日素爱佛法，热衷禅理，佛在心中，即心即佛。我佛慈悲，普度众生，禅来烦去，永葆清和。

2012 年 5 月 14 日

仙居寻仙

　　江浙一带是我走得最多的地方，可仙居始终无缘。仙居，顾名思义，乃是仙人居住之所。那神仙的住地会是什么样子呢？向往久久，机会终于来了，仙居寻仙去。

　　提到仙居，首先想起汉代以前的那些游仙诗。这里有仙人的踪迹，也一定少不了诗人的足迹。自古以来，访仙、咏仙、慕仙就是浪漫文人的志趣之一。今天我也来访一回仙，遥想之间，觉清心飘摇，欲凌云而去。

仙居是台州下辖的县级市，台州、温州、丽水、金华四市交界之地。仙居原名乐安、永安，北宋时期，宋真宗觉此地"洞天名山屏蔽周卫，而多神仙之宅"，故赐名"仙居"。对仙居感情最深，并最早述诸文字的，要数一位来自苏州的文人，他的名字叫潘耒，曾任翰林院编修，晚年他潜心研佛，喜好山水，遍游徽、赣、闽、越等地名山，并为文记述。他遍游仙居及周边后，写有《仙居诸山游记》，其中写到仙居的得名："原仙居所由得名，固以山岩灵异，林木清幽，宜为仙灵所窟宅。"在武夷山、黄山、雁荡山、天台山诸多名山之中，他独爱仙居，他这样写道"天台幽深，雁荡奇崛，仙居兼而有之。"

　　两天的游历，可谓短促，匆匆一会儿，实难尽兴。这样的胜地是要小住半月的，看清晨、看日暮，登山行水，看雨中山林，雾里群山，竹杖芒鞋，一一寻游。可惜我是利用带团之便，只能走马观花。两天中游览了皤滩古镇、景星岩、永安溪三处。

　　皤滩古镇是千年古镇，位于永安溪畔，兴于唐宋，盛于明清，是一条龙型古街，保存了唐、宋、元、明、清、民国等各时代的古建筑，整体格局相当完好，犹可见旧时的客栈、绸庄、茶馆、当铺、赌馆、妓院、戏台、书院、祠堂等。妓院保存最好，大家光明正大地逛了一回窑子。青楼犹在，那些美女和曾经的血泪一起湮没进历史。正厅的墙上挂着妓女们的名牌，排在第一个的便是头牌。头牌是花魁，风光无限多少恨，背后心酸谁知晓？走出妓院，正巧看到有个剧组在拍戏，满眼是演员和大片散放的道具。拍的是抗战年代的影片，一群小伙子穿着军装，背着步枪，街上群众演员坐在青石上休息。街道两边全部是老建筑，走在古镇，恍若时光倒流。

　　景星岩位于仙居县白塔镇，它是山上一面突出的崖壁，海拔743米，像一艘海上巨轮，昂首航进。成龙、李连杰主演的电影《功夫之王》曾在这里取景。爬山偶遇挑西瓜的挑夫，他一边擦汗，一边跟我聊天。他说，当时导演和明星就住在他家里，成龙很有礼貌，特别喜欢他家的农家菜和水果，临走给了很多钱。他伸手一指，远处那唯一的房子便是他家。看着他家房子不由想起一句诗"白云生处有人家"。景星岩应该雾天来看，浮在雾里，若隐若现，才是最销魂的风景。

　　永安溪是仙居的母亲河，午后的漂流最动心魄。一路顺筏而下，两岸风景如画，溪水清澈，大家打起水仗，几番混战厮杀，喊叫声一片。在一场恶战中，一只竹筏翻入水中，幸好水浅无碍，一场虚惊。落水者上筏后开始疯狂复仇，硝烟四起，个个竹筏暴雨如注，无处可藏，殃及无数无辜。靠岸时，很多人还不想上岸，在水里游起泳来。水很干净，可以达到国家一级水质！仙居的水都是仙水。

晚上在仙居县城逛逛，遇见一家书店，淘了一本书，仙居当地的一位小学语文老师的散文集，中国文联出版社出的。虽说不上写得多好，但文字真诚动人，将生活、读书、教书的点滴，积累成厚厚的一部书，令人敬慕，平淡人生处处是幸福文章。还买了一些特产，杨梅酒和馒头干。仙居盛产杨梅，杨梅汁和杨梅酒颇有名气。馒头干很好吃，看上去很硬，咬下去却酥脆，香而不甜，炸出来的却不见油，尝一口，便欲罢不能。我买了两大袋回来。美食小吃绝不错过。

仙居，还会再去。李白说"五岳寻仙不辞远"，何况仙居近在浙江？

2012 年 9 月 5 日

访净慈寺

杭州灵隐、虎跑诸寺，已经是极熟的老友，唯独净慈，数过其门而未入。近日得闲，终有一访。

小时候背过《晓出净慈寺送林子方》，至今记忆犹新，脱口即诵："毕竟西湖六月中，风光不与四时同。接天莲叶无穷碧，映日荷花别样红。"杨万里的这首诗描绘了六月西湖的美景，脍炙人口。今天出净慈寺已经看不到荷花，因为对面的外湖，西湖上最大的这块水域，已经严禁种植荷花。如今看荷花要去岳湖一带，也就是曲院风荷所在地。净慈寺在雷峰塔的对面，很多游客到这里都是先上雷峰塔，后访净慈寺，净慈寺的放生池和照壁在马路对面，跟雷峰塔景区融为一体，净慈寺和雷峰塔虽被南山路隔开，但你中有我，我中有你，密不可分。

净慈寺前有"南屏晚钟"碑，为康熙御题的"西湖十景"之一。很多人熟知经典歌曲《南屏晚钟》，因为邓丽君、徐小凤、蔡琴、费玉清都唱过，却很少有人知道南屏晚钟在哪里。这口钟就在雷峰塔南面，南屏山下净慈寺里。傍晚时分，庙里的钟声飘荡在西湖，清悦悠远，给西湖访客留下深刻印象。跟苏州寒山寺一样，净慈寺也因钟声和一首诗而出名。

寺庙的门楣上的匾额"敕建净慈禅寺"为乾隆御笔。正门乃空门，故紧闭，买票从边门入。寺内空旷，建筑宏伟，善男信女们正进香礼佛。走在寺里，心自然静，一一参观，尤其是楹联，一一品读，妙者欣喜抄录。庙里有运木古井，可惜济公殿已毁待建。运木古井正是济公从四川运来一百根木头的那口井，原叫醒心井，因为这个神奇的故事而更名，很多人来到净慈寺都要看看这口井。井亭上的楹联，特别喜欢，反复念了好几遍："运木寓禅机，井里蕴无边妙谛；掬泉消俗障，胸中添几许清凉。"若是盛夏，必按联所云，掬一捧清泉，消消俗障，感受下神井送来的几许清凉。

看到很多人在斋堂的窗口排队，以为他们是要吃素面。我一向喜欢庙里的素斋。每一次去木渎灵岩山，都要在灵岩寺吃了一碗素面。也曾有幸随信徒吃过寒山寺的素斋和素饼。一看时间 11 点半，已是午饭时分，也赶紧上去排队。靠近一问，原来大家在买净慈寺的豆腐干和素烧鹅。里面的僧人马不停蹄地忙着，一盆盆飞速卖完，大家耐心地等着，终于轮到了。买了一份素烧鹅，豆腐皮做的，扁扁的，金黄色，像饼，很香，一点不油腻，完全不像超市里的那么油。果真好吃，难怪那么多人买，很想回头再买一块，又觉得好吃的东西还是适可而止，留些念想。济公灵隐寺出家，净慈寺挂单，虎跑寺圆寂，不知道这素烧鹅跟济公有啥关系。

净慈寺一游真是令人神清气爽，可惜这次没黄昏来，不然先赏雷峰夕照，再听南屏晚钟，感受下"坛影圆明清静地，钟声响彻夕阵天"的境界。

2013 年 1 月 17 日

诸葛八卦村

很早就听说过浙江有个诸葛八卦村，一直想寻个周末去看看，这次正好有机会带团去，也算了却一桩心愿。

诸葛八卦村在金华下辖的兰溪市，原名高隆村，是全国最大的诸葛亮后

诸葛八卦村 © 梁淮山

裔聚居地。诸葛亮是山东临沂人，他的十四世孙诸葛利到浙江寿昌任县令，病逝于任上，其长子诸葛青迁居兰溪。寿昌县治在今天的建德市大同镇，离兰溪很近。

进村第一个景点是丞相祠堂，建立于明朝万历年间，是村民祭祀诸葛亮之地。祠堂高大宽敞，雕梁画栋，中庭四个柱子，木料分别为松树、柏树、桐树、椿树，寓意"松柏同春"。祠堂一进比一进高，寓意后代步步高升。后面高出三级，有"连升三级"之意。最后一进为享堂，中供诸葛亮，羽扇纶巾的样子。

这里约80%的村民姓诸葛，四千多人，村名诸葛，镇名诸葛。后代大部分从医或经营药材，他们奉行"不为良相，便为良医"的古训。这里还走出了很多的举人、进士。现在还保存着进士府第，"乡会两魁"古牌坊仍在。

八卦村保存了大量的明清建筑，体现了"青砖灰瓦马头墙，肥梁胖柱小闺房"的特色。大公堂里顶部南北方向的梁统一是肥梁，状似冬瓜，民间称"冬瓜梁"。梁间雕镂精美，古雅大方。整个村呈八卦形，让世人惊奇，这还是偶然从古书上发现的，世世代代居住在这里的诸葛后裔竟然不知。这个发现给诸葛村抹上了一层神秘色彩，1996年被评为全国重点文物保护单位，与八卦不无关系。八卦的中心是钟池，整个村中心低平，四周渐高，既可以排水，又方便百姓用水。

这个村还有个与众不同的地方，是"门不当户不对"，整个村子没有任何两家是完全对面的。祖先这样设计，为了减少邻里摩擦，希望后代处理好邻里关系。

我们还看到当地妇女仍在用河水洗衣服，用棒槌捶打衣服。水池四周都是古建筑，村里人慢悠悠地行走，仿佛这是个与世隔绝的地方。这里民风淳朴，村民卖的蜂蜜、紫薯、蜜枣、霉干菜、笋干青豆都非常便宜。

真想在此小住一晚。在小巷，在河边，走一走，感受下古村落的早晨。

2012 年 3 月 26 日

南浔的早晨

五年之前，南浔曾是我经常光顾的地方，那时每个月都会带团到南浔。在苏州定居后，从未去过，但从来没忘却这个中西合璧的江南大宅门。

这次来南浔，只为了在古镇住一晚，再感受下古镇的早晨。阴雨天气，5点就黑了，在南浔印象用了晚餐，入住小莲庄宾馆。白天的喧嚣退去，整个古镇似乎早已疲倦，在雨中早早地入睡了。

第二天，6点就醒来了，正好出去走走。人潮袭来之前，看看刚睡醒的古镇。选择从繁华区走到古镇深处的线路，算是从现代步入古代吧！出了宾馆是宽阔的马路，来往车辆不是很多，路边小吃店已经在忙活，很多人在吃早点，刚出笼的包子热气腾腾，白白的，很有尝一个的欲望。转到嘉业路，安静了许多，店铺都还在等待着主人，几乎不见行人，离古镇原来越来越近，有些激动。再拐过去就是原先的景区入口了，曾经多少次带团从这里进入，向各地游客介绍南浔古镇的古往今生，讲述它的魅力。站在石拱桥上，桥边的文园格外地文静，像个儒雅的书生，文昌阁中的魁星也许还在梦中吧。整个南浔，最安静的地方就是文园，河沿垂柳贴水，水上曲桥纵横，这里有画家吴寿谷艺术馆和文学家徐迟纪念馆，还有一条南浔文化名人长廊，诉说着南浔的人杰地灵。整个文园，吵闹的只有一池红鲤。

往前走是江南水乡一条街，牌坊下有行字"中国第一老年城"。很好奇，就走上前去向扫地的老伯伯请教，他说，老年城是老年人休闲养老的地方，实际上就是疗养院。老年城建于 1996 年，是中国第一个多功能养老社区。这

南浔

时我才明白过来,原来老年城指是一个养老院,而不是说整个南浔镇。江南水乡一条街,门面紧闭,白天这里是最热闹的集市。回头往古镇里走,沿着鹧鸪溪,看到很多老人在早锻炼,藏书楼和小莲庄的门口聚集了几十位。藏书楼的主人刘承干继承一大笔遗产之后,独爱藏书,时人戏称"傻公子"。如果有万贯家财的话,我也愿意做这样的傻公子,散尽家财,只为藏书,还有比"坐拥书城"更幸福的吗?这座藏书楼,让我对南浔多了几分景仰。

  小莲庄是南浔所有地名中最美的,所有的风景都蕴含在名字里,如一首绝妙的小令,如一幅淡雅的水墨画。虽然刘家的花园只是模仿赵孟頫的莲庄,却自有风味。张家隔刘家大约150米,张石铭旧宅是南浔最宏伟气派的建筑,但主人颇为低调,正面是传统的厅堂和江南三雕(砖雕、木雕、石雕),深处却有法国进口的地砖、吊灯、壁炉,甚至一百多年前就有了不沾水的玻璃和见外不见内的玻璃,还有西洋的舞厅。遥想清末民初,粉墙黛瓦的院落中已经响着各种西洋舞曲,红酒交错,舞步曼妙。

  南浔富户林立,富可敌国,却毫不张扬。南浔有"四象八牛七十二只黄金狗"的说法,此地将家产一百万两白银以上的家族称为"象",南浔有四象，据记载，刘家有白银2000万两，张家有1200万两，另外两家是顾家、庞家。民间有"刘家的银子，张家的才子，庞家的面子，顾家的房子"之说，他们富甲一方，却都做了许多善事。刘家，多次赈灾，皇帝下旨钦赐"乐善好施"牌坊，收藏图书，又获"钦若嘉业"的九龙金匾；张家支持革命，尤其是国民党元老张静江给予孙中山极大支持；顾家是全国洋行总代理，上海滩的十六铺码头和百乐门都是顾家的，顾家一直捐资办学，顾菽苹奖学金是顾家的骄傲；庞家兴办义学，让读不起书的贫寒子弟可以读书，庞元澄也资助孙中山革命。由此看来，南浔丝商皆是有德之商，比起今天的那些无德暴发户，南浔商人值得好好学习。

太阳慢慢露出了脸，鹧鸪溪边的垂柳在晨风中摇曳，闪着淡淡的金光。鹧鸪溪的尽头是浔溪，那里有双桥，桥边有一面馆，食客三三两两地在吃着面，我加快了步伐，也该回到小莲庄用早餐了。

2011年11月21日

新安江情人谷

我生凡尘原本俗；
泉出深谷自然清。

——情人谷洗心亭

建德的新安江中有个神秘的峡谷，叫情人谷。此谷原名铜官峡。相传秦朝时，朝廷在此采铜铸钱，负责的官员被称为"铜官"，此地因此得名"铜官峡"。又传说龙王的女儿爱上了萧郎，不顾龙王的反对，和萧郎结成夫妻，来此隐居。一对情人隐居峡谷，男耕女织，当地人称这里为"情人谷"。

从建德市区开车二十多分钟达到铜官，穿过一条狭长幽暗的隧道，便到了新安江的一个码头——云梦港。到达时正是中午，先上船用餐，新船干净整洁，窗户玻璃一尘不染，直视无碍，坐在舱中，青山碧水尽收眼底。船开了，菜也上了，一边用餐，一边欣赏着新安江美景，心情格外舒畅。真希望船不要停下来，就这样一直航行下去，开到十里画廊，开到千岛湖，开到古徽州，开到源头——休宁县流口村。

唐代诗人孟浩然曾吟道:"湖经洞庭阔,江入新安清。"走过祖国的千山万水,也觉得新安江最清澈,像仙境,一个个小岛,充满神秘色彩。船靠岸了,肚子也饱了。上岸看到前方有一匾额"铜官峡"。沿着石阶,高高低低往山间行走,一路溪流相伴,泉水清澈见底,潺潺作响。山有了水就有了灵性,整个峡谷水声处处可闻,好似山谷的浅唱。这里与世隔绝,传说中的萧郎和龙女在这里生活多么惬意!

漫步在山间小道,泉声鸟鸣在耳,感到大自然的美妙。一会儿走到一个心形的场地,中间有个雕像,是金色的丘比特,小天使正要射出手里的爱箭。沿途还有爱情诗廊,可以读到很多经典的情诗。途中有一座廊桥,桥下泉水叮咚,两侧有美人靠,稍事休息,便继续前行。大家一路你追我赶,朝着山顶进发。山腰有个茶社,古雅宽敞,有根雕的木桌木凳,是小憩的绝佳地点。

茶社旁有一株盛开的樱花,微风中飘落片片花瓣,大家一下子被迷住了,赶紧拍照,留下这美妙的瞬间,闭上眼睛嗅着落花一瞬的气息。为了纪念铜官,山顶铜神殿供奉铜神一尊。但现在也称此殿为财神殿,还有介绍写"这是华东最大的财神殿",让人非常反感。为了迎合大众,很多神莫名其妙地被改名为财神,低俗如此。铜神殿是很有历史和文化的名称,应该永远保留下来。

从山的另一侧下去可以欣赏到珍珠瀑,刚刚下过雨,瀑布很大,完全不似细小珍珠,飞流直下,气势夺人。瀑边有一亭,名曰"洗心亭",楹联让我心头一动"我生凡尘原本俗;泉出深谷自然清",品味再三,煞是喜欢。来到这里来不就是洗心么?远离尘嚣,洗却烦忧,将我们的心用飞流而下的清泉涤荡干净。

今天游览了一个优美浪漫的地方——情人谷,我更愿意叫它铜官峡。

2012 年 3 月 25 日

雨中游柯岩

说来惭愧,绍兴去了十多次,居然没去过柯岩,更不知道景区里有鲁镇和鉴湖。鉴湖是和秋瑾联系在一起的,声名远播。从绍兴市区出发,前往柯岩,小雨霏霏。

绍兴柯岩

柯岩离市区12千米，依柯山，傍鉴湖，历史悠久，是绍兴著名的休闲旅游佳处。淅淅沥沥的小雨，也助游兴。进入景区首先映入眼帘的是碑亭，碑云"柯岩绝胜"。往里走是水上石景，水上一块巨石，书有红色"柯岩"二字。正前方石中刻大佛一尊，慈眉善目，双耳垂肩。最妙的是旁边的"云骨"石，它被称为"天下第一石"，启功题写。此石下尖上腴，远看恰似一柱青烟，又似一个竖立的海螺，还有点像冰激凌蛋筒，远近高低各不同，造型多变，堪称奇绝，顶上有一株柏树，已逾千年。

景区还有两处庙宇，普照寺和文昌阁，至今不废香火。园内既可观山，亦可赏水，很适合家庭周末度假休闲。景区中山石各异，有蚕花洞、蝙蝠洞、仙人洞、七星岩，令人称绝。水边有柳，柳边有桥，水上有一座古戏台，一位身着青衫的女子正唱着缠绵的越剧，若是乘着乌篷船听这样的戏那就更妙了。河岸之上，有个亭子，别致之极，黄酒坛做柱，乌毡帽做顶，正是绍兴的标志，所以大家竞相拍照，无不佩服设计者的匠心。

越中名士苑是用石雕展示绍兴历史文化名人的风采，绍兴多名士，毛主席有诗云"鉴湖越台名士乡"。里面有勾践、范蠡、文种、王羲之、王献之、陆游、王冕、徐渭、秋瑾、陶成章、徐锡麟、鲁迅、周恩来等。周恩来生于江苏淮安，是我的同乡，但他祖籍是绍兴，常自称绍兴人，还在绍兴留下过"我是绍兴人"五个字。

鉴湖，又名镜湖，面积只有30多平方千米，是绍兴平原上的一条银带，因为秋瑾号"鉴湖女侠"而闻名中外。湖面宽阔，烟雨泛舟，美不胜收。

最后游览鲁镇，是一条老街，卖着绍兴特产。我始终觉得鲁镇的名字不该用在这里，鲁迅泉下有知也不会愿意的。

多好的景区，迫于时间，只能匆匆一瞥，甚是遗憾，下次来要慢慢游玩。

2012年5月20日

上海有个朱家角

很早就知道上海有个水乡古镇，名叫朱家角。心里似乎有种偏见，现代化的上海是缺乏历史的城市，上海的古镇肯定不值一看。今天走进朱家角，

朱家角

发现我错了。

　　朱家角与松江镇、嘉定镇、南翔镇并称上海四大历史文化名镇，它是一个生活着的水乡古镇。步入古镇，发现家家开店，但不觉商业气息，感受到的是"长街三里，店铺千家"的旧日风貌。古镇民宅往往贴水而建，多为明清建筑。全镇共有九条长街，规模比周庄、乌镇、同里等要大得多。这里生活节奏缓慢，所以朱家角是快节奏的上海人很喜爱的休闲之地。在这里，可以慢慢走，慢慢看，可以乘一艘摇橹船，也可以临河而坐，喝茶谈天。总之，古镇很休闲。

　　朱家角有个课植园，颇值一去。它是一处庄园式园林，很是僻静。园主名叫马文卿，当地人也称园子"马家花园"，主人花了十五年时间才建好此园。课植园，意为"课读之余，不忘耕植"，园中既有书城，也有稻香村。课植园占地九十六亩，由厅堂、假山、园林三部分构成，各类建筑两百多间。中华人民共和国成立后，这里曾辟为朱家角中学，正因是学校，"文革"中免遭破坏。今日犹可见1912年建园时，园主家里铺的德国地砖，图案精美，踩在上面，有点不敢相信，脚下居然是一百多年前的西洋货。景区最难忘的是里面的那座戏台。马文卿是江西人，根本听不懂这里盛行的昆曲，但他作为外地人生活在朱家角，远离家乡，老来倍感孤独，所以开放戏台，欢迎街坊邻居们看戏，这样园里热闹点。人都是怕寂寞的，老来尤甚，更何况身在异乡？小小一个戏台给了他数不尽的安慰和欢笑。现在除了当地人常聚集到园里，每周六上海昆剧院的当红小生张军也会来这里唱曲，这个园子该不会寂寞了吧！

朱家角还有两处建筑颇值一看，一处是人文美术馆，一处是行政中心。

人文美术馆是上海山水秀的建筑作品，线条简洁，色彩优雅，别具一格。它位于朱家角古镇的入口，门前有一株四百七十年历史的古银杏。2008年，朱家角邀请了一百二十多位著名油画家和雕塑艺术家，历时两年，完成了数百件作品。现在展馆中藏有一百三十多件作品。一楼的主题是水乡的风俗人情，二楼的主题是人物。馆名由吴冠中题写。很多建筑爱好者专程来看这个建筑，我看了也非常喜欢。二楼的角上有个休息区，一面墙是全玻璃，外面的风景清晰可见，坐在这里，可以喝茶，翻阅画册。这个美术馆给朱家角注入了新潮的艺术内涵。

另一处建筑是朱家角行政中心，它是美国马达思班建筑事务所的作品。行政中心完全是反传统的，看上去像水乡的一排老房子，紧凑有序，多用木结构和玻璃，所以采光好，看上去也古朴亲切。如果不知情的话，完全看不出来这是行政中心。

朱家角还不错，值得一游！

2012 年 5 月 16 日

大丰看麋鹿

从未想过会走进麋鹿王国。其实很早就知道麋鹿，第一次是在高中英文课本，第二次来自老家在大丰的同学的讲述，第三次是在动物园。这一次走进大丰麋鹿自然保护区，专门去了解麋鹿，意义非凡。

麋鹿是中国特有的动物，就跟大熊猫一样。麋鹿民间也称"四不像"，脸像马、角像鹿、颈像骆驼、尾像驴。麋鹿的历史和人类的历史一样漫长。远古时期，它们分布于东亚一带。历朝的帝王都会饲养麋鹿，以供狩猎。到了清末，大约一百五十年前，麋鹿在中国绝迹。幸好之前有十八只麋鹿被一位英国公爵带回英国，从此它们在欧洲土地上繁衍生息。"让麋鹿回家"成为中国人的心愿，它们像海外的游子思念着祖国，尤其思念长江下游草肥叶茂的那一片沼泽。1986年，麋鹿终于从伦敦回来了，把家安在黄海之滨的大丰，这里是它们的老家，也是最适合它们生活的地方。有人开玩笑说，留英的华侨终于归国了。

进入自然保护区，看到大片的狼尾草，这是麋鹿最喜欢的食物。雨后的田野，是绿色的草原，长满茂盛的狼尾草。麋鹿只吃最嫩的草心。成群的麋鹿吃着草，不时有一只抬头看我们，毫不惊讶，看一眼又低头吃草，如此的安静。麋鹿生性胆小，不敢靠近人类。但它们也很英勇。每年五六月，麋鹿发情的季节，都会有一场残酷的鹿王争霸赛。雄鹿们为了装扮自己，将青草顶在角上，谁角上的青草多，谁就是母鹿心目中的王子。它们顶着青草，自发地、成群地聚在一起，两个两个一组，凶猛地争斗，斗败的主动离开。母鹿和小鹿在周围观看。几番激斗，最终的胜者就是鹿王，它将拥有鹿群中所有的母鹿。斗败的那些公鹿如丧家之犬，流落在荒野，失去了交配的资格，只能远远地看着漂亮的母鹿。哪只雄鹿胆敢靠近鹿群，鹿王就会马上发起进攻。一只只雄鹿散落在草原，孤寂地行走，让人感到失败者的凄惨，动物世界的残酷。

麋鹿的怀孕时间超过9个半月，在所有的鹿类中是最长的。麋鹿繁殖力极低，一胎只产一子，几乎没有多胎现象。它是人类计划生育的表率。麋鹿分娩常有难产现象，有的母鹿生下小鹿就离开了世界，可怜的孤儿艰难地站起来，跌跌撞撞地行走，生命是如此坚强。现在保护区常给难产母鹿实施剖宫产，于是母子平安。麋鹿刚生下来的时候，毛是橘红色，有白色斑点，非常漂亮，两三个月后，斑点渐渐消失。麋鹿的理论寿命是25岁，多数只活18岁。现在保护区已从最早的39只繁衍到1789只，最长寿的23岁。保护区的工作做得很出色，没有辜负国家的期望。

青草之外，麋鹿也吃水草，它们喜欢沼泽和滩涂。保护区内栖息着大量的鸟类。鹿群身边有很多的白鹭，白鹭吃它们身上的寄生虫。白鹭们穿行在鹿群，甚至一些白鹭站在它们的背上，和谐融洽。和麋鹿做伴的还有一种鸟，灰色，长脖子，当地老百姓叫它"老等"，学名叫苍鹭。这种鸟很有意思。它们落下之后，就站立不动，等着鱼虾从身旁经过，好比守株待兔。等不到的话，换个地方再等。也许有人会笑话老等，笑它懒，笑它傻。我却心生敬意，生命就是一场等待，等待长大、等待上学、等待毕业、等待工作、等待结婚、等待下班、等待吃饭、等待雨停……我们无时无刻不在等待。有谁可以像老等这样从容？从容等待，等待属于自己的那一分收获。甘于寂寞，气定神闲，心气平和地等待，何其难得！等待是一种睿智，等待也是一种美。

麋鹿王国在原生态的滩涂，它们生活在大自然，草儿肥美，鸟儿相伴，受人保护，它们是幸福的。离开的时候，突然恋恋不舍，这里的世界多么美丽！

2011 年 6 月 25 日

溱潼古镇

今天前往姜堰游览了溱潼古镇，还船游了溱湖湿地公园。

原先以为"溱潼"的"溱"读"zhēn"，《诗经·郑风》里有一篇《溱洧》，讲三月三青年男女河边约会的习俗，"溱"是河南驻马店一带的一条河流。"溱潼"的"溱"读"qín"，据说跟乾隆有关。原先叫"秦潼"，乾隆来到此地，发现这里水乡泽国，风景优美，"潼"字带三点水还不够，"秦"字也应该加上三点水，于是就有了"溱潼"。

溱潼之行，阳光明媚，汽车一路向北，越过长江，很有回老家的感觉。一日的匆匆游览，几个细节印象特别深刻。

第一，古树众多。一株唐代槐树，有1100多年的历史，一株宋代茶花树，800岁，经专家鉴定是国内人工栽培的茶花中枝干最粗、树冠最大、开花最多、树龄最长的一株，被列入吉尼斯世界纪录。我们来得正巧，茶花三朵两朵地开始盛开，大部分含苞待放。当地人说，整棵树可以开两万八千多朵茶花，真是奇迹。此外还有明代黄杨树、皂荚树，清代木槿。这些古树静静地诉说着溱潼古镇的历史和沧桑。

第二，砖雕。溱潼的砖雕不似苏州的砖雕那样精致，但有一种素朴的美，

溱潼

内容也特别丰富。最难忘的是一个仪门，历经百年，看来还是那么传神。上面有"福禄寿三星高照""鸾凤和鸣""鹤鹿同松""五福捧寿""一品当朝""衣锦还乡""高水流水""仙人对弈"，最下面还有八幅，分别是"四时行乐""渔樵耕读"。看着这些砖雕，越发佩服古人的高雅和含蓄，一个砖雕门楼，涵盖了多少人生哲学。祈福、理想、生活、感悟尽在这一方方砖雕之中。尤其是"四时行乐"最动人，春游桃花坞，夏赏荷花池，秋饮菊花酒，冬吟白雪诗，一个士大夫的四季闲雅尽在目前，令人无限神往。

第三，古代契约文书馆。以前看过很多古代契约，参观专门古代契约文书馆是第一次。大家最感兴趣的是卖身契，我们细看了两张，一张典妻契，一张卖妻契。典妻契内容是一个男人因为贫穷将妻子四十二两银子抵给别人三年，这让我想到柔石的小说《为奴隶的母亲》，主人公将妻子典给一个地主三年。他的妻子不能和自己的孩子春宝以及丈夫见面，受着地主娘子的冷眼，跟地主生了秋宝，三年一满，又不能与秋宝见面。这种典妻制度真是惨无人道。卖身契内容是一个穷人家的孩子玩火，把邻家的房子烧了，无力赔偿，只好把妻子卖掉抵债，契约中称这玩火的孩子是"小冤家"，多可怜的家庭！这些实物让我们看到了活生生的历史。这个契约文书馆保存了重要历史细节，值得一看。

第四，烧饼。这里的烧饼很好吃。整个泰州地区，烧饼是特产。黄桥烧饼名气最大，得名于陈毅指挥的黄桥决战，战争中黄桥百姓冒着炮火，把烧饼送到前线阵地，军民一心，最终七千人的兵力打败了三万敌军。我们买了现做的，10元20个，八种馅，可以先尝后买，尝一下香而且酥，现场包装，每人买了一提。

整体来说，溱潼古镇保护得不错，溱湖水也很清澈，湿地科普馆里面运用声光电技术，展示溱湖的风采，感觉像是在世博园。湿地公园里还养了62头麋鹿，这里发现了很多麋鹿的化石，说明这里曾是麋鹿的家乡。湖边还有个古圣寿寺，寺边有尊三面药师佛，高80米，非常雄伟，高高耸立在溱湖畔，从很远的地方就可以看到，所以可算是溱湖的标志了。

这里的风景优美，诗人石林曾写道："莫道江南花似锦，溱潼水国胜江南。"可惜现在是早春二月，未到开花时节，三月来景色会特别美吧！清明之际来最好，能欣赏到这里壮观的溱潼会船。

离开的时候，有点恋恋不舍。还想在小巷小桥走一走，怀恋悠长小巷里踩在青砖上空空的声音，清脆悦耳，如一阵风铃。

2012 年 3 月 14 日

雾中游茅山

李健吾先生有《雨中登泰山》，我今天雾中游茅山。茅山这样的道教仙山有仙雾才更有感觉，感谢天作之美。

镇江山不高，名山却不少，"要发财到镇江，镇江有金山；要长寿到镇江，镇江有南山；要福气到镇江，镇江有茅山"。茅山有"第一福地，第八洞天"之称，既然是人间第一福地，那自然是最有福气的地方。茅山位于句容和金坛两地交界，两地都卖门票，都标有"茅山风景区"。就好比我曾经去过的壶口瀑布，黄河两岸的延安延川县和临汾吉县都设景区。

茅山原名句曲山，相传西汉时，来自陕西的茅盈、茅固、茅衷三兄弟在这里隐居下来，采药炼丹，潜心修炼，得道成仙，后人遂称此山为茅山，三兄弟也被供为"三茅真君"。由此想到许多名山因隐士得名，譬如江西庐山因匡氏七兄弟结庐隐居而得名，杭州西湖边的雷峰山也是因一位雷姓隐士得名。

到了茅山，第一站游览九霄万福宫，它位于茅山主峰大茅峰顶。小雨初住，山顶大雾迷濛，颇似仙境。拾阶而入，依次参观灵官殿、藏经楼、太元宝殿、二圣殿。第三进中有飞升台，传说茅氏三兄弟由此升仙而去，引人遐思。二圣殿内的东面是卖符箓的。在电影电视上，无数次看到茅山道士用符箓驱凶化吉，降魔除妖。看到墙上和柜台都铺满了符箓，可惜少人问津。或许今天人们已经很少相信它的神奇威力了吧！

第二站参观印宫，又称元福万宁宫，刻有"第一福地、第八洞天"的牌坊就在宫前。宫后有个巨大的老子像，高 99 尺，重 106 吨，被列入吉尼斯世界纪录。我猜想主张道法自然的老子仙界有知的话，一定不会赞同这样的夸张做法，可惜人间的事他终究无可奈何。

接着去了一个仙人洞，它原名"蓬壶洞"，为古代道士修炼之地，相传有道士在洞里修炼成仙。据说曾有人误入此洞，忘记归途，在洞中得到一位老人相助，才找到出口，洞中一个时辰，洞外已过三天，那位老人想必是仙人。洞内小路极狭窄，仅容一人通行，曲折悠长，回环往复。地下多水池、暗河，顶上多洁白的石钟乳，有些银色发亮。一边小心前行，一边细心探寻仙人踪迹。走在洞中还在想，出洞的时候会是第三天吗？

最后去了苏南抗战胜利纪念碑。茅山还是一座革命名山，1938年陈毅、粟裕、张鼎丞在茅山创立抗日革命根据地，茅山为抗日斗争作出了巨大贡献，因此也是红色旅游景点。苏南抗战胜利纪念碑巍巍耸立，碑文为张爱萍将军题写。碑高36米，碑下有陈毅和粟裕骑着高头大马的青铜雕塑，看上去英勇神武。

这次游览茅山只用了三小时，可谓"蜻蜓点水"了，这样的名山要另择时间来慢慢游览。

2012年9月23日

徽州毛豆腐

徽州小吃很多，有毛豆腐、裹粽、蝴蝶面、烧冬笋、蟹壳黄、五城茶干等数十种，其中最有名的还数毛豆腐，近年最火的美食纪录片《舌尖上的中国》也特别提到它。

以前多次来到徽州，都与它失之交臂。因为一想到长毛的豆腐，便没了食欲。《舌尖上的中国》给毛豆腐做了最好的广告，这次绝不错过。在屯溪老街行走，看到巷口有几家毛豆腐店摊，凑上前去。看到表面长满白色茸毛的毛豆腐，犹豫一下，还是决定尝一下。问了价格，老板说10元1份，我怕吃不惯浪费，跟老板商量一下，5元要了半份。

看着老板将长满白毛的豆腐放到倒过油的铁板上，毛豆腐发出"嗞嗞"的声音，热气翻腾，老板用铲子两面翻，颜色渐趋金黄。煎好后，老板拿了一个纸碗，倒入甜酱和辣酱，然后将豆腐放进去，撒上几片香菜。我接过来，靠近闻一下，好香，用牙签挑起一块，咬了一口，发现毛豆腐外面是软软的焦黄，焦而不硬，里面却还是白嫩的，蘸了酱，甜辣又香，真是美味。几块毛豆腐很快吃完了，我再来半份。原来不起眼的毛豆腐这么好吃！

关于毛豆腐的来历还有一个故事。相传生于安徽的朱元璋年幼时家贫，常和长工一起磨豆腐，长工们常将豆腐带出来给朱元璋。有时豆腐长毛了，扔掉可惜，朱元璋就将它们烤了吃，味道不错，所以他常吃毛豆腐。后来朱元璋投靠了郭子兴的红巾军，四处征战。一次兵败躲在休宁的山中，饥饿难忍，部下去寻找食物。可惜只找到几块豆腐，已经长毛不能吃了，朱元璋见了，不禁想起童年吃毛豆腐的往事。于是让士兵们将毛豆腐放在火上烤，果然味道鲜香。后来打了胜仗，他就用毛豆腐犒赏三军。做了皇帝以后，常让宫里的厨师做给他吃，从此毛豆腐成为一道宫廷菜，流传到安徽民间，后来成为徽州名菜。

毛豆腐也叫虎皮毛豆腐，两面煎后，颜色发黄，那些茸毛煎后像虎皮上的斑纹，整面看上去极像虎皮。毛豆腐发源于屯溪、休宁一代，正是朱元璋当时兵败躲藏的地方。今天有幸在屯溪的老街吃到了最正宗的毛豆腐，蛮开心。

吃徽州毛豆腐，想到绍兴臭豆腐，都是外焦内嫩，都要配上酱才好吃。旅行的另一种快乐，便是品尝各地的风味小吃。

2012年10月30日

走进绩溪龙川

一生痴绝处，无梦到徽州。徽州是我永远的梦，徽州，我又来了，这次的第一站是绩溪。绩溪本是徽州的一府"六县"之一，1987年划给宣城。不管谁收养绩溪，人们不会忘记，绩溪的生父叫徽州。绩溪对我来说，有着说不清的神秘。

2005年偶然途径绩溪，看到农村墙上还留着中华人民共和国成立前的口号，当时大吃一惊。在经济飞速发展的今天，还有这样原生态的村落，引发了我探寻的欲望。知道绩溪，最早是从名人开始的，南宋文学家胡仔、明代抗倭名将胡宗宪、红顶商人胡雪岩、湖畔诗人汪静之、古籍标点第一人汪原放、现代著名学者胡适等。其中最出人才的是胡氏家族，有"徽州第一家"之誉，今天所参观的龙川胡氏是最显耀的一支。

龙川山清水秀，是一块风水宝地，这里的胡氏家族出过很多举人、进士、学者、院士，还出过两任尚书，也是现任国家主席胡锦涛的祖籍地。正可谓

"一村双太保，两代尚书郎。藏龙卧虎地，世代育栋梁"。

进入景区，院落内有一方水塘，莲花盛放，鱼儿浅翔，穿桥而过可见四面的亭台楼阁，其中有一半舫，古典雅致。进村看到一条河流，水是徽州民居的灵魂，当地人笃信"得水为上"，龙川人临水而居，青山环绕。两岸河街并行，村里人称街为"水街"。两岸有木桥和石拱桥通连，第一座桥叫朝笏桥，这是为了纪念胡氏的祖先。东晋时始祖胡焱从山东青州迁到龙川朝笏山下，从此在龙川繁衍生息，延续着"晴耕雨读，诗书传家"的传统。

参观的第一处是胡氏的两座古牌坊，分别是"奕世尚书坊"和"都宪坊"。

第二处是澄心堂纸坊，看到了造纸的过程。造纸的原料叫龙须草，村东的山因多龙须草而得名"龙须山"。

第三处是胡宗宪少保府，又叫胡宗宪抗倭纪念馆。里面以生动翔实的资料介绍了胡宗宪的一生。胡宗宪是明代抗倭名将，值得一提的是，他是把钓鱼岛纳入中国版图第一人。他文武双全，建功立业，被称为"龙川骄子"。他重视人才，纳贤举能，重用俞大猷、戚继光，没有胡宗宪就没有后来的戚家军。地理学鼻祖郑若曾、名儒茅坤、大书画家徐渭、江南才子文徵明都曾做过他的幕僚。今天的胡氏祠堂里还有徐渭和文徵明题写的匾额。让人感到亲切的是，郑若曾和文徵明都是苏州的才子。郑若曾虽为布衣，但学识广博，品行出众，得到胡宗宪的赏识，他不仅参与抗倭战斗，还撰写许多抗倭方面的著作，辅佐胡宗宪平倭立下巨功。

第四处参观的是胡氏宗祠，里面的砖雕、木雕、石雕宏伟精美。祠中原有100幅雕有各式花瓶的木雕，寓意"百世平安"，现存48幅。门板下方，有20幅荷花图、12幅梅花鹿图，寓意"和平共处，福禄共享"。20幅荷花各不相同，荷花配以其他图案，分别寓意"和谐""和顺""和鸣"等。这些木雕艺术价值极高，令人赞叹。祠堂里有一块碑，碑上的"国泰民安"四字，国字少了一点，民字上面却多了一点，寓意朝廷要体恤民情，让利于民。在古代，家族祠堂是女人的禁地，女人不能进出，里面也不会供奉女性。但胡氏宗祠里，却有一位女性的牌位，它的主人叫胡秀英，是一位女将军。她在元末明初的农民起义中屡立奇功，被朱元璋追封为"国母"。祠堂中有世系表，第46世胡炳衡，即为胡锦涛的祖父。可惜胡锦涛祖父少年时住过的房屋，现今不开放。

　　胡氏宗祠旁边有丁姓祠堂。据说，胡氏原先并不发达，因为村落形状像船，漂泊不定。需要找个钉子，让它固定下来。于是邀请了一户丁姓人家落户，胡氏果真从此发迹。为了感谢丁家，胡家在宗祠边建了丁氏祠堂。丁家的祠堂，悬有"邦家之光"的匾额，"邦"字一撇故意写得不出头，民间笑称暗示丁家帮人不要帮出头。丁家代代单传，据说祖坟被动了手脚。丁家的门槛比胡家的高，但屋檐却比胡家低，其实是明升暗降。

　　顺水而行，感受龙川。古村屋舍整齐，徽派建筑保存完好，尤其是各种雕刻，美轮美奂。龙川生活宁静，山环水绕，真是美好家园。

2012 年 10 月 28 日

雨中游唐模

　　车到唐模，飘起微雨。雨中慢慢游览徽州的古村，也别有滋味。

　　知道唐模，因为它是严凤英和王少舫主演的黄梅戏电影《天仙配》的拍摄地。去年读到怀念严凤英的文字，还专门把这部电影翻出来重看，电影是黑白的，反复听那些经典唱段。唐模是个历史悠久的古村落，建于唐朝，有一千三百多年历史，百姓们说唐模的意思是"唐代模范村"。

　　进村就看到了那棵老槐树，正是电影中开口为董永和七仙女做媒的槐荫树。此树的树龄四百多年，斜拔欲飞，下端中空，如一位老人守望在村口，因它能做媒，人称"天下第一月老树"，来此的年轻人都会在此许愿，希望老树赐予美好姻缘。继续前行，是"沙堤亭"，分上下两层，上层中空，四面有虚阁，造型独特，从任何角度看都可见八角，所以又称"八角亭"。前行不远便是同胞翰林石坊，为纪念许家兄弟同入翰林而建，是古村的门户，也是唐模的象征。

　　过牌坊，先游览檀干园，园名取自《诗经》中的名句"坎坎伐檀兮，置之河之干兮"。穿村的小溪也叫檀干溪。檀干园早先是许氏文会馆，当地文人的艺文活动场所，后来辟为园林。园内还有一个小湖，是人工湖，完全仿照杭州西湖，按十分之一的比例，西湖名景皆有。据说此湖建于清初，村里许姓富商为母亲而建，不必去杭州，就可欣赏西湖诸景。园内有鹤皋精舍，另有忠烈祠。祠内供奉唐代英烈张巡、许远，楹联为文天祥手书，飘逸潇洒。但有几个字，难以辨认，我伫立好久，暗自揣摩，仍有一两字辨认不出。便向门口检票的大叔请教，他很热情地向我解释，还讲了文天祥过唐模的故事。楹联是这样的："童可烹，妾可杀，城不可亡，矢志保江淮半壁；生同岁，死同年，神奕同祀，精忠比日月双辉。"其中的"奕"下面写的是四点底，所以怎么也没认出来。想起南京雨花台的"二忠祠"，也供奉两位英烈，文天祥和被剖心而死的抗金名将杨邦乂，二位俱是江西吉州人，同为民族英雄，同祠供奉。无论时间如何流逝，这些英烈的名字永载史册。

  沿着檀干溪，看到很多古建筑，因为雨天，行人不多，常见有人倚门望外，见之令人思乡。河两边很多学生冒着毛毛细雨，支着画架在写生。整个村落只有我们一个旅游团，非常宁静，村里人悠闲地享受着慢节奏生活。整个唐模古村非常静谧，有与世隔绝的感觉。村里物价极低，在一家水果店买橘子，两元一斤，三元买了五六个。店里的老板说，只有周末游客多，平日只有些摄影画画的。没有拥挤和喧哗，走在这样的水街，有真正的旅游感觉，几分闲适，轻松自在。雨中走进一座座老宅、祠堂、庙宇、戏台，有淡淡的诗意。尚义堂有一个戏台，有联"人生如戏喜怒哀乐痴千人千面；舞台演艺生旦净末丑活灵活现"，不由想起徽班进京的荣耀和辉煌，没有徽班就没有国粹"京剧"。这些老建筑，诱人流连，走在唐模，我暗自祈祷，唐模永远保持宁静和古老，千万不要被商业化。

  因为下雨，匆匆一游，颇可惜。也许很多人到了唐模会失望，远离繁华，淡泊老旧，我却喜欢这里，虽不会摄影，更不会画画，只想逗留在此休闲小憩。小巷漫步见一位徽州女子走过，或是老宅读一本古诗集，或是听当地老人讲述久远的故事，或者只是掌一杯茶看着屋内的字画、楹联和屋外的细雨……

2012 年 10 月 29 日

访龚贤故居扫叶楼

这次来南京参加在中医药大学工作的同学的婚礼，顺便去清凉山拜访了龚贤故居。

在南京读书期间就知道清凉山有个扫叶楼，是清初"金陵八家"之首龚贤的故居，一直没去过。离开南京多年，现专门从事苏州名人研究，发现龚贤是苏州昆山人，这次正好实地考察，顺便游览石头城。

清凉山，位于南京城西，最早金陵邑就建于此地，孙权于此建石头城。诸葛亮出使东吴，发现清凉山形似一只猛虎，所以将它与紫金山并称"钟山龙蟠，石城虎踞"，传说山上的驻马坡就和诸葛亮有关。明代嘉靖年间，南京督学御史耿定向在这里创办崇正书院，他的得意门生焦竑状元任学长，甚至代为主讲。清康熙年间，龚贤隐居清凉山，在这里建造了半亩园。可见，清凉山历来为金陵名胜。

龚贤在昆山度过了童年时期，后随先辈移居南京。十二岁时师从董其昌，结识复社名士杨文骢，此后多与书画名家交往。定居清凉山后，龚贤与樊圻、吴宏、邹喆、谢荪、叶欣、高岑、胡慥七位画家常有交往，因画风相近，被后人誉为"金陵八家"。龚贤多才多艺，工诗文，以山水画名世，为金陵画派领袖，又兼善行草，师法米芾，不拘古法，自成一家。

顺阶而上，绿竹掩映，穿过圆形拱门，进入幽静的院落，扫叶楼为两层小楼，院墙门楣上题有"龚贤故居"。其实龚贤故居半亩园遗址早不存，龚贤画过扫叶僧，后人将扫叶楼作为他的纪念地。楼下堂中悬有僧人扫叶图，告诉游人扫叶楼的由来。龚贤定居清凉山时，清凉寺有僧人宗元，号扫叶，人称"扫叶上人"。龚贤与宗元相善，并为他画扫叶僧悬于楼中。后世文人常在此聚会题咏，渐渐习惯将扫叶楼视为龚贤故居。两侧的墙上可以看到复制的龚贤代表画作，靠墙的展柜内陈列有龚贤的各种著作和相关资料。

三百年来，洪亮吉、姚鼐、蒋士铨、刘春霖、薛时雨、陈三立、易顺鼎等无数名流慕名而来，留下大量诗文。我从龚贤故乡来，专程来访，虽不能撰写佳作，但对于他的成就和影响深为佩服。故乡从未忘记他，这位清初书画名家永远是后世学习榜样和研究对象。

2014 年 10 月 31 日

海宁观潮去

（一）2011 年 9 月 6 日

九月上旬正是海宁观潮时节，恰好有同学在海宁中学教书，于是到海宁观潮去，顺便看看老同学。向往海宁，除钱塘潮之外，也因为海宁是王国维、徐志摩、金庸的家乡。走进海宁，难掩心中兴奋。

上午 10 点从苏州南站出发，一百分钟到达海宁，路上正好了看完了法国当代小说家玛格丽特·杜拉斯的《写作》。一本意识流作品读得挺休闲，可很少有人这样去写。书里有一句话印象特别深刻，"我的手提箱里一直放着威士忌，以应付失眠和突如其来的失望"。突如其来的失望，是作家的悲哀，是诗人的悲哀，所有写作者的悲哀。

到了海宁汽车站，准备直奔盐官古镇。就在去卫生间时，错过一班车。按照站牌显示要再等 55 分钟，一起候车的大叔跟我们攀谈了起来。他是一个人来看潮的，退休以后就四处旅行，一身潇洒，难怪那么多人期待退休。他的功课做得很足，分享了很多有用的信息。因为正值观潮时节的周末，车站增加了班次，只等了 20 分钟就上车了，到盐官一小时。达到盐官的时候已经 1 点多了，肚子早已饿瘪了，赶紧找地方吃饭。看到一家百年老字号，进去简单点了三四个菜，抓紧填饱肚子。饭店的老板说 2 点多潮就来了，他告诉我们"潮有三看，先看碰头潮，再看一线潮，最后看回头潮"。开车的话，可以把三个潮都看到。我们不开车，光靠 11 路，只能看到一线潮。吃好饭赶紧买票进了观潮公园。江面非常开阔，对岸就是萧山。景区每一个观景台都坐满了人，在焦急地等待，下午 2 点太阳很烈，晒得地上发烫。2 点半，潮终于来了，远远地看到一条白线，向我们移动过来，江边站满了人，引颈张望着。潮声滚滚如雷，越来越近，人群激动起来，潮到面前时，各种尖叫。面前的潮有 1 米多高，上下两层，汹涌向前。一线潮到面前才发现它原来是"V"字形。下次一定开车看回头潮，都说那才最壮观。

看完钱塘潮，接着参观盐官古镇。本来打算先参观王国维故居的，顺着潮音街、潮韵街，走到了宰相府第风情街，于是顺线路先参观其他景点，依次参观了花居雅舍、江南民俗风情馆、国棋圣院、陈阁老宅等。先说说花居雅舍，它是一处保存完好的妓院，展现青楼女子的生活。黄晓明版的《鹿鼎记》就在这里取景，在金庸的故乡拍摄金庸的作品，底气十足！相传这家妓院的历史可追溯到宋朝，为名妓李师师所开，名"醉花楼"。李师师色艺双绝，才华横溢，深得宋徽宗和周邦彦的青睐。但这里的匾额、楹联俱俗不可耐，一楼叫"甘露厅"，二楼题为"秦楼云雨"，楼上妓女的房间取名"兰心阁""梅香斋""竹韵轩"等，对联是"东都才子爱淑女，南国佳人配郎君"等，实在难与满腹才华的名妓相配。我推断这家可能是极为普通的妓院，上等的妓院应是风雅的，名妓总是和名士、诗词、历史、音乐连在一起的。这里妓女自然不能和秦淮八艳相比，不过古代文化修养很高的妓女很多。有名妓，就有名士的身影。唐代的李商隐、杜牧、温庭筠，宋代的柳永、姜夔、欧阳修、苏轼、周邦彦都曾流连于妓院，明清的才子佳人故事，风流要数秦淮八艳，董小宛和冒辟疆、柳如是和钱谦益、李香君和侯方域、顾横波和龚鼎孳的故事广为流传。《盐官镇志》载，冒辟疆家道中落时，曾携董小宛避难盐官。这家妓院在历次浩劫中幸免于难，实在不易。妓女的历史是一部血泪史，名妓严蕊有云"不是爱风尘，似被前缘误"，多少女子，一误终生。

陈阁老宅是海宁最神秘的地方。海宁陈家是名门望族，有"一门三阁老，六部五尚书"的美名。相传乾隆皇帝是从陈家所抱，乾隆六下江南四到盐官，正为寻找生身父亲。主人陈元龙，也就是传说中乾隆父亲，官至宰相，有"海宁相国"之称，清朝称宰相为阁老，所以叫"陈阁老宅"。我很喜欢陈家的"爱日堂"，古朴宽敞，后花园还有一株 310 年的老蜡梅，冬天下雪时，一定满园梅香。

今天最遗憾的是，到达王国维故居时景区工作人员已经下班了。王国维，一代国学大师，清华四大导师之一，中文系的都读过他的《人间词话》《宋元戏曲考》，可惜这次未能拜谒他的故居。要择日再来，专为王国维故居。

晚上见到了同学夫妇，他们都在海宁中学教语文，他的妻子毕业于厦门大学，两人都是古代文学硕士，夫唱妇随，很让人羡慕。老同学相见，格外亲切，一晚畅谈文学与人生，大有回到学生时代的感觉。

回到宾馆，翻出叶灵凤散文来读，合上书已经12点半。

（二）2011年9月6日

早上8点同学打电话过来，居然还没醒，遂赶紧洗漱，匆忙用了早餐。同学已经在大厅等了好久。他在徐志摩研究会，今天带我们参观徐志摩故居和西山公园的徐志摩墓地。

徐志摩故居在喧闹的市街，西洋风格建筑，分上下两层，一楼是图片资料，介绍徐志摩的生平和文学成就，二楼是起居室、书房、卧室等，有他和陆小曼的婚房。家具都是粉色的，极其浪漫，墙上有"眉轩"二字，徐志摩笔迹，"眉"是陆小曼的小名，他们的书信集就叫《爱眉小札》。二楼客厅有楹联"高山流水凌云志；明月清风无限情"，很喜欢，特意摘录下来。屋后有一口井，名为"爱之清泉"，是徐志摩和陆小曼新婚幸福生活的见证。徐志摩在给刘海粟的信中这样写道："饭米稍粗，然后圃有蔬，汲井得水，听雨看山，便过一日，尘市喧嚣，无由相道。"

徐志摩是金庸的表哥。1992年，金庸来到徐志摩故居，想起儿时在舅舅家的点点滴滴，感慨万分。他依稀还记得徐志摩和陆小曼结婚的情形，还特别记得梁启超证婚的趣事。梁启超说徐志摩"用情不专"，说得两位新人抬不起头。金庸离开时亲笔题写了"诗人徐志摩故居"。金庸很敬佩表哥徐志摩，他的《书剑恩仇录》里陈家洛身上有徐志摩的书生气质和风度。在徐志摩故居我还淘了两本书：《林徽因传》《在现代与传统中挣扎的女人——张幼仪》。

接着就上西山，拜谒徐志摩之墓。西山身在闹市，却很幽静，诗人应该都不喜欢喧闹。在山脚下，先参观了张宗祥艺术馆和徐邦达艺术馆。顺着蜿蜒曲折的山间小路，来到徐志摩墓前。这位35岁去世的诗人，有太多的故事和争议。"诗人徐志摩之墓"由海宁书法家张宗祥书写，墓的两边各有诗碑，形状是打开的诗集，左边是《再别康桥》里的名句："轻轻地我走了，正如我轻轻地来。我轻轻地招手，作别西天的云彩。"右边是《偶然》里的名句："我是天空里的一片云，偶尔投影在你的波心，你不必讶异，更无须欢喜，在转瞬间消灭了踪影。"这两首诗是徐志摩最闻名的诗句，用在这里最贴切，仿佛写的正是他短暂又耀眼的一生。诗人皆多情，徐志摩算是最多情的，张幼仪、林徽因、陆小曼之外，他也爱慕过凌叔华、冰心等才女。凌叔华也算徐志摩的红颜知己吧。徐志摩去世，他的父亲徐申如邀请凌叔华撰写碑文，凌叔华写下"冷月藏诗魂"，一句短诗一声叹息，他们的爱情擦肩而过，红颜知己或许是最好的结局吧。

回来后写了一首《站在徐志摩的墓前》，以表悼念之情。

海宁虽小，但却是很有文化底蕴的地方，值得再去。

泰山曲阜行

（一）2012年10月20日

终于要走进山东泰山和曲阜了，心里特别激动。从学生时代的课文《雨中登泰山》，就已经向往五岳之首的泰山。曲阜是孔子故里更是令人期待。这次是乘汽车，虽然很累，但心情极好。

一路上看看电影翻翻书，跟久不联系的老朋友发发短信，问候聊聊，也就到了。今天早上看的第一部电影是《那些年，我们一起追过的女孩》，九把刀的这本书，已经读过。那次去长白山在浦东机场买的，一口气看完。语言普通，情节也简单，但青春美好，令人久久回味，思念青涩的过往。读了书，原先不打算看电影，因为每个男生都有自己心目中的沈佳宜，想象或是回忆都是很美的。今天反正长路漫漫，就看看，画面唯美，处处散发出青春气息，校服、教室、单车、操场、羞涩的表情、嘻哈的追逐。总体感觉挺好。另一部是《保持通话》，早听过名字，看过海报，记得海报上古天乐和大S握着手机在通电话。这部电影，惊险刺激，演员阵容极为强大，古天乐和大S之外，还有张家辉、刘烨、樊少皇、张兆辉、陈慧珊等。这部电影获了金像奖。

下面的电影不想看了，拿出所带的书，一本法国作家梅里美的小说，一本中国作家亮轩的散文集。亮轩是我偶然在杂志上读到的作家，语言优美流畅，文字至情至性，从此喜欢上他的文章。

到达泰安后，先游览岱庙。岱庙又称东岳庙，全国很多城市有东岳庙，我在淮安读高中时学校门口就有一个东岳庙，今天算来到了全国东岳庙的"总部"。岱庙位于泰山脚下，是历代帝王举行封禅大典的地方，里面供奉泰山神。核心建筑叫天贶殿，是东岳大帝的神宫，横九开间，纵五开间，重檐庑殿顶，等同皇家规格，可见古代泰山神地位的崇高。岱庙筹于秦，建于汉，唐朝增修，宋元明清多次修缮，今天仍可见其雄伟壮观。里面有几处颇值一看，一是铜亭铁塔，展示了我国精湛的铸造技术。二是大量古树，如汉柏、唐槐。三是秦朝的李斯小篆碑，极为珍贵。岱庙遥望泰山，不由想起杜甫的《望岳》：

　　　　岱宗夫如何？齐鲁青未了。
　　　　造化钟神秀，阴阳割昏晓。
　　　　荡胸生层云，决眦入归鸟。
　　　　会当凌绝顶，一览众山小。

如今泰山就在眼前，背过的诗句顿时亲切起来，这样的感觉是书里读不出来的。果然读万卷书，更要行万里路。

晚上喜知苏州导游小郭也带团来泰山，今晚也在泰山脚下。小郭是山东人，碰头去了步行街，又转了夜市，吃了小吃。异地相逢，格外开心。

明早要登泰山了，心里充满期待。预报有小雨，小雨也不要紧，雨中登泰山也不错。

（二）2012年10月21日

一天天气晴好，天气预报真是忽悠人，害大家背了一天的雨伞和外套。从天外村上山，经由宏伟的泰山广场，乘景区交通到达中天门。然后开始登山，往南天门，再到泰山之巅——玉皇顶。然而传统的线路是从岱宗坊出发，从一天门的孔子登临处往中天门、到南天门再到玉皇顶，也就是红门这条线路。

上山路上最感兴趣的是沿途的摩崖石刻。泰山有"中国摩崖石刻博物馆"之称。走一路，读一路，辨认一路，读到清朝道光年间的山东学政带一批外地官员夜里登山住在山上等待日出的文字，还读到苏州同乡留下的诗文。一路看到了数百位各地文人学者的墨宝，处处是对泰山五岳独尊的尊崇，以及

泰山上的旅行社广告 © 梁淮山

对泰山人文和美景的褒奖。

在步云桥，居然看到了民国时期的旅行社广告"中国旅行社，导游名山大川"，落款时间是民国二十六年，叶恭绰书。这座步云桥正是当时的中国旅行社捐资修建的，用现在话说是赞助，所以这块石刻也可以说是泰山石刻中唯一的商业广告，导游界的同仁都为此感到分外的亲切和骄傲。

最难爬的是十八盘，全程最险要的一段，有1827级台阶，若天门云梯。当地人有这样的说法："紧十八，慢十八，不紧不慢又十八。"从开山到龙门为慢十八，到升仙坊为不紧不慢十八，再到南天门为紧十八。虽然登得艰难，但边登边歇，边看石刻，倒也不累。龙门小歇，升仙坊大歇，到南天门就胜利了。有一个石刻在紧十八，快到南天门的地方，有十二个字，怎么断句都不合适，跟我同行的成都小伙也喜欢看石刻，他国学很好，写得一手繁体字，他断开后是"开跌荡，何险危，仰不愧，履如夷"，准确无误。仰头一看上方的南天门，真是"何险危"！一路同行的还有一位五十来岁的挑山工，挑了八个大西瓜，赤裸上身，边走边歇，不时擦汗。接着又看到一位六七十岁的挑山工，不由向他们致敬。到了南天门，向下一看，那些小山都趴在了地上似的，有一种胜利感，赶紧请团友帮我拍照。居高临下，胸襟开阔。

过南天门，穿天街，直奔玉皇顶，那是观日出的地方。玉皇顶后面看群山，山在虚无缥缈间，只露出山尖，山体都笼在雾中，恍若仙境。山上拜孔子庙，全国唯一坐落在山上的孔子庙。泰山因孔子而闻名，孔子在人们心目中亦如泰山，有说"泰山岳中之孔子，孔子人中之泰山"，"古来登临多少人，信惟孔子小天下"。

玉皇顶下有一块唐代摩崖石刻是全国文物保护单位，是唐玄宗泰山封禅留下的《纪泰山铭》。古代帝王的封禅文字向来不公开，但唐玄宗认为他来这里不是祈求长生不老或者江山永保，而是为苍生百姓祈福，所以刻写在这里。

山上游览结束以后，导游完全放大家自由活动，大家步行或者乘索道都可以，从中天门选择乘车去天外村或者从红门这条线下山都可以。七八位朋友为了不留遗憾，放弃了直接乘坐景区交通，和我一起选择了红门这条线，一起挑战，从南天门步行到岱宗坊，去走走古御道，看看旧迹。

下山心情极欢快，八九人同行，边走边聊，路上随处有令人惊喜的风景：文人的书法，古老的庙阁，金黄的银杏，火红的柿子，傲立的山松。一直到红门，惊喜连连。到了山下，发现站在孔子登临处前，可以把后面的天阶和红门全部拍下来，好似苏州园林里的框景，一阵欣喜，赶紧留影。下了山，没发现岱宗坊，当地人说还要前行一段路，我们欣然求索，走了一大段，仍有兴趣的只剩我和成都小伙。岱宗坊历来是登泰山的起点，此刻是我们的终点，找不到岱宗坊，泰山之行就没结束。功夫不负有心人，终于拖着沉重的双腿找到了岱宗坊，还请路过的一位小姑娘，帮我们拍照留念。泰山之行圆满结束。

明天去曲阜，新的旅程，新的期待。

（三）2012 年 10 月 22 日

为了早点到曲阜，大家起了个早，7 点从泰安出发，一个半小时到达曲阜。

曲阜是济宁市下辖的一个县级市。济宁是孔孟之乡，也是中华文明的重要发祥地。人类始祖黄帝、少昊、少康均出生在济宁，至圣孔子、亚圣孟子、复圣颜子、宗圣曾子、述圣子思（孔子的孙子孔伋）、元圣周公等多位圣人都

曲阜孔庙

诞生在这里，可见济宁是名副其实的圣人故里。济宁下辖二区七县三个县级市，三个县级市分别是兖州市、邹城市、曲阜市，七县包括嘉祥、汶上、梁山、微山、鱼台、金乡、泗水。这些古老的地名，就是文化的象征，也是济宁的骄傲。

曲阜原先叫鲁县，周朝时是鲁国的国都，是儒家创始人孔子的故里，在西方有"东方的耶路撒冷"之称，与麦加、雅典、耶路撒冷并称为"世界四大圣城"。曲阜是国家首批历史文化名城和优秀旅游城市，1994年曲阜三孔一并列入世界文化遗产。

曲阜三孔为孔庙、孔府、孔林。孔庙，也称文庙或夫子庙，封建社会各州、县学都有孔庙，中国周边一些国家也有，如日本、朝鲜、韩国、越南。我读大学的南京有三处：秦淮河夫子庙、六合文庙、江浦文庙。今天所到的曲阜是孔庙真正的发源地。孔庙位于整个曲阜城的中心，始建于公元478年，历代不断扩建和增修，才达到今天的规模。进入孔庙，映入眼帘的是三座依次排列的牌坊。最前面的是"金声玉振坊","金声玉振"典出孟子,孟子曾这样评价孔子:"孔子之谓集大成。集大成者,金声而玉振之也。""金声"和"玉振"分别表示奏乐的开始和结束,孟子的意思是说孔子思想自成体系,集古圣先贤之大成。第二座是棂星门,棂星即灵星,主农事,祀于东南,取祈年报功之义,古代祭天必先祭灵星,意即祭孔如祭天。第三道门叫圣时门,说孔子适时而生。其实纵观孔子一生,也是坎坷多艰的。孔庙内遍植柏树,显得庄严肃穆。接着参观了弘道门、大中门、奎文阁、大成殿、大成门、杏坛、大成殿、圣迹殿。

奎文阁,规模宏伟,三重檐歇山顶,貌似三层,实只两层,这样的建筑极为罕见,它是孔庙的藏书楼。奎星主文章,所以皇帝赐名"奎文阁"。孔庙之中大成殿最恢宏,重檐飞翘、斗拱交错、雕梁画栋,云龙图案为主,四周的二十八根龙柱,皆为整石雕刻,所雕之龙,各具变化,逼真剔透。孔庙的大成殿与岱庙的天贶殿、故宫的太和殿,并称中国三大殿,我有幸一一拜访。大成殿内,正中有康熙写的"万世师表"和光绪题写的"斯文在兹"金匾。南面的匾额"时中立极"为乾隆所书,门楣上的"生民未有"为雍正所题。真是荣耀之极,无以复加。

大成殿前有杏坛,相传是孔子授课讲学的地方,具体位置今已无法考证。杏坛这个亭子立于金代,时书法名家党怀英定居泰安,他用篆书在亭内题了一块碑。在"文革"中孔庙遭到破坏,唯独这块碑毫发未损,因为落款有党怀英的名字,当时的红卫兵看见"党"字,皆不敢破坏,这块碑因"党"得福。

孔府,在孔庙的东侧,原名衍生公府,前为府衙,后为内宅。孔府占地240亩,前后九进,共480多间,只有孔子的嫡系子孙才能居住。最后面还有个后花园,里面有个奇观,一棵柏树伸出五个树枝,合抱一株槐树,被称为"五柏抱槐",树龄400年,当地人称之为"君子柏"。可惜孔子的第77代孙孔德成迁到了台湾。孔德成有两子两女,嫡长子孔维益已经过世,但遗有一子孔垂长,2006年元旦孔垂长生子孔佑仁。算起来,孔佑仁正好是孔子嫡传第80代孙。

孔林,距离孔府有一段距离,须乘电瓶车。孔林前有个牌坊,上书"至圣林",意即孔子及其家族的墓地。走神道,过洙水桥,穿享殿,就到了孔林的中心。孔子墓南是他的孙子孔伋的墓,东侧是他的儿子孔鲤的墓,意为携子抱孙。这里最先葬的是孔鲤，他先孔子两年去世，墓前有"泗水侯"和"二世祖"碑。孔鲤一生平庸，他的父亲和儿子都非常伟大。孔鲤名字的来历据说是这样的：他是孔子的独苗，出生时鲁哀公送来一尾大鲤鱼，所以孔子给儿子取名孔鲤。孔鲤的儿子即孔伋，墓前有"沂国述圣公"碑。孔伋继承并发展了孔子学说。孔子墓的西侧，有"子贡庐墓处"，孔子去世后，众弟子守墓三年散去，唯独子贡又守了三年，因为孔子病危时他未及赶回，心怀愧疚，故守墓六年。子贡是孔门十哲之一，也是将学和行结合得最好的一位。在孔子的诸多弟子中，司马迁在《史记》中对他评价最高。从子贡身上看到古人的尊师重道的风尚，今天这些美德仍然值得提倡。

曲阜如此匆匆走过，就像一本皇皇巨著，只跳读了几页，不能不说是遗憾，希望以后有机会慢慢读。

天堂寨之旅

（一）2011 年 8 月 26 日

天堂寨位于大别山地区，曾是刘邓大军指挥部所在地，"千里挺进大别山"是中国人的红色记忆之一。大别山是华东地区最后一片原始森林，原生态的旅游资源最令人神往。苏州有"人间天堂"的美誉，天堂寨也是天堂，所以这次旅行是从一个天堂前往另一个天堂，多美的旅程！

天堂寨位于六安市金寨县，皖鄂豫三省交界处，距离苏州 628 千米，车程八个半小时。途经无锡、常州、镇江、南京、合肥、六安，下午 2 点到达金寨。金寨的高速上很多将军故居的标志，这个县一共走出 59 位将军，他们为中国革命立下了汗马功劳。从沪蓉高速斑竹园出口下来就是大别山，离天堂寨还有 45 千米，开车还要开一个多小时，一路都是盘旋的山路。大别山，我们终于来了！顺着狭窄的山路前行，欣赏山里美景。大别山占地 1200 平方千米，绵延八百里，是革命的摇篮，借红色旅游的机遇，一时成为旅游热点。这里几乎没有工业，经济落后，但生态环境极佳，被誉为"植物的王国、天然的氧吧、动物的乐园、云雾的海洋、圣水的世界、杜鹃花的领地、娃娃鱼的故乡"。大别山地区森林覆盖率高达98.5%，一片绿色的世界。这里的水清澈透明，正好洗涤城市的心灵。

此地盛产板栗，一路看到板栗树。沿着公路，车越爬越高，雾越来越大，几乎看不见前面的路。一连串的急转弯和陡坡，路边反光镜也没有，心都提到了嗓子眼。进入天堂寨只有这一条小路，可比蜀道。正因为地处大别山腹地，交通落后，才保存了最原生态的旅游资源。

今天的主要项目是天水涧漂流，全程两个小时。漂流用的是两个人的橡皮艇，我们团12人，单我一人，我只好一人划一个橡皮艇。一人划，真累，不易把握方向。好像驾驶着独木舟，大有苏轼"小舟从此逝，江海寄余生"的感觉。看着人家两人两人地划着皮划艇，一左一右，既平衡又前进。一人划桨，只能左边划两下右边划两下，方向两边跑，特累。漂流很刺激，落差大，每隔一段就有一级大的落差，一路有尖叫声。每一次跌落的时候，都要放下小桨，抓紧把手。每一次冲下去的时候，艇里都溅满水，浑身打湿，雨披根本不管用。橡皮艇里全是水，只能坐在水里划。有些人划到河边，把艇里的水倒掉，但跌落一次，里面又装满水。坐在水里很难受，我还是打算把艇里的水倒掉，水里坐两小时非感冒不可。于是划到一块大石头边，准备倒水，结果橡皮艇太重了，掀不起来，只好放弃。一抬脚拖鞋居然跑了，那可是我心爱的拖鞋，越南买来的橡胶拖鞋。一路上很多人打水仗，总被无辜殃及，不过反正全身是湿的，也无所谓。还好拖鞋被前面人捡到了，赶紧划过去拿回来。很近的一段路，划得很费力。我帮别人捡了拖鞋，别人捡了我的拖鞋。水面不停冒出拖鞋，有人居然捡了三只。经过两小时的漂流，终于到达目的地，逃出装满水的橡皮艇。没带衣服换，只好临时买了一条短裤。停车场有免费的更衣室，可以洗热水澡，可水龙头喷出的水都没小孩的尿头大。更衣室的门关不紧，进来的人总是忘了顺手关门，外面人直接看到里面一群裸男，光着身子洗澡和换衣服，兄弟们大喊着让进来的人关门，无济于事，大家不停地走光，隔壁女更衣室也不时传来叫声，这里的民风也太淳朴了吧！我以最快速度洗好换好，喝了一碗姜汤，立刻上车，我居然是最后一个。今天的天水涧漂流确实好玩，可惜是阴天，水很凉，如果烈日炎炎，那就完美了。

晚上住在大别山度假村，名字听起来不错，实际上条件极其简单。这里是山脚下的一个村子，离镇上 2 千米，离县城 118 千米，没地方逛，没地方买东西，只能窝在房间看电视。这就是远离城市的生活。

（二）2011 年 8 月 27 日

今天游览天堂寨主景区瀑布群和刘邓大军指挥部旧址。8 点出发，二十分钟到达瀑布群脚下，要爬山半小时才开始看到瀑布。体力不行，爬不动，回去要好好锻炼了。沿途瀑布众多，所有瀑布中最美的是情人瀑。看了瀑布群乘缆车到山上，然后再 198 级台阶到山顶。山顶是安徽跟湖北交界，可惜雨后雾大，什么也看不到，只能用脚去感受一脚跨两省的感觉。山上有一座山峰像白马，头在湖北，身在安徽。安徽人说它"吃在湖北，肥在安徽"，湖北人骂它吃里爬外。

接着游览了刘邓大军指挥部旧址。当时，指挥部在当地一个大地主家里。现在看到的建筑都是新建的，里面只有一些图片资料，大家兴趣不大，很快就参观完了。为了明天早点回家，我提议下午休息到 3 点出来把明天唯一的景点——白马大峡谷游览完。大家一致赞同。下午 3 点前往白马大峡谷，我同事带的下一批团恰好到了，他们下午不走景点，跟着我们团先玩。在大峡谷我第一次体验了高空飞索。其实对于刺激的项目，向来没什么兴趣，同事要玩，陪她一起。从悬崖上一边飞到另一边，下面是万丈深渊，还是挺吓人的，滑下去的一刹那，死紧抓住手里的绳索，其实身上拴了绳子，手不须用力。但心里紧张，自然使劲抓住，往下一看，深不见底。飞翔的感觉很好，身体真正放松下来的时候，已经到对面了。大峡谷的水非常清澈，怪石嶙峋，雨后水流湍急。一路风景如画，处处是景。就这样沿着峡谷走着，看着，融入大别山，感觉特别好，走上半天也不会累。水很清澈，可直接饮用，这里的山民都吃溪水。5 点我们回车上，去农家乐，品味这里的特色。

关于饮食风俗，金寨有两大特色，分别是十大碗和吊锅。十大碗其实是金寨吃喜宴的习俗，宾朋入席后，按照一荤一素的方式交替出菜，比较具有代表性的为：一碗鸡蛋（算素菜）、二碗鱼、三碗圆子、四碗石耳蹄髈、五碗花生枣肉、六碗茄子煎饼、七碗河鱼、八碗腊肉、九碗千张、十碗红烧肉。这边河里的鱼叫天堂鱼，晒干了油炸，很香。

吊锅类似火锅，不往里面加东西，肉菜一直烧着，这样可以吃着热菜，喝着小吊酒。小吊酒是散装酒，是大别山地区农民用粮食自家酿造的。金寨的小吊酒最为出名，此酒后劲大，不宜多饮。

出了景区，都是卖野生板栗和野生猕猴桃的。板栗很小，绝对正宗的野生板栗。上午坐缆车的时候向下看去，山里漫山遍野的板栗树。野生猕猴桃非常小，跟枣一般大，熟透的很甜，一口一个，不熟的酸得要命。我买了一些生的带回去，放两天就可以吃了。

这里的孩子很辛苦，很小就学做买卖。我们的导游住在镇上，她早上把一男一女两个孩子带上车。到了景点，她一边导游，一边把孩子安排在山上卖鸟笛、山核桃、猕猴桃等等。她说傍晚的时候把他们接回家，下午3点钟准备出发去白马大峡谷，她迟迟未到，我一直给她打电话，她不住地道歉，说马上到。因为下午下了大雨，她只好吃了饭就去接孩子，把他们送回家，然后3点前赶过来。她迟到十分钟，浑身都湿了，大家一点都没怪她。城里孩子不知道钱是怎么来的，大别山的孩子这么小已经学做生意了。贫穷也是这些孩子宝贵的财富，穷人的孩子早当家，他们的未来一定很美好，因为他们早早懂事能吃苦。

（三）2011年8月28日

昨天提前把今天上午的景点走完了，今天可以早点回家。上午9点出发，下午5点半到苏州。今天出发的时候，雨下得特别大，大家很庆幸昨天游览白马大峡谷，要是留到今天的话，大家肯定会放弃。山里的路很颠簸，坐车的感觉像坐船，没法看书，也不想聊天，就看着山路，看着窗外的山峰林海。

一个多小时之后终于上了沪蓉高速。11点半，到达西桥服务区用中餐。这里是前一批团的导游推荐的地方，果然不错。窗子桌子都极为干净，地上一尘不染，门口还有两个迎宾小姑娘，笑盈盈地说"欢迎光临"。卖票的小伙子很热情，价格很实惠，二十元两荤三素，还说素菜和米饭都可以加，从未见过高速服务区的餐厅有这样的服务。前天在新桥服务区，二十元两荤两素不说，菜难以下咽，饭也不能加，游客都说吃不饱。两个相邻的服务区，服务居然差这么大。在西桥服务区，吃得虽然简单，但能吃饱，大家都很满意，服务也非常好。离开时，老板还塞给司机一包烟，司机开心坏了。这个老板真会做生意。

　　吃完饭继续赶路，司机放李连杰的电影《精武英雄》《英雄》《方世玉》《东方不败》等。大家兴趣不大，我带的十部电影，也没派上用场。他们打牌的打牌，睡觉的睡觉。车上有个小方桌，给大家带来很多方便。平时在大巴车上，每次想打牌，总苦于没有桌子，只能拿纸箱或者行李箱摞起来。这样的设计真不错，尤其是长途旅行，小方桌非常必要。我带了几本书，无聊时翻翻。先看李国文的散文，他是我很喜欢的一位作家，语言犀利痛快，性格棱角分明。另一本是季羡林谈读书，谈他的求学、藏书、治学、德国经历等，还有他与北京大学图书馆的情缘，以及他给胡适全集写的序言。大师就是大师，思想相当有高度。看这样的书，倾听大师的教诲，看见自己的懒惰和无知，深感积累的重要，一定要博览群书，才能厚积薄发。

　　6点半到家，家人正好刚准备好晚餐。时间好快，三天的天堂寨之旅结束了。

抱愧河南

　　（一）2011年7月11日

　　河南是中国当之无愧的第一文化大省，这么多年我居然从未涉足，这一点让我觉得抱愧河南。机会突然来了，接了一个河南四天的团，将游览开封府、少林寺、龙门石窟、云台山、河南博物院，时间非常短暂，只能快餐式匆匆感受河南文化了。

　　今早8点半从苏州北站出发，动车六小时到达开封。路上时间正好读书，重读史铁生。他的文字读了很多遍，越读越亲切，越读越感动。如今他离世两年了，阅读是对一个作家最好的缅怀，他的《我与地坛》《奶奶的星星》《我之舞》《命若琴弦》等经典名篇，让读者一次次重新审视生命和亲情。下午2点45分，火车停靠开封站，火车内的显示屏上写着"室外温度40.2℃"，一出火车，就被热浪席卷。7月的河南，骄阳似火，如此的热情让人一时难以承受。

包公祠 © 梁淮山

开封，又称汴京、汴梁，是中国七大古都之一。开封的旅游可以用五个"一"来概括，"一城"指城上叠城的开封古城墙，全长14.4千米，仅次于南京明城墙。"一文"指开封府清官包青天包拯，"一武"指一门忠烈杨家将，"一党员"指兰考县委书记焦裕禄，"一图"是张择端的《清明上河图》。这些都是开封的骄傲。

今天主要游览开封府。看过电视剧《包青天》，至今会唱"开封有个包青天，铁面无私辨忠奸"。京剧名段《铡美案》唱的正是开封府，"包龙图打坐在开封府"这句大家脱口就来。开封府前有湖,叫包公湖。提到清官大家首推包青天,脑海里都会浮现金超群饰演的包公,一个刚正不阿的包黑子形象。其实历史上的包公并不黑,也不胖,只是后来被人演成了那个样子。开封府完全按照北宋的建筑风格建造,建有大堂、议事厅、梅花堂、明礼堂、天庆观、潜龙宫、清心楼等建筑,还有很多蜡像和铜像,可以欣赏到古代清官的风采。明礼堂展示古代科举文化,有一场互动的演出,通过抢答选出三位观众上台笔试,胜出者为状元,不仅能获得奖品,还能立刻与员外女儿现场拜堂,羡煞台下观众。出了景区,团友们热得受不了,赶紧逃回车上。

从开封到郑州两小时车程。车过宋都御街,看到李师师的樊楼,还看到很多小吃店。据说开封有两种小吃最出名——鲤鱼焙面和灌汤包子,都曾是大宋皇宫里美食。这灌汤包子的吃法很讲究,有顺口溜"轻轻提,慢慢移,先开窗,再喝汤,一口光,满口香"。听得人垂涎三尺,恨不得立马品尝。

6点多到郑州,街道上非常拥挤,只能一寸一寸地挪动,难怪有人说它是中国"堵城"之一。入住的索尔斯酒店,时尚高雅,房间是古典风格,还有纯木栏杆的阳台,可以极目远眺。很想在阳台小坐,翻几页书,可天气实在太热,只好缩在房间吹空调,打开电视,恰好是一直想看的电影《大武生》——与戏曲有关的电影都让我着迷。跳上床看一部期待已久的电影,享受一个人的空间。看完电影,写游记,已经欠了自己很多旅行文字,不能再懒了。河南的足迹一定要记下来。

明天去少林寺,去过的朋友都说没意思,但我依旧期待。

(二) 2011 年 7 月 12 日

今天前往登封少林寺,车程两小时。

嵩山是五岳之一的中岳,嵩山东为太室山,西为少室山,少室山下丛林之中的寺庙,得名"少林寺",以禅宗和武术闻名于世。自古有"天下武功出少林"之说,来此习武的特多。全国各地的家长千里迢迢把孩子送来习武,山下大大小小武校有几十家,最著名的是塔沟武术学校,不仅年年上春晚,还去世界各国演出交流,曾被新华社称之为"天下第一武馆"。

少林寺的游览包括三部分:武术演出、寺庙、塔林。正好赶上 10 点半的表演,演出在室内,舞台上看到了少林震山棍、童子功、象形拳(虎拳、鹰

少林寺 © 梁淮山

拳、蛤蟆功)、硬气功、十八般兵器,现场见识了少林的真功夫。互动环节,主持人邀请三个观众上去现学功夫,看到他们的笨拙和狼狈,想到学武真不容易,真是"台上一分钟,台下十年功"。少林寺是热门景点,寺里挤满了人,密密匝匝。里面的场景倒是很亲切,在李连杰主演的电影《少林寺》中反复出现过,走在寺里,耳边响起了郑绪岚的《牧羊曲》。塔林位于寺庙西250米,是历代高僧的墓地,多达两百多座,《少林寺》里李连杰的多场打斗场面是塔林拍摄的,现在围起来不让游客进去了。

　　下午前往洛阳,游览龙门石窟。龙门石窟与敦煌莫高窟、大同云冈石窟并称"中国三大石窟"。龙门石窟今存两千三百多窟,造像十万多尊,石刻艺术精湛高超，是北魏至唐朝最优秀最大规模的石窟，2000年被联合国教科文组织列入世界文化遗产名录。石窟分布在伊河两岸，精华集中在西山，主要洞窟有潜溪寺、宾阳三洞、古阳洞、莲花洞、摩崖三佛龛、奉先寺等。成千上万的石像中，最美的是奉先寺卢舍那大佛，高70米，面部丰满，眉如弯月，鼻梁挺直，嘴巴小巧，分明是一位含情脉脉的唐代美女。据说武则天捐钱两万贯，这尊佛正是按武则天的模样凿刻，在此今人可见到一代女皇的美貌。

游览完西山石窟，跨过伊河上的大桥，顺次游览东山石窟。令我惊喜的是，东山有香山寺和白居易墓，这是我所没想到的。不顾酷暑暴晒，登山游香山寺，拜谒白居易墓。白居易墓园又称"白园"，是一处园林建筑，有青松翠柏，荷池悬瀑，极为清幽，还有茶馆、凉亭，乐天堂有白居易像。墓碑上书有"唐少傅白公墓"，墓旁刻有《醉吟先生传》，一代大诗人就长眠在这里，这座小山就是闻名的香山。我摘了一朵小花，献在诗人的墓前，离开的时候，默诵着他的著名诗句。死后万事空，再伟大的人物去世后，也不过是一座荒冢。心情渐渐哀伤，人生一世，草木一秋，每个人都是红尘过客。

游览完龙门石窟，车缓缓开往洛阳市区。洛阳是十三朝古都，这座城市的名字越来越重，厚重的历史压着初来乍到的我。这里有过十三个王朝，一百零五位帝王曾在此执掌乾坤。这里就是中州腹地，天地之中。进城途中，想到洛阳纸贵、洛阳牡丹、洛阳才子、《洛阳伽蓝记》、汉魏文章半洛阳……

真是说不尽的洛阳，可惜我只能在唐诗中的牡丹香里匆匆走过。

(三) 2011年7月13日

今早出发前往白马寺。白马寺距离洛阳城12千米，被称为"中国第一古刹"，建于东汉永平十一年，距今已有1900多年的历史，是佛教传入中国后的第一座寺庙，有"释源"和"祖庭"之称。

白马寺的得名源自白马驮经故事。汉明帝刘庄夜梦金人，派人西域求佛，他们用白马将佛经驮回中国，并且请回印度高僧摄摩腾、竺法兰。汉明帝于洛阳城外躬迎佛法，敕建白马寺，为铭记白马驮经之功，将寺取名"白马寺"。从此佛教传入中国，因而白马寺是中国佛教的发源地。寺庙的门口可以看到两匹石刻白马，好像在讲述驮经故事。白马寺非常清幽，不像少林寺那么喧嚣热闹。游客不多，显出佛门的清静，是潜心修佛的好地方。由此我想到苏州的两处寺庙：少林寺好比苏州的寒山寺，人声鼎沸，感受到的是盛名之下的拥挤。白马寺好似苏州的西园寺，禅院幽静，可以让人心生禅意。白马寺建筑规模宏大，包括天王殿、大佛殿、大雄宝殿、接引殿、毗卢阁、齐云塔等。走在白马寺，香烟缭绕之中，感到寺院的沧桑和佛法的博大，心灵的污垢在这里被荡涤干净。

出白马寺，两小时车程到达焦作云台山。焦作出产煤炭，北依太行山，与山西省交界，是河南较小的一个地级市，只有4000多平方千米。云台山风景区位于焦作下辖的修武县，因3000年前周文王驻扎于此修兵练武而得名。主要游览了红石峡、子房湖、泉瀑峡、潭瀑峡、猕猴谷等。最美的是红石峡，整个峡谷的岩石都是红色，丹霞地貌的悬崖峭壁，实属难得的奇观。从天桥上向下看，绿树之下是红色峭壁，峭壁之下是清泉，一幅天然的彩色画卷。今天是阴天，峡谷里凉爽舒适，缘溪而行，三步一泉，五步一潭，十步一瀑，水声处处可闻，泉水清冽。很多岩石层层平整堆积，可以数出层数，这让我想到赤峰的阿斯哈图石林，也像饼干一样一层一层的，也是沉积岩地貌。一路与清泉同行，终于找到一个地方走下去，掬一捧泉水，洗把脸，凉爽极了。红石峡全长2千米，处处是美景，令人流连。

出红石峡是子房湖。子房湖又叫平湖，子房指的是兴汉三杰之一的张良。张良字子房，传说他帮助刘邦成就霸业后，隐居于此。泉瀑峡和潭瀑峡相比，潭瀑峡更值得一游，有"小九寨沟"之称，人们将它与九寨沟相比，可见其景色之美。云台山是国家猕猴自然保护区，猕猴主要集中生活在猕猴谷，在登山道上看到成群的猴子，最可爱的是猴崽子，紧紧抱住猴妈妈，猴妈妈跳来跳去，它也不会掉下来。猴手和人手一样灵活，它们非常聪明，吃东西的样子最可爱。

云台山游览结束后，回到焦作，入住云达国际大酒店。今天下午在云台山几乎走了半天，脚酸痛，回到酒店，迫不及待地洗澡上床休息。

河南是文化大省，期待明天参观河南博物院。

（四）2011年7月14日

今早焦作往郑州，游览河南博物院。

每到一个城市，最喜欢参观当地的博物馆，开眼界，长知识。记得第一次背包去陕西,第一站就兴冲冲地先去了陕西省历史博物馆。河南作为华夏文化的主要发源地,河南博物院之行自然更让人期盼。

安检后进入博物馆,一个馆不落地参观,还做了很多的笔记,这些都是活生生的历史。在河南博物院,最大的收获是看到了多次听说过的骨笛和金缕玉衣。骨笛是在我国土地上发现的最早的乐器,被称为"华夏第一笛"。它是用仙鹤的尺骨制作而成,据说出土的时候仍可以演奏出美妙的音乐,距今已有7800—9000年历史。金缕玉衣,极像铠甲,是金丝连缀玉片而成的衣服,是古代皇帝的殓服,其他高级贵族也有银缕玉衣、铜缕玉衣等。玉器是权力和身份的象征,古人还认为玉片做衣可以保持尸骨不腐,葛洪的《抱朴子》中也说"金玉在九窍,则私人不腐",所以古代墓葬中的玉器很多,甚至出现了金缕玉衣。展馆中的金缕玉衣前围了很多的观众,大家啧啧称赞。最后参观了"河南文明之源——河南古代珍宝展",里面都是河南文化的精品,多方面展示了华夏文明的形成和发展,让我们看到祖先在河南大地上的辉煌成就。传说中的各种宝物,眼见为实,河南博物院之行,收获甚巨。

下午2点40分的火车,我们1点半到达郑州火车站。郑州站是中国铁路的重要枢纽,有"中国心脏"之称。处处挤满了人,好不容易找到指定的候车室,一个空座都没有,通道、走廊站满了人。没地方坐,那干脆出来买东西,买了一本《读者》和一桶泡面。

这趟车郑州始发,所以提前十五分钟就检票了。9点整到苏州北站,车程六小时二十分钟,动车凉爽舒适,小睡一会儿,翻翻书。读《俄罗斯大师故居》,跟着作者的文字,走进俄罗斯,回到伟大的作家们出生、求学、战斗、写作的地方,走近这些影响世界的俄罗斯文学大师。全书七章,分别讲述《诗人的足迹——普希金的漂泊生涯》《英才祭——莱蒙托夫的南方之恋》《庄园与墓碑——屠格涅夫的故乡情》《灵魂的拷问者——陀思妥耶夫斯基的苦难》《大地之子——托尔斯泰的家》《医生作家——契诃夫的三处故居》。这七篇每一篇都写得很精彩,每个字都倾注了作者的感情,动人真切,一口气读完。作者将大师作品和他们的生活、经历、创作联系在了一起,让读者更加深入地理解这些作家和作品。这真是一本难得的好书。作者高莽是哈尔滨人,著名的俄语翻译家,一生无数次走进俄罗斯,为中俄的文化交流做出了杰出贡献。

到达苏州北站，外面的雨刚停，凉爽的微风，迎接着我们归来，河南之行顺利开心。河南还有安阳、南阳、商丘等等历史文化名城未能一游，期待下一次的河南之行！

海南过冬去

（一）2012 年 12 月 1 日

冬天带团去海南，真是美差。12 月初，苏州正是初冬，气温骤降，去海南过夏天，让朋友们羡慕不已。

此行四天，挺赶，旅行就是散心，保持好心情最重要。一行 26 人，基本都是 80 后，我年龄稍长，以梁兄自居，跟大家一路聊天很开心，渐成朋友。

从苏州出发去上海浦东机场，适逢大雾，上不了高速，顺国道走到昆山才上高速。大家都担心上不了飞机，我安慰说，大雾天飞机也肯定会晚点。大家放下心来，但我作为导游还是挺紧张的，万一没赶上飞机麻烦就大了。提前一小时到达机场，那颗悬着的心才放下来，有惊无险。两小时四十分钟的飞行，到达海口，大家赶紧脱下冬装，换上春装，再次集合时大家已穿得五彩缤纷，个性张扬。我带了蓝天椰林沙滩裤、带碎白点的红衬衫、豹纹 T 恤，花衣服全带来了。

驱车前往三亚，途经博鳌村，是亚洲博鳌论坛所在地。还经过琼海市的红色娘子军纪念园，想起那些南海的女英雄，她们是海南的骄傲，如今健在的仅一人。三个半小时车程到达三亚，用晚餐入住酒店。酒店的位置极好，就在商业街上，步行三分钟就到海边。晚上逛逛街，海边走走，发现三亚美女如云、帅哥遍地，度假天堂应该也是适合邂逅的浪漫之地吧！酒店附近有书店，淘了一本《张晓风散文集》，一位老同学推荐过，一直想读，终于如愿，正好作为旅途读物。10 点半回到宾馆，洗澡，读几篇散文，一张大床，很舒适，睡得极香。

（二）2012 年 12 月 2 日

今天游览三个景点：亚龙湾、蜈支洲岛、呀诺达热带雨林。

亚龙湾是海南最适合潜水的地方，我没游泳也没潜水。我喜欢在沙滩上散步，卷起裤管，提着鞋子，踏浪而行，任细沙和海浪轻吻双脚，微微海风是最休闲的音乐。亚龙湾的海水很清澈，碧蓝碧蓝的，沙也很细。团里有人去潜水，约定两小时后离开。我在海边散步一会儿，找个地方看书。停车场边的酒店有个漂亮的后花园，颇为幽静，风景宜人，有一小亭，亭中有石桌、石凳，好像专为我准备，手头有一本散文集《海》，是巴金、冰心、郑振铎、鲁彦等几十位作家所写的关于海的散文，海边读海是很美妙的事，那些很诗意的句子，让我忍不住想读出声来。

下一站是蜈支洲岛，乘游艇往返，风很大，游艇颠簸得厉害，感觉晕晕的。蜈支洲岛看起来很近，开了很久才到，跟"看山跑死马"是一个道理吧。登岸后，看到码头边的海水里，鱼儿很多，它们身上有条纹，一群群，煞是好看，好像等待着鱼食。海边很多人游泳，也有人打球，岛上植被丰富，遍地花卉，真是好地方。可惜这里正在建超五星酒店，施工严重破坏风景，更影响游人心情。

呀诺达热带雨林并没有想象中那么神秘，不过服务很好，基础设施也极好，原生态的森林却找不到原始的感觉。呀诺达是当地话"一二三"的意思，也是"欢迎、你好"的招呼语，大家见面互道"呀诺达"，表示友好和祝福。游客们很喜欢这种打招呼的方式，森林里处处可听到"呀诺达"的问候。这样的文化很好，容易深入人心。在雨林里认识了很多种植物，印象最深的是过江龙和旅人蕉。过江龙，弯曲盘旋，神龙见首不见尾，似一条巨蟒，横亘在原始森林。旅人蕉，很高大，形似芭蕉叶，听说用力去砸它，里面可以流出水来，它在沙漠中不知救了多少旅人的命。都说旅人蕉里的水是极甘甜的，我们真想现场试试。热带雨林景区有个茶座，品尝了本土的苦丁茶和兰贵人，苦丁茶虽苦，倒也喝得惯；兰贵人芳香爽口，一如其名。店里的椰香饼，清香酥脆，味如蛋卷，有淡淡椰香，买了好几袋，回去和家人朋友分享。

（三）2012 年 12 月 3 日

今天主要游览南山和天涯海角。南山有两个景区，一个是南海观音，一个是大小洞天。大小洞天离市区 40 千米，是海南首家 5A 级景区，传说鉴真和尚第五次东渡时，遇到大风，船只漂流到三亚，鉴真在此停留一年，景区有鉴真登岸群雕。同时南海龙王住在这里，现有"南海龙王别院"，许愿的游客不少。沿着海边林间小径行走，一边是各色热带植物，一边是礁石大海，大家嬉闹拍照，轻松愉快。所见各种植物中，最有意思的是"铁西瓜"，挂在树上能看不能吃。还有很高的槟榔树，树干很细，叶子在树顶，叶下结满了槟榔，大家唱起台湾民歌："高高的树上结槟榔，谁先爬上谁先尝！"

　　天涯海角可以说是海南最著名的景点，但很多游客都只看"天涯"不看"海角"，因为海角就是尽头了，谁都不希望自己走到尽头。正是由于这里地处偏远，所以古代曾是流放犯人之地，尤其是唐宋时期很多名人曾被流放到这里，比如唐代名相李德裕、北宋大文豪苏东坡、抗金名将李纲等，现代诗人杨朔写过"谁人海角天涯泪，洒到蓝天碧海边"。如今我们是自愿的流放，在都市的重压之下，都愿意被更远地流放，可惜自我流放是奢侈的，得要花很多钱。景区里很多长凳和情人椅，可以很惬意地坐下来欣赏海景。下午从三亚返回海口，买了很多水果，海南的水果很甜，因为四季阳光充足。海口住泰华大酒店，大厅宽敞，后面有巨大的游泳池，虽然是海南第一家四星级酒店，还不算陈旧，晚上收拾行李，发现自己买了太多东西，箱子装不下了。

　　（四）2012 年 12 月 4 日

　　早起赶早班机。一整天在路上，很累，心情还不错，在飞机上看了一部唯美浪漫的电影《好雨时节》，在成都的杜甫草堂，韩国帅哥邂逅他的老同学四川美女，曾中断的爱情又继续上演，很美丽的爱情故事。

　　下了飞机，寒流突袭全身，好不容易走进夏天，这会又回到了冬天，那就享受冬天吧！冬天有冬天的风景，冬天有冬天的心情，因为有了冬天，才知道阳光的温暖和珍贵！回来了，继续读书写作的生活。

　　回想海南四天的所见所闻，感觉比原先想象中要美，蓝天碧海，细沙柔浪，椰风阵阵，瓜果飘香，花花绿绿的衣衫，笑语处处可闻。海南果然是冬天度假的理想之地。

　　谢谢海南，给我一抹温暖的记忆，有了海南的阳光，这个冬天不再寒冷。

郫杜甫草堂

陕西红色之旅

（一）2011 年 7 月 13 日

陕西前年来过，因为研究唐代文学，2008 年暑假特地来到西安，梦回大唐，游走一个礼拜。这次陕西之行主要为了游览陕北，尤其是壶口瀑布和革命圣地延安。

乘 Z92 前往西安，18 点 55 分发车，匆匆忙忙出门，晚饭都没顾上。车票是上铺，清静没干扰，一个人看书、听音乐。晚餐是家里带的面包和水果，吃好饭，看张恨水的《啼笑因缘》。躺着看书很累，看一会儿眼睛就吃不消，点了珍珠明目液，闭目养神。在家下载了很多老歌，听听音乐。时间很快，10 点就熄灯了。

听音乐到 11 点，迷迷糊糊困了，一夜睡得挺香。

（二）2011 年 7 月 14 日

一觉睡到自然醒。不想立刻起床，又看了几页书，起床洗漱。早点买了稀饭和馒头，用餐后读刘墉新出的散文集。刘墉的散文读了很多年，居然读不厌。真的很佩服这样的作家，文字平淡，但深入人心，难怪始终是畅销书作家。一句句朴实的话语，常是警世妙言。比如"生命如此可爱，即使是痛苦，能活着，去感觉，都是多么值得感恩的事"。用感恩的心去写作，平淡中见真善美。火车上水果买一赠一，买了两盒圣女果，舟车劳顿，极易生火，吃点水果不但补充维生素，也清热去火。上午 10 点半到西安，这一班车从来没正点过，晚点一小时还算好。

下火车后，直接乘车前往壶口瀑布，车程要五小时。壶口瀑布位于延安市宜川县壶口乡，黄河对岸是山西省临汾市吉县壶口镇。中途在黄陵县用中餐，黄陵县，原称中部县，因县北桥山有黄帝陵，1944 年改称黄陵县。这里很多名字用轩辕，正是黄帝的名字。《史记·五帝本纪》记载："黄帝者，少典之子，姓公孙，名轩辕。"黄帝就葬在这里。这里每年有祭祀黄帝的大型活动，祭祀时间都是上午9点50，寓意黄帝是九五之尊，国家公祭是9月9日。当地祭祀的日子是4月5日，正好清明，传说那天是黄帝生日。沿途经过的那条河，是黄陵县的母亲河——沮河，原称泪河，相传黄帝升天时，此地先民的眼泪汇成一条河。中餐是面食，每道菜都加了辣椒和醋，不太吃得惯，不过饥肠辘辘的我们还是一扫而光。用完中餐，继续前行。

过了黄陵县，是洛川县，1937年党中央曾在这里开过洛川会议。洛川因洛水流过得名，洛水有洛神，曹植名篇有《洛神赋》，东晋著名画家顾恺之为此绘制《洛神赋图》，我想这里也应该是出美女的地方吧。沿着高速在陕北穿行，看不到影视中的黄土高坡，一路漫山遍野的绿是黄土高坡的新衣，黄土高坡可以改称"绿土高坡"了。这里变化很大，看不到山上的羊群，也看不到头上扎着白毛巾牵着毛驴的陕北老汉。导游给每人一份歌词，印着红歌和陕北民歌，她说延安导游的重要任务就是教唱陕北民歌。她先唱了一首陕北民歌《拉手手，亲口口》，这里情歌叫酸曲，她是本地人，用地道的陕北方言唱酸曲，很有味道，唱出了陕北姑娘的热烈大胆。导游要教《山丹丹花开红艳艳》，大家都要学《拉手手，亲口口》，陕北民歌容易学，学一遍大家就会了，一个个唱得特带劲。唱歌的时候，想起原生态歌手阿宝，他虽然是山西大同人，但唱出了黄土高坡的气势，嘹亮清新，既民族又通俗。

下午4点终于到达宜川县壶口乡，看到了华夏的母亲河——黄河。这里的黄河并不宽阔，水很黄。黄河两边采砂的船很多，水里有一半是沙。看到黄河大家都有些兴奋，我们从长江边来到了黄河边。长江和黄河，这是中华大地上的两条巨龙。离瀑布越来越近，终于听见响声。千里迢迢，壶口瀑布，我们来了！今年红色旅游火爆，来延安的人太多，壶口瀑布景区人满为患。先看到侧面的瀑布，前几天刚刚下过雨，不易见到的侧瀑得以一见。中央的瀑布气势磅礴，声若响雷，到壶口瀑布知道什么叫"如雷贯耳"了，真是"黄河之水天上来，奔流到海不复回"。黄河河道从三百多米突然收成五十多米，水流急转直下，落差九米，天下黄河一壶收，得名"壶口瀑布"，它是中国第二大瀑布，果然名不虚传。

又乘车三小时，到达延安圣都国际酒店。快到酒店的时候，暴雨如注，西北的雨都是甘霖。

没带电脑很不方便，附近没有网吧，又是瓢泼大雨，也没法出去，已经习惯用电脑写作的我没法写作。只好翻几页杂志，看到延安四座山的介绍，宝塔山、清凉山、凤凰山、万花山，没想到万花山是花木兰故里，原来花木兰是延安人。

一天坐车太过劳累，晚上睡得很香。

(三) 2011 年 7 月 15 日

早上 6 点醒了，去附近转转。早晨空气很好，有一丝凉意，酒店就在延河边，顺着延河漫步。延河静静，若在梦里，两岸绿树苍翠，路上少有行人。笔坏了，想找个超市，去买支笔。走了好久没找到，便问路边早锻炼的老爷爷，他说河边没有超市，得要往里拐。拐进去果然看到一个小超市，买了两支水笔。问老板这是什么区，他说宝塔区。后来知道问的话好白痴，延安一区十二县，这仅有的一区就是宝塔区。逛回宾馆已经 7 点，正好餐厅开了，人超级多，要排队，红色旅游成为热点，延安的宾馆爆满，吃早饭的队伍超长，真是吓人。不凑热闹，等会儿吧！餐厅人越来越多，再不吃要迟到了，只好加入排队大军。

今天的行程是宝塔山、延安革命纪念馆、杨家岭、枣园。宝塔山是延安的象征，大家纷纷留影，宝塔山依旧，奔腾的延河成了小水沟。导游讲了陕西十大怪，很有意思。"面条像腰带，锅盔像锅盖，辣子是道菜，泡馍大碗卖，碗盆难分开，帕帕头上戴，房子半边盖，姑娘不对外，不坐蹲起来，唱戏吼起来。"简练的语言把这里特有的风俗一起呈现出来。陕北还有句话"米脂的婆姨绥德的汉"，说陕北米脂县出美女，绥德县出帅哥。四大美女之一的貂蝉出生于米脂县，才貌双全的吕布是绥德人，吕布和貂蝉的风流故事世人皆知，所以都说米脂的女人最漂亮，绥德的男人最英俊。中央很多领导干部在延安时娶了米脂美女。后来他们相约一起去米脂县丈人家，米脂又被称为"丈人县"。南宋抗金名将韩世忠也是绥德人，绥德的男人能文能武，自然为美人所爱。

延安最有名的特产是红枣和剪纸。延安属于半干旱地区，干燥少雨，日照时间长，这里的红枣果实大，味道甜。狗头枣最好，皮薄肉厚，形似狗头而得名。大家都买了剪纸带回去作纪念，一本十张十块钱。这里有贴窗花的风俗，百姓最擅长剪纸。

在杨家岭看了毛主席、周恩来、朱德等人以前住过的窑洞，很简陋，可见当时条件的艰苦。现在来看，这样的窑洞也不错，冬暖夏凉。夏天走进去确实明显感觉凉快。还有延安文艺座谈会的会址，原来是一个很小的会议室。延安是革命圣地，文艺界人士从全国各地奔赴延安，那时这里是文化艺术中心。虽然艰苦，但大家满腔热情，在这里写出了很多优秀作品，很多年轻人在这里锻炼成长。这里有一代人的梦想，一代人的青春，是一代人心中永远的圣地。

延安参观结束用中餐，餐厅居然遇到了我的硕士同学，他在昆山教书，学校组织红色旅游，正好也到延安，真的好巧。五小时的车程回到西安。到西安，退了晚餐早点回宾馆，早点自由，住在莲湖路的君城国际酒店，在老城内，倒也方便。

（四）2011 年 7 月 16 日

今天第一站明城墙。记得第一次来西安时，还一个人在城墙上骑单车，迎着清风，看古城内外，犹在昨日。墙建于明朝初年，周长 11.9 千米，四座城门分别是：东长乐门、西安定门、南永宁门、北安远门，取"长定永安"之意。登上城楼，脚下的城砖部分有清晰的字迹"户县1984"，原来这些城砖是 1984 年补的，户县烧制。想起南京明城墙每一块城砖都有字，上面刻有烧

西安 © 梁淮山

制这块城砖的州、府、县及工匠与监督、提调官员的姓名，当时不合格就退回重烧，第二次不合格，就按砖头上的名字全部砍头，所以最早最严格的承包责任制下烧出来的城砖质量一流。如此坚固的明城墙，可称世界奇迹，可惜1937年毁于侵华日军的炮火。那个年代没有水泥，工匠就用石灰、糯米粥、蓼草、桐油等调拌做黏合剂，六百年后城墙依然屹立。

第二站乾陵，是唐高宗和武则天两位皇帝合葬墓。乾陵位于咸阳市乾县城北的梁山上。梁山有三个高峰，最高处海拔一千多米，如微微抬起的头，另两处高峰状如坚挺的双乳，得名"双乳峰"。神道上有唐代石刻，翼鸟一对，鸵鸟一对，石马五对，翁仲十对。鸵鸟立在神道上非常罕见，史学家众说纷纭。其中有这样一说，唐高宗永徽年间，吐火罗国遣使献鸵鸟，武则天喜爱，放在墓前，显示唐代强盛周边臣服。也有说，这不是鸵鸟，是一种象征，象征古代的射侯，即箭靶。武则天请人给自己的丈夫李治的墓碑上写满文治武功，自己的碑却不着一字。无字碑上的文字为后世好事者所写，这些人真是无聊，人家武则天不要写偏给人家写。由此想到康熙、乾隆二帝到处题写，后世遂将乱写乱画戏称为"康乾遗风"。现代也有些领导和名人，"不惜笔墨"到处留题，正是此风。乾陵最神秘的是无头俑，墓前的六十一藩臣，全无头部，什么时候什么原因，到现在没有确切说法。有一说是魏晋时期，周围村庄闹鬼，为周围百姓所砍头。历史之谜就让它成为历史之谜吧！武则天作为女皇，一生好几份感情，男宠无数，驾崩后与高宗同穴。说明古代很重视原配这份感情，皇帝的权力至高无上，但还是活在封建时代，与原配合葬方可安息。一代女皇，功过皆任由后人评说。

第三站法门寺，位于宝鸡市扶风县，距西安120公里。真不敢相信法门寺居然变化如此之大，政府花了五十亿，将它扩建，还特地建了148米的合十舍利塔，金碧辉煌，顿觉佛教如此挥霍。景区里居然要乘电瓶车，天气热得要命，以前最多一小时可以游览结束，现在要花三小时，大家都热得吃不消。法门寺因供有释迦牟尼佛指骨舍利，为佛教圣地。唐代先后八位皇帝迎送佛指骨舍利，法门寺荣耀一时，有"皇家寺庙"之誉。物极必反，荣极必衰，文学家韩愈上书宪宗《谏佛骨表》，反对迎送佛骨，唐武宗时期发生了会昌灭佛，法门寺从此衰落。佛指骨舍利供奉在法门寺，信徒纷至沓来，在舍利塔看到许多跪拜的信徒。1994年、2002年、2004年、2005年，法门寺佛指骨舍利先后被迎请到泰国、中国台湾、中国香港、韩国。舍利如真身,这是一种信仰,所以法门寺有佛指骨舍利,永远是佛教圣地。

7点回到西安,品尝西安小吃,凉皮、羊肉泡馍、肉夹馍等。肉食动物比较喜欢吃肉夹馍。西安是文化底蕴深厚的城市,每个名称都蕴含着文化和历史,比如肉夹馍,按字面理解应该是两片肉夹着馍,但实际是"肉夹于馍中",这是古汉语表达方式,标准的文言表达。正宗的肉夹馍很好吃,很香。陕菜不论荤素,全部加辣、加醋,实在吃不惯。菜吃不惯,就多吃水果,乾县买的桃子很甜。今天法门寺淘了三本书,分别是《陕西历史百谜》《法门寺解读》《劝世珍言》。偶尔听听佛乐,读读禅诗,也很妙。

今天天气超热,干热,不怎么出汗,只感乏力,超累的一天。马上休息!

(五)2011年7月17日

今天主要游览两个景点,兵马俑和华清池,它们都位于西安的临潼区。

西安旅游必来临潼。临潼在周、秦、汉、唐时代始终是京畿之地。城东有临河,城西有潼河,得名"临潼",自古是京城长安的东大门,很多历史故事发生在这里,比如褒姒烽火戏诸侯、始皇建陵、刘邦鸿门宴、唐明皇赐浴华清池、西安事变等。这里的石榴很出名,相传张骞出使西域,带回石榴,植于临潼。后来各地先后有了石榴,算起来国内的石榴之祖在临潼。临潼还有一个雅称是"中国御温泉之都",这里温泉开发早,皇家使用最多,是温泉文化的发源之地。在西安定都的各代帝王都曾来此泡过温泉。温泉面积达186平方千米,储量丰富,且水质好。还有两位深受大家喜欢的演员是地道的临潼人:尤勇和闫妮。

第一站兵马俑,一路上导游讲起秦始皇的故事,口若悬河,果然是"北京导游跑断腿,西安导游说破嘴",尤其是秦始皇的身世之谜,讲得非常精彩。提到兵马俑,常常先想到张艺谋、巩俐主演的《古今大战秦俑情》,不禁会想那些秦俑是否有生命呢?兵马俑是陪葬品,规模大,数量多,造型生动,千人千面,法国前总理希拉克将它誉为"世界第八大奇迹"。1974年骊山脚下的西杨村村民偶然发现了兵马俑,轰动了世界,那时还是"文革"中,政府给予发现者二十元奖励,村民拒绝了。这个村整体搬迁,改名秦俑村,家家住上了别墅,村里人非常感谢这位发现者。他现在是兵马俑博物馆的副馆长,克林顿访华的时候,还特地接见了他,这个发现确实是惊动世界的发现。非常遗憾的是,挖出来的兵马俑是彩色的,现代人不懂保护,颜色褪了,挺可惜,挖掘三个坑以后,没再继续挖。最难忘的是跪射俑,仿佛就是在战场上的一个真实的士兵,左腿曲蹲,右膝跪地,双手握弓,箭在弦上,极其逼真。

第二站华清池,提到华清池,很多人脱口背出白居易《长恨歌》里传诵千古的诗句:

春寒赐浴华清池,温泉水滑洗凝脂。
侍儿扶起娇无力,始是新承恩泽时。
云鬓花颜金步摇,芙蓉帐暖度春宵。
春宵苦短日高起,从此君王不早朝。
承欢侍宴无闲暇,春从春游夜专夜。
后宫佳丽三千人,三千宠爱在一身。

唐代皇室建华清宫,专供皇室泡温泉。唐太宗泡"星辰汤",唐明皇泡"莲花汤",杨贵妃泡"海棠汤",可惜这几个御汤遗址,都已干涸,不过现场仍能感受到宫廷浴池的气派与奢华。传说杨贵妃迷恋沐浴并发明鲜花浴,是因为她有腋臭,胖人出汗多,气味重,见皇帝自然要洗浴熏香。传说无法考证,不过也说明,美女也都有缺陷,学会巧妙掩饰,也是一门学问。华清池还有梨园旧址,唐明皇与杨贵妃俱是通音律之人,能歌善舞,梨园正是音乐、舞蹈、戏曲排演研习的中心,相当于今天国家最高艺术学院。在这里他们演绎唐代最著名的乐曲《霓裳羽衣曲》。今天看来李杨二人来都是颇有成就的艺术家。马嵬坡只有杨贵妃的衣冠冢,她的结局众说纷纭。有一种似乎较为可信,日本有县志记载,杨贵妃漂洋过海去了日本,很多日本人自称是杨贵妃后代。影后山口百惠曾公开说"我是中国杨贵妃的后代",藤原纪香也这么说过。大唐是日本国心目中最黄金的时代,普遍崇拜四大美女之一的杨贵妃。

游览完华清池直接去机场,到咸阳国际机场只要一小时。航班居然晚点三小时,半夜2点才到家。

赤峰北京之旅

(一) 2011 年 9 月 9 日

这次旅行赤峰四天、北京一天。第一次来内蒙古心里蛮兴奋的，周围朋友得知我秋天去内蒙古，说这个季节，草也黄了，天也冷了，没什么意思。心跟着一沉，失望起来。后来一想，不同的季节有不同的风景，去看看秋天的景色也不错，感受一下金黄的草原和缤纷的落叶。我的期待又升腾起来，坚信旅行的路上总有美丽的风景在等着我。

最早知道赤峰，是因为我在南京带的第一个旅游团就来自赤峰。跟我同龄的小苏带一家十口人出来旅游，游览华东五市。他们特别淳朴善良，一路同行交流，最后成为朋友，这么多年还保持联系。通过他们，我知道了赤峰，那里有煤矿，那里地广人稀，有一望无际的草原，但我总觉赤峰离我很遥远。今天我居然来到了赤峰，真是出乎意料。陌生的城市也因有了朋友而亲切。

11 点的航班飞赤峰，经停天津 50 分钟。在天津机场候机时想，尝尝正宗的天津大麻花和狗不理包子也不错，再到南市的三不管地带，听一场相声，还有看看我的老乡周恩来读书的南开。东想西想，半小时很快过去了，再次登机，前往赤峰。飞机快要降落时，从窗外看到，地上有绿色，还有庄稼，天气很好，能见度很高。赤峰的玉龙机场很小，仅有一层。

出了机场，感觉很晒，却并不热。接机的人都穿着长袖的外套，风吹到身上微凉。特意带的衬衣和羊毛衫，随时加上，草原确实冷些。赤峰是名副其实的"大"城市，9 万多平方千米，中国版图的百分之一，相当于一个浙江省，几乎跟韩国面积一样大。赤峰的历史也很丰厚，这里有红山文化，是辽的都城，契丹文化的所在。沿途房子低矮、分散，几乎都为红顶。路旁的店铺招牌上都有两种文字，蒙文和汉文。截至去年年底，赤峰人口 460 万，其中蒙古族 82 万，这里大部分是汉族人。

今天主要游览赤峰博物馆，它位于新区，2010 年刚建成。参观一个小时，收获挺大，对赤峰的历史和文化有了综合的了解。博物馆里有个互动的环节——钻木取火，很有意思。游客用手去搓钻子，电视上的原始人马上开始钻木，然后木头冒烟，原始人开始用嘴吹，马上就着火了，很好玩。我也试了一把，感受原始方法取火的乐趣。在参观过程中还发现了一个奇特的习俗，人猪同葬。被发现的一座古墓中，墓主旁边葬了两只猪。内蒙古先民崇拜猪，认为猪是财富的象征。远古猪是养在家里的，"家"的写法就是宝盖头下面一只猪，有猪方为家，真是难以置信！这次还看到了辽三彩，以前只知道唐三彩。辽三彩为黄、绿、褐，是契丹民族建立辽国后，借鉴唐三彩发明的。跟唐三彩不同，辽三彩没有蓝色，颜色不交融，不流淌。没唐三彩那么鲜艳生动，但富有契丹民族特色。馆里有一件衣服很震撼，叫珍珠团龙袍，为嫁到赤峰的荣宪公主所穿，她是康熙的三女儿。这件衣服用了十万颗珍珠，珍珠是用金丝线穿的，这种珍珠极为名贵，生长在深海里，比小米粒还要小。这件衣服绝对算得上稀世珍宝。

赤峰经济一般，还没有五星级酒店，入住的九天国际大酒店是全市最好的四星级酒店。晚上闲逛，特产店到处都是，说明最近几年赤峰旅游发展迅速。路边很多老年人扭秧歌，这是南方看不到的。有唱卡拉 OK 的，还有很多年轻人在踢毽子，两个人对踢，像打羽毛球一样，一方跳起来用左脚的后跟将毽子踢给对方，真佩服他们的技术。尤其是一对夫妻，踢得特别好，踢来踢去对踢很久，在旁边看着，羡慕不已。晚上已经凉了，但出门活动的人还真不少。

这里打车很便宜，起步价五元三千米，三千米之外每千米一块二，恰好是苏州的一半。

赶紧早点休息，明天要早起去乌兰布统草原。

（二）2011 年 9 月 10 日

早晨的自助餐吃到了赤峰最负盛名的小吃——对夹，果然名不虚传。对夹说白了就是夹肉的烧饼，跟西安的羊肉泡馍很像，两面的烧饼酥脆，夹在中间的肉是很香的熏肉。好多人一次夹三四块，我只夹了两块。越是好吃的东西越不能多吃，破坏美感。两块恰到好处，多吃就不香了。美好的东西，要留点回味和念想。

今天前往克什克腾旗的乌兰布统草原。上午半天坐车，原先打算看书的。司机放了电视连续剧《成吉思汗》。在草原上看成吉思汗故事也不错。一看就上瘾了，看得热血沸腾，欲罢不能，越看越崇拜蒙古族的英雄，恨不得一口气看完。今天上午最有意思的是，全程没有厕所，只能将车停在路边，就地解决紧急问题，男左女右，就当给路边小花小草施点肥。女生们迫于无奈，只好钻进右边的玉米地，男生们在左边的路边解决。女生们上车开玩说，在青纱帐里"唱歌"真不习惯，还是男生方便，随时路边解决。

沿途看到很多敖包，敖包有土堆、木堆、石堆，用来祭山神和路神，蒙古族人用它来祈福许愿。最多的一处有十三个石堆，路上两次停下来，祭拜敖包。在高大的百草敖包，大家许个心愿，转上三圈。谈到敖包，很喜欢一首老歌《敖包相会》，它是电影《草原上的人们》的插曲，是草原上的情歌，歌词朦胧优美。路边看到很多野花，零零星星，色彩艳丽，它们不是成片的让人审美疲劳，而是恰到好处地点缀着旅途。地里种的最多是玉米、小米，还有向日葵。草原上也有很多半农半牧的地方，种地也放牧。有些人家正在收土豆，一袋一袋立在田里。最美的风景是向日葵，大片大片的，它们整齐地朝着一个方向，仿佛都在朝拜太阳神。司机还偷偷从地里摘了一盘向日葵给大家尝尝，瓜子仁还是很嫩的水仁，大家都说好吃。1点钟终于达到乌兰布统草原，大家饿坏了，个个狼吞虎咽。一整天满脑子电视剧，上车第一件事就是让司机继续放《成吉思汗》。

下午主要游览草原，这里是康熙皇帝大战噶尔丹的地方。下午半天我们看了草原森林一体的欧洲风情区，还骑了马，参观了拍摄《成吉思汗》的大帐篷，最后游览了将军泡子。这里拍过很多电视剧，比如深受观众喜爱的《射雕英雄传》《汉武大帝》《康熙王朝》等电视剧很多场景都是在这里拍摄完成的。在茫茫草原想到小时候学过的《敕勒川》："天似穹庐，笼盖四野，天苍苍，野茫茫，风吹草低见牛羊。"远处是一片片白桦林，第一次看到，感觉特漂亮。许多摄影爱好者专程来这里拍白桦林，它们是一道亮丽的风景线。草原上的白桦林，确实与众不同。朴树有首歌就叫《白桦林》，歌曲背后有个动人的爱情故事，这里的白桦林里是否也曾有人在此守候，树上是否也刻了一对恋人的名字？今天在将军泡子看到一只美丽的白骆驼，洁白如雪，第一次见到白色骆驼，养驼人说是内蒙古特有的，只有千分之一。

草原很冷，尽管穿了羊毛衫和外套，还是冻得发抖。很早就上床了，听音乐，写游记。

(三) 2011 年 9 月 11 日

今天主要游览白音敖包和阿斯哈图石林。一天最大的成就是看了十一集《成吉思汗》，还剩九集。到机场之前全部看完，是大家一致的目标。《成吉思汗》太精彩了，以至于到了餐厅和景点大家都不想下车。坐在第一排的我，看得更入迷，上车第一件事就是让司机开电视。

上午经过桦木沟国家森林公园，路边停满了车，摄影爱好者们正在拍照。沿途的白桦林，是一片彩色的世界，让人沉迷于这样的金秋。半小时后看到了有"祖母河"之称的西拉沐沦河，它弯弯曲曲，两岸绿树成林、绿草茵茵。台湾诗人席慕蓉多次来到这里，缅怀养育她父母的河流。她曾写过一首诗《父亲的草原母亲的河》，母亲的河就是西拉沐沦河。她这样写道："我也是高原的孩子啊！心里有一首歌，歌里有父亲的草原母亲的河！"这首诗的名字是德德玛取的，后来也是德德玛的经典歌曲。这是草原上最温暖的歌谣，身处他乡的蒙古族人听了都会泪流满面，因为草原与河流，就像父母一样，养育了蒙古族。

白音敖包，是国家级自然保护区，是克什克腾旗最神圣的敖包，每年政府都会率民众来这里祭敖包。这里满眼的沙地云杉树，它能防风固沙，被当地人称为"神树"。景区内有条河流过，清澈见底，仿佛天泉。

阿斯哈图石林有"塞北石林"之称。整个景区开发了四块，分别称为一、二、三、四号景区，进入景点须乘坐景区交通。首先游览一号景区，也是主景区。这些岩石形态各异，变化多端，都是天然形成。有的像帆船，有的像蛇头，有的像书架等。但共同的特点，都像人工一块块码上去的，就像吃的千层饼。大自然的鬼斧神工，让人赞叹不已。印象最深的是将军床，传说成吉思汗的大将军木华黎曾经在这块石头上睡过觉。石头确实平整的像床，还有一块枕头。大家正在看《成吉思汗》，都很佩服木华黎的勇猛和才智，纷纷留影。从将军床往远处看去，上有七仙女，下有月亮城，近处是白桦林，远处是成片的山林，风景很美。这里是丘陵地带，迎风的一面长草，背风的一面绿树成林。二号景区有名的是结义石，三块冲天石，像桃园三结义。三号景区最远，有块石头仿佛一刀劈开的，还有一块像只展翅的大鹏，随时飞上天。

晚上住在经棚镇，这里是克什克腾旗旗府所在地，街面很宽，宾馆很多，但餐厅却很少。晚餐在重庆火锅德庄吃涮羊肉，味道不错。一人一锅，吃什么就烫什么，很人性化，荤菜素菜点了一桌子，最爱吃红薯片，草原的红薯，因光照多，所以淀粉多，特甜。

就写到这里吧，好困，晚安！

（四）2011年9月12日

今天行程很轻松，上午游览大青山，下午返回赤峰，晚上9点的飞机往北京。

从经棚镇开到大青山只要四十分钟。天气好，风景好，大家的兴致更好，整个大青山游览了四个小时，走出景区时大家觉得大青山是这四天中最好的景点。进入景区，先乘二十分钟的索道到山上，然后爬山二十分钟到山顶去看寿星石。未进景区，就已经看到了很多奇峰怪石，在缆车上，看着无边无际的白桦林，这里真是白桦林的世界。从山上往下看，可以看到远处起伏的丘陵、辽阔的草原和绵延千里的西拉沐沦河，这才是真正的内蒙古，地大物博，蓝天白云，牛羊成群，马儿奔跑，还有山脉丘陵和川流不息的河流。山上的石头千变万化，有的像老虎，有的像狮子，有的像海豚，有的像乌龟等，一边欣赏赞美，一边努力想象。从寿星石去冰臼群要乘二十分钟电瓶车，沿途停两次。第一次停车是欣赏米老鼠和唐老鸭，它们在同一块石头上，鼠头和鸭嘴不是很明显，看出来的人都有一丝得意，看不出的人还在积极寻找。第二次停下来的地方，就是人民大会堂的山水画《江山如此多娇》的取景之处，这幅画是1959年关山月和傅抱石合作完成的，深受毛泽东的喜爱，并欣然题词。曾经在电视上无数次看到这幅画，此刻实景就在眼前，很激动。山峦层层叠叠，连绵起伏，气派雄伟，真是祖国的大好河山，望之心旷神怡。大家赶紧拿出相机一一留影，我还伸出一只手，做指点江山状。

冰臼群在大山深处，要先攀越鹰嘴石，翻过它500米就到了。冰臼就是石头上天然形成的坑，是第四纪冰川的遗迹。冰臼有圆的，有椭圆的，有的形状不规则，这里能评为世界地质公园，主要是冰臼的功劳。有的冰臼里有水，

赤峰大青山 © 梁淮山

有的冰臼里长着草,最大的冰臼像一个池塘,里面有草有水,还有石虾,几乎是一个小游泳池。还有一块石头上并排有两个冰臼,称"双臼",也是一道奇特的风景。有的臼很圆,有的深得像一口缸,有的浅得像一口锅,这么多臼集中在一起,有"九缸十八锅"之称。大家翻山越岭,不辞劳苦,看了冰臼群,大青山之行完美。

下午半天坐车。今天超有成就,到晚餐时,三十集《成吉思汗》全部看完。从成吉思汗手抓苏鲁锭出生到六十六岁去世,我们用三天时间走完一代天骄成吉思汗一生的历程。本来大家都怕到机场还没看完,准备回家上网继续看,现在全部看结束,也算圆满。向来不太看电视剧,但这次非常痴迷,车上第一排看电视要仰头，几天下来脖子很痛，但挺开心。每天满脑子里都是剧中人物，伟大英明的母亲柯额仑、骁勇忠诚的将军木华黎、善良无私的奴隶合答安、才华满腹的谋士耶律楚材、贤明大义的王妃也遂等，还有一些蒙古族的词汇一直跳荡在脑际，如额吉、可汗、巴特尔、安达、长生天等。特别希望自己是生在草原、喝着马奶酒、吃着羊肉的蒙古族青年，骑骏马，射大雕，上战场，凯旋后仍做蓝天白云下的牧马人。

今天中秋，到处放着烟火，大家惊喜，他乡的中秋这样热闹。奇怪的是打算定晚餐的可汗宫，居然放假。街上好多饭店关门，真让人大吃一惊，最后好容易找到一家餐馆。我跟司机一张小桌，他能吃能喝，白酒可以喝两三斤，很会吃，一路吃饭都是他负责点菜。今晚他点了四个菜，洋葱爆牛肚、香辣鸭头、肉丝包菜、炒小青菜，味道都不错。他是典型的蒙古族人，只吃肉，不吃蔬菜，每天的蔬菜只是为了照顾来自南方的我。今天最好吃的菜是肉丝包菜，做法很特别，先在铁板上打一个鸡蛋，做成一层饼，然后将包菜、肉丝、粉丝炒好，放在上面。铁板下面点火，可以吃热的，卤汁渗到鸡蛋饼上，虽然下面有火，但不会焦，而且菜有煎鸡蛋的香味。吃真是一门艺术，到处旅行越发感受到中国美食的博大精深。

晚上 8 点 55 分起飞，四十五分钟后到达北京首都机场，住在东二环的飞天大厦，进入房间，桌上有两块月饼，今年的中秋过得很特别。飞天大厦紧邻天坛公园，交通还算便利。

（五）2011 年 9 月 13 日

今天自由活动，真爽！难得全天休息，想去的地方太多，还是西单淘书去。

早餐后直奔西单的图书大厦。两个小时淘了八本书，幸福感满满。今天在书城遇到让人极为不快的事，很多人在书城里向读者推销，他们黏着选书的顾客。有推销护肤品的、有推销保健品的、有推销保险的……在读者耳边喋喋不休，让人愤怒，这么清净的地方，看书不停被干扰，有点恼火。一个推销员在一个读者耳边不停地介绍一种品牌的护肤品，引起了读者的不悦，直接跟她说："请不要影响我看书。"结果那个推销员来一句："你这人的素质怎么这么差啊！"自己干扰别人看书，倒说别人素质差。淘书本是极其开心的事情，好心情硬生生地被这些推销员破坏了。

北京的道路很宽，也很干净。公交很方便，乘52路，才一元钱，二十分钟就回到宾馆飞天大厦。北京和上海的车上都有售票员，可能是促进就业吧。明明可以投币，硬派一个人售票，浪费人力。北京的公交车上，售票员都是大嗓门，脾气也很大。一直喜欢听北京的儿化音，北京人嘴贫，能讲，听他们侃大山很有意思，但公交车上的售票员说话特快特不耐烦，开口不是喊就是吼，一副瞧不起外地人的姿态。让人对北京的印象大打折扣。

今天飞机又晚点了，具体晚到什么时间也不说，也不广播，旅客们极为不满。几个要到上海赶国际航班的老外，急得团团转。几十个人在柜台吵，有一位团友说了一句极具讽刺意味的话，"他们不懂中国国情，航空公司说了，晚点四小时以内不算晚点"。本该5点起飞的，6点半才起飞，对于晚点，航空公司任何说法也没有，完全漠视消费者权益。从事旅游行业多年，对于飞机晚点早已习以为常，晚点也是中国航空的特色。五天的行程顺利轻松，近乎完美，最后飞机晚点，美中不足。算了，本来就没有完美的旅行。

到家已经11点了。五天的旅行转眼结束了。

彩云之南

（一）2012年12月29日

终于来到彩云之南，梦中的地方。

早班机从无锡机场飞，经停武汉。到武汉，发现武汉刚刚下过雪，空气清冽，地上落着薄薄的一层雪，很想去雪地上走走。再次登机后飞行两小时到昆明，路上看小说《杨家将演义》。昆明机场特别大，走很久才走出来，几乎跟浦东机场差不多大了，难得见到这么大的机场。飞机落地，昆明是一片艳阳天，晴朗如春，不愧是春城。我们裹得跟粽子似的，机场外大部分人穿得很薄，冬季的中午居然有人穿T恤。不过早晚也冷。去酒店的路上看到很多艳丽的鲜花，没想到冬季还可以看到街边的花。有一种花，深红色，像绒球，特别显眼，司机说是绣球花。

酒店在五华区的安康路，交通便利，附近水果店、小吃店、服装店都有。在房间稍事休息，去了市中心。原计划是打车的，发现在安康路可以乘95路直达，于是等公交。在陌生的城市，特别喜欢乘公交，因为它可以深入当地人的生活。在公交车上，听当地人用当地方言交谈，看移动电视上当地的新闻，看街上的风景，公交车走走停停，这样节奏不会太快，感觉亲切。逛了正义坊、南屏街，看到肯德基、必胜客、味千拉面、澳门豆捞感觉特别刺眼，像一块块城市牛皮癣，扼杀着中国城市的个性与特色。走在昆明，心里掠过一丝哀伤，城市之间的差别正变得越来越小，城市化进程太快，中国要赶紧慢下来。

晚餐时间，在市中心随意行走，想找一家特色餐厅，最好是老字号，偶然发现了霭若春，是云南的名餐厅，建筑是明清风格的两层小楼，可惜走进去，已经没位置了。继续寻觅，在祥云街遇到云和祥，也是云南当地的风味餐厅。一座百年的老宅，狭窄的木楼梯上去，看到走马楼，中间悬着巨大的吊灯，四面包厢古朴典雅，名字也很古雅，如"翠堤春晓""诗书传家"等，楼下的大厅里有两位身着古典服饰的姑娘弹奏古筝和琵琶。点了秘制小干巴、傣味包烧牛肉、香菇山药排骨汤、米线、渔网煎饺。云和祥菜肴口味不算一流，但环境一流，老宅风韵，还有乐器演奏。在南屏街附近还有个美食广场，饭后才发现，顺便逛逛，三十多家小吃，各有特色，不过吃不下了。准备走出去的时候，看到门口的江岸烤黄鱼，忍不住吃了两串，很不错。回到酒店前，在水果店买了点水果，云南的水果确实便宜，大青枣十元一公斤，龙眼十八元一公斤，很新鲜，水分很足。

期待明天的丽江之行。

（二）2012年12月30日

7点出发，天还没亮，外面特别冷，穿上最厚的衣服还是不觉暖和，原来昆明的冬天也是很冷的，只是中午气温高而已。四个半小时的车程，到达大理。看过电视剧《天龙八部》就一直想来大理，这次终于成行。在大理，不仅看到了苍山洱海，还游览了大理古城。大理古城有1200年的历史，整体呈棋盘格局，跟苏州古城相似。大理是白族聚集地，白族姑娘的服饰特别好看。她们类似帽子的头饰上垂着穗子，最是一道风景。白族姑娘在当地被称为

"金花"。想起看过的一部白族老电影《五朵金花》。走到三月街，这是全大理每年三月最热闹的地方，不过现在是冬季，花开春日人山人海的景象，只能想象了。

接着赶赴丽江，一路上看到很多的油菜花，冬天看到很惊讶。车穿行在崇山峻岭之间，边上就是悬崖，看着心悬。途中游览了观音峡，是当年的茶马古道，也是拍摄电视剧《木府风云》的地方。里面有木家别院，典型的纳西建筑，是当年丽江土司设立的查税所。电视剧《木府风云》里面的主角阿勒邱，历史上确有其人，集智慧与美貌于一身，精明能干，是纳西妇女的偶像。景区里还有一块大石头上绘有青蛙的图案，青蛙因为繁殖能力强，被纳西人视为图腾。

游好观音峡，已经 6 点，顺便用了晚餐，二十分钟后到达丽江，住在步行街七星街的西边，酒店是家庭式，很舒适，比挂牌三星酒店好。进房间，放下行李，喝口水，洗把脸，赶紧出来。穿过七星街，左拐一段过天桥，就到了丽江古城。逛古城前，想吃点当地特色小吃，转来转去没找到特色的，转到了桥香园米线干脆就进去吃了米线，点了一碗举人米线。虽然桥香园是云南非常著名的小吃，觉得很一般，不喜欢这样的味道，环境也不是很好。吃好后，慢慢逛丽江古城，古城里，熙熙攘攘，店铺林立，不过店铺大同小异。丽江是邂逅之城，以酒吧闻名，无数的酒吧让丽江古城特别嘈杂。走到了一些传说中的名酒吧，如火鸟、一米阳光、千里走单骑、遇见等，但都没进去，实在太吵，毫无兴趣。逛了一圈，脚步挪不动了，回到酒店已经快 11 点了。

太累了，时间不早了，明天去玉龙雪山要早起。

（三）2012 年 12 月 31 日

玉龙雪山，我们千万里来相会。兴奋地早起，比相亲还激动，黎明中赶到雪山的脚下。玉龙雪山，都说你常常是羞涩的，这一次给了我们热情的艳阳天。我们被你的面容震撼，你的美如此圣洁，我们陶醉，一拍再拍，留下一张张精彩的瞬间。玉龙雪山下，不禁唱起徐千雅的《彩云之南》：

彩云之南，我心的方向，孔雀飞去，回忆悠长。

玉龙雪山闪耀着银光，秀色丽江，人在路上。

玉龙雪山 ©梁淮山

今天在黑龙潭公园度过了最休闲的午后。丽江的公园,享受冬日午后的阳光,真是惬意。公园里还有东巴文化馆,看到了丽江画家的作品,欣赏了东巴文字和书法,还知道了丽江有个叫金甲劲松的歌手。那些书画中有一句话,很喜欢,特意摘了下来:"心中已得山林趣,身外何妨市井喧?"在公园里,听到喜欢的歌曲《走天涯》《滴答》,发现有个卖碟的摊点,买了这两张碟,一张降央卓玛的,一张侃侃的。期待回家的某天,一杯茶,躺在沙发上静静聆听。

晚上的演出《丽水金沙》充满浓郁的少数民族风情,首先是不易听到的纳西古乐,它是唐宋时期中原音乐传入丽江,融合当地音乐而形成。然后是各民族歌舞,有傣族舞(分花腰傣、金沙江傣、文山傣)、彝族的火把舞、布朗族的蜡条舞、纳西族的棒棒舞、傈僳族的赶猪调等。还有各种少数民族乐器的展演,藏族的弦子、哈尼族的哦比、傈僳族的琵琶、苗族的芦笙、彝族的小闷牛、佤族的牛角号、拉祜族的口弦、纳西族的波白等。演出的最后一章，是大家最好奇的摩梭走婚，还有那个古老的殉情故事。

精彩、开心、难忘的丽江一日。

(四) 2013年1月1日

今天前往大理，先品尝了"一苦二甜三回味"的三道茶，观赏了白族歌舞表演，下午游览大理的皇家寺庙——崇圣寺。崇圣寺始建于唐朝时期的南诏国，规模宏大，风景绝佳，背靠苍山，前临洱海，大理风光尽收眼底。它坐落的位置很特殊，苍山有十九座山峰，崇圣寺正好位于正中间，恰好寓意九九归一。寺前的三塔是大理的标志，巍然耸立，呈"品"字形。后面的两座塔颇为神奇，斜而不倒，且都倒向中间，堪称奇观。

一路喜欢大理的建筑，飞檐翘角，不高不矮，檐下有清雅的字画。多处看到"大理好风光；世界共分享"的对联，还有"风花雪月"的横批。"风花雪月"四个字正好概括了大理的风景，上关风，下关花，苍山雪，洱海月。一路听到熟悉的"大理三月好风光，蝴蝶泉边好梳妆"的歌声，给我们旅行

大理三塔 © 梁淮山

带来好心情。

晚上住在楚雄，楚雄是彝族自治州，酒店在市中心。在超市遇到一路同行的几位团友，他们问去不去彝人古镇，那里有美食，有表演，可以逛街。我欣然答应，与来自北京的一对夫妇、来自西安的一对夫妇，我们一起打车直奔彝人古镇。古镇本来就是当地最热闹的地方，又恰逢元旦，街上行人如潮，大部分是年轻人。一起逛街、跳舞、吃烧烤，临河沿街的长桌，桌上铺着厚厚的迎客松松叶，美味的烧烤，风花雪月牌啤酒，气味相投的新朋友开怀畅饮，轻松笑谈，这一晚，愉快极了。

2013年的第一天，充满阳光和笑声，满怀感恩。

（五）2013年1月2日

今天主要参观世博园、七彩云南、石林。晚上住昆明。

1999年世界园艺博览会在昆明举行，留给昆明一个世博园，不过现在大部分建筑成了商场。世博园里面很大，但看点不多。主要看中国馆，还有鲜花广场，也就是花园大道。广场开满了鲜花，五颜六色的花朵将冬季的昆明打扮成了十三四岁的姑娘，姹紫嫣红。游客们尽情拍照，个个笑靥如花，在鲜花丛里，所有人春光烂漫。1999年昆明办园博会，我还在上学呢，也许有机会参加以后的世界园艺博览会。

下午去了石林，从小就知道这个地方，因为它是阿诗玛的家乡。到了景区，正有歌舞演出。石林景区规模庞大，乘坐电瓶车游览，还花了将近两小时。

到昆明的酒店，已经快8点了。酒店叫海棠酒店，地处繁华地段。酒店有个院子，一池清水，曲桥引入，很有风致。回到酒店，去水果店买了龙眼、香蕉、蜜橘、青枣。

太累了，看会小说《荆棘鸟》，破天荒10点就睡觉了。

（六）2013年1月3日

今天是行程的最后一天，这几天起早贪黑，太累，期待早点回家。

下午2点的航班，上午主要参观鲜花市场，其实就是一个奇大的商场，一个店接一个店，像一个螺旋形的迷宫，精油、黄龙玉、塑料花、干花、普洱、咖啡、巧克力、挂件、三维画、当地各色点心，应有尽有，转了一个小时才出来。对于购物，几乎所有人都把持不住，出来都两手提着东西，排队打包。自己买点，再给父母带些，买了鲜花饼、芒果糕、香脆雪参、牦牛竹筷、水果巧克力、菠萝椰子粉、咖啡点心、原味雪参、玫瑰花牛奶巧克力，父亲爱喝酒，又买了小瓶的天麻酒和三七花酒。不经意买太多了。

11点多到机场，时间还早，整理一下行李，吃点水果，金黄的香蕉、甜甜的山竹，还有最爱的大青枣，脆甜带酸。办好托运，进了安检，走到候机口。看到显示屏上，大部分航班都晚点，中午还弥漫着大雾。很担心航班能否正常，广播里不停地抱歉，大量旅客滞留机场，机场里充斥着埋怨和不满。幸运的是，我们的航班正常，准点到达无锡。云南的六天之行结束了，很累但很开心，回家补觉，还有接下来几天，要每天下厨好好款待自己。

云南还有西双版纳、香格里拉、腾冲、泸沽湖等很多地方没去，期待下一次的云南之行。

新疆好地方

（一）2012年6月26日

新疆一直是我向往的地方。这些年带过很多新疆团，求学和旅行也结识了很多新疆朋友。他们一直自豪地说新疆好地方，说到新疆的少数民族，新疆的各种水果，新疆的天山天池，新疆的民歌舞蹈，新疆的特色美食，等等。新疆歌手刀郎的歌声一直伴随我旅行，新疆是那样亲切，可惜一直无缘。这次要带一个新疆六日游，要走到塞外江南——伊犁，还要去吐鲁番、乌鲁木齐，非常开心。

下午2点的航班上海虹桥飞伊宁，伊宁是伊犁哈萨克族自治州的首府，乌鲁木齐中转。从上海飞到乌鲁木齐要五小时，长时间飞行很累，幸好我带了《红楼梦》，百读不厌的文学经典。乌鲁木齐飞到伊宁只要一小时。乌鲁木齐黑得很晚，晚上10点半天还没全黑，飞到伊宁已经27日0点30分。

（二）2012 年 6 月 27 日

回到宾馆赶紧洗漱，上床已经 2 点。我跟司机一个房间，很巧司机老家居然是苏州太仓。1960 年，他的祖父带着他十六岁的父亲支边，从此就留在新疆，他生在新疆长在新疆，从他身上已经看不到苏州人的影子。他定居在昌吉州的呼图壁县，热情、豪爽的他已经成了地地道道的新疆人，皮肤黝黑，憨厚大方，他说这么多年他只去过太仓一次。新疆的江苏人很多，一是因为支边来的，二是跟随兵团来的。

今天游览那拉提草原，距离 308 千米，车程四小时。没有高速，只能走国道，沿途行人和摩托车很多，不时有牲畜出没，所以限速厉害，有些地方每小时只能开 60 千米。这里测速方法与众不同，在检查站给个纸条，写清楚离开时间，算好到下个检查站的时间，若是早到了就是超速，超速罚款还扣分，司机们都很谨慎不敢超速。

沿着天山山脉，贴着伊犁河谷，一路飞驰。大部分山上寸草不生，有些山黑得发亮，呈现金属光泽，像煤炭一样。天山山脉全长 2500 千米，它将新疆分为南疆和北疆，伊犁河是伊犁的母亲河。路边的行道树是钻天杨，笔直挺拔，所有的树枝都紧紧抱着树干，不枝不蔓，这在江南是看不到的。田地里种着苞谷和麦子，绿油油的一片，让人心情舒畅。路上有水果摊，买了两个大西瓜，留着午餐后吃，摊主是哈萨克族姑娘。这里一样不收硬币，东西按公斤计算，西瓜两块五一公斤，挺便宜。12 点半，到达新源县的那拉提镇，用了中餐，品尝西瓜，果然水分多，糖分足。新疆水果好吃，因为这里光照长达十六小时。

那拉提草原是一个高山草甸，海拔 1800 米。当地导游是位腼腆的哈萨克姑娘，脸蛋红红的，始终微笑着。在这里随处可见哈萨克族的毡房，白色的毡房就是牧民流动的家。乍一看跟蒙古包差不多，实际上有诸多不同，一是哈萨克毡房开天窗，蒙古包不开；二是哈萨克毡房用的布料是羊毛等制成的毡子，而蒙古包多是帆布。每个毡房门口都放了一个水壶，导游告诉大家是洗手用的，进门之前先洗手。进入景区先乘区间车，途中经过一片油菜花地，平坦的草地上开满金黄的花朵，这里油菜的花朵和叶子都很小，花的颜色也淡些，但草原上无际的油菜花海很震撼。有一块大石头上写着"塔吾萨尼"，导游说是"美丽的山沟"的意思。这片花海确实美,"最美的山沟"也当之无愧。景点有个年轻人手持一只雕,雕很乖,专门跟游客拍照。还有一位哈萨克老人牵着一只打扮好的羊羔,羊羔身穿花衣服,耳朵上缀着红布条,像被人精心打扮过的小姑娘。路上还经过乌孙国的皇族墓,这里曾留下江苏人的足迹。汉朝时,江都王刘建的女儿刘细君,也叫解忧公主,和亲嫁给乌孙国国王。乌孙国就在今天的哈萨克族聚集地伊犁地区。可惜这位汉朝的公主,因为不习惯逐水而居的牧民生活,五年后去世在这里。

到了景区,有四种方式游览草原:骑马、徒步、马车、电瓶车。多数人选择了电瓶车,因为电瓶车可以开进山里18千米,一直开到深山里,还可以开到山顶的观景台。沿途的景色特别漂亮,草地、野花、密叶杨,树木或稀或密,有的山坡一棵没有,有的山坡密密麻麻,山谷里成片的森林。随着海拔越来越高,气温越来越低,大家纷纷穿起了外套。电瓶车一直开到山里,看到里面的森林很像原始森林,山里有许多毡房。到达观景台,停下来拍照,附近有七八个毡房。车刚停下,就有哈萨克小朋友跑过来,问要不要骑马,要不要跟雕和花山羊拍照,坡上还有个烤羊肉串的摊子。大家觉得这里的羊肉串一定很好吃,决定尝尝。烤羊肉串的男孩一听说我们是苏州来的,眼睛一亮很开心地告诉我们,他姐姐就在苏州田家炳实验中学读高一。他还特地叫姐姐出来跟我们见面,姐姐很大方。我们也感到惊喜,问了她很多问题。原来她是经过选拔考上了南方的新疆班,第一年预科,第二年正式读高中。田家炳实验中学的两个新疆班,全是新疆的少数民族学生。大家一边吃羊肉串一边跟这对兄妹聊天。感觉这个世界真小。

下午5点从那拉提草原返回,9点到达伊宁,又累又饿,赶紧吃晚饭。大家兴致勃勃地品尝了"新疆第一菜"——大盘鸡,味道很棒。晚饭后,在伊宁市区逛了逛,发现物价很低。伊宁房价只有三千元左右,出租车起步价五元。一根很好看的皮带,一问价格才十五元。一件时尚的衬衫,一问七十元。晚上11点半,街上行人还很多,酒店在伊宁市中心。这里街道的名字都跟当年苏联老大哥有关,酒店附近的巷子是用斯大林命名的,从斯大林一巷到七巷。我们住斯大林四巷。

回来洗好澡,写完游记,已经1点半了。天亮去新疆跟哈萨克斯坦交界的霍尔果斯口岸,还有赛里木湖,最期待的是捡石头,据说湖边可以捡到非常漂亮的石头。

（三）2012 年 6 月 28 日

今天从伊宁前往霍城的霍尔果斯和博乐市的赛里木湖。

伊犁是薰衣草天堂，沿途看到无边无际的薰衣草，一片深紫，一片浅紫，在蓝色天空下，像一幅画，从未见过这样大片的薰衣草，很渴望下车走近它，闭上眼睛嗅一嗅，可惜高速不能停车。此时正是收获季节，当地人正拿口袋在收薰衣草。10 点到达霍尔果斯口岸，先参观了国门，看了界碑，远眺异国，然后逛了边境的贸易市场，买了一些哈萨克斯坦的巧克力。中午在霍尔果斯用中餐，老板说霍尔果斯不是乡也不是镇，是特殊的经济开发区，因为是口岸，所以比较繁华。

用完中餐前往赛里木湖。一路高速，但高速上不时有牛群、羊群，它们跟在草地上一样悠闲。开始觉得很不应该，牲畜怎么能走高速呢？后来发现是人类抢了它们的路，有些地方两面是高山，峡谷里只有一条高速，所以这条路动物和汽车共用。幸好旅游大巴一路不曾开快，路上很多施工的地方都不设标志或者路障，极不安全。仰头可以看到星星点点的山羊，它们站在高

赛里木湖 © 梁淮山

高的山上，在陡峭的山坡上吃草。如果直接往上边爬山边吃，会又陡又累，它们很聪明，螺旋而上，在山上吃草的线路像盘山公路一样。山腰一条条螺旋线，都是山羊吃出来和踩出来的，原来"羊肠小道"一词是这么来的。

一小时以后到了果子沟，看到了壮丽的果子沟大桥。在峡谷里建起斜拉桥，天堑变通途，大桥高达两百米，看了觉得特别震撼，它是去年新修的。穿过一条条隧道，上了大桥，再穿过两条隧道，出来就是赛里木湖。

赛里木湖是高山湖，是群山衔着的明珠，清澈湛蓝，是大西洋暖流最后眷顾之地，被称为"大西洋最后一滴眼泪"。湖边开满了各种野花，很多人忍不住脱鞋下水。我伸手试了一下，发现水特别凉。湖水清冽透明，水里的石头花花绿绿，难怪很多人说赛里木湖边能捡到漂亮石头。我一口气捡了一大把，想想带回家很沉，只选了最喜爱的一颗带回去做纪念。刚游玩了一阵，忽然下起雨来，大家赶紧跑上车，天色暗下来，湖面上明明暗暗，颜色深浅不一。此地叫三台，台指古代的驿站，三台即为第三个驿站，上高速以后又看到四台、五台。

很快到了戈壁，漫长的戈壁滩，无边无际的荒凉。沿途都是无人区，天山和高速公路无际延伸。第一次走到戈壁，见识了什么是真正的荒无人烟，新疆有44万平方千米的戈壁滩。车开了很久很久，戈壁上终于看到了绿色，渐渐有了树，有了庄稼，原来政府鼓励百姓开荒，早先这里都是盐碱地。买了地，要先种向日葵，向日葵可以拔碱，第二年、第三年种玉米，第四年才能种棉花这样的经济作物，收入不菲，但异常辛苦。随着绿化越来越密，终于看到了城市。

大家已经很饿了，临时决定在途中用晚餐，用餐的地方名叫四棵树。饭店后面就是戈壁和天山，还可以看到远处的雪山。在这样的地方吃饭很特别，被称为"戈壁滩上的晚餐"。老板很热情，现炒了几个菜，还切了西瓜。新疆的很多地名可看出地广人稀，比如八家户、十三间房、四棵树、五里湾。

吃了晚饭继续赶路，过了乌苏，到达奎屯——今晚将要入住的城市。到宾馆后，出去走走，发现汉族人挺多。路面很宽，街道两旁种着整齐的杨树。逛了这里的超市和商场，发现里面非常干净，很时尚，几乎忘了身在戈壁滩边的城市。路过市中心的广场，不禁慢下脚步，看到广场上很多人在锻炼身体，散步。天气有些热，逛累了打车回来，才五块钱。在这样的小城市生活真好，人少，消费低，没有压力，环境也不错。

（四）2012 年 6 月 29 日

今天前往天山天池，车程四小时。天池位于昌吉回族自治州的阜康市，阜康毗邻乌鲁木齐。为了安全，天池要统一乘坐景区交通。盘山公路非常陡峭，坡度大，拐弯急。在一次急拐弯时，车上一名坐在通道边的乘客直接摔倒在地，全车人赶紧抓好扶手。在盘山公路上，先看到一个小天池，池水非常蓝，很小，像个小池塘，当地人笑称它为"洗脚盆"。

路边有溪水流下，都是雪水，特别清澈，被石头撞击着，泛着白白的水花，翻滚着，歌唱着，一路飞奔下山。随着高度的增加，雪岭云杉越来越多。到达终点下车时，发现山的一面光秃秃的，另一面长满了树，像个阴阳头。天池是高山湖，水很蓝，远远的山顶是雪山，心想雪山上肯定有雪莲吧。前方的山峰之中最高峰是博格达峰，海拔 5445 米。天池像仙境一样，群山拱抱，捧着这颗明珠。山上白雪皑皑，天上白云朵朵像一首动人的乐曲，悠悠扬扬，飘飘荡荡，离天如此之近。中午在山上用餐，午餐是手抓饭、馕饼、羊肉串、羊肉汤，全是正宗的新疆菜，维吾尔族的厨师露天现做。手抓饭里面羊肉很多，吃起来很甜，原来里面放了胡萝卜丁。现烤的羊肉串随便吃。吃完饭，太阳被云遮住，暑气顿消。我找了桌子，在天池边静坐半小时，看着湖水、看着雪山，那一刻，奔波的心归于沉静。

出了天池，往乌鲁木齐，闲逛二道桥的国际大巴扎。巴扎的意思是集市，现在叫市场，一栋栋大楼里有上百家商铺，主要出售少数民族商品和特产，进出的大部分是当地少数民族和外来游客。逛了一会儿，感觉价格倒是不贵。最多是干果，散称的总觉不卫生，还是宁愿去超市买包装的。

晚上的项目是看大巴扎的歌舞演出。大堂的迎宾是维吾尔族的帅哥美女，一位帅哥，穿得像王子一样，他微笑着欢迎所有的来宾。演出之前是自助餐时间，里面集中了新疆各地的特色美食，包括凉拌面、羊肉汤、手抓饭、各色馕饼、当地酸奶、脆皮鸡翅、粗徽子、牛蹄筋、烤包子、各色凉拌菜，还有各色水果，大家大快朵颐。演出非常精彩，清一色少数民族演员，美女如云。难怪旅行几天看不到美女，原来全被选到这里来了。最美的姑娘来自新疆和田，她们的服饰、脸蛋、腰肢都美，宛如天山上走下来的仙女。演出最先是一些少数民族乐器演奏，有幸听到了几乎失传的乐器——巴拉曼。节目以舞蹈为主，有维吾尔族、哈萨克族、乌孜别克族等各族舞蹈。《盘子舞》最精彩，里面有个女子跳顶碗舞，头顶六个碗，碗里装着水，竟然这样还可以跳舞，真的令人赞叹。此外还有刀郎舞、肚皮舞、印度舞、蛇舞。舞蛇的美女还走下舞台，把蛇围在不怕蛇的观众脖子上，惊叹声一片。歌曲类，有蒙古族和维吾尔族歌手的演唱。一个半小时的演出结束时，感觉时间过得太快，真想再看一遍。

酒店是兵团大饭店，挂牌四星，是新装修的，很舒服。时间不早了，该睡了，明天去吐鲁番。

（五）2012 年 6 月 30 日

今天前往吐鲁番，中国第一大火炉，这个最热的城市让人好奇又却步。

沿途看到大片的风力发电机，戈壁滩上风大，正好利用风能发电。过了风力发电站就到了达坂城。达坂城名闻遐迩，因为一首民歌《达坂城的姑娘》。达坂城是连接南疆北疆的咽喉之地，位置险要，兵家必争。但几乎没什么特色，很不起眼，出名只是因为一首传唱极广的民歌。

11 点半到达吐鲁番。吐鲁番是个盆地，就像锅底，聚热快，四面有山，热气出不去，而且降雨少，所以夏天像个火炉。这里是全国天气最热、降雨最少、葡萄最甜的地方。第一处参观交河故城，艳阳当空，一下车就感到热浪袭人，没走两步就挥汗如雨。进入古城，看到夯土建成的古城遗址，有强烈的历史感，大家忘了酷暑，拿起相机拍照。往里走，越走越热，脸上的汗滚滚流下，很快就封住了眼睛。一边抹汗一边游览，身上的衣服泡在汗里，游览结束赶紧找水龙头洗脸，给自己降降温。

第二处参观吐鲁番古村，了解吐鲁番人的生活习俗。

第三处是坎儿井，它与万里长城、京杭大运河并称为中国古代三大工程。维吾尔人很聪明，他们将天山上流下来的雪水顺势引到盆地，从地底下流到人们生活的地方，雪水穿过火焰山形成一条条暗渠，全长 5000 多千米，不得不赞叹古人的聪明才智。1 点钟吃饭，烤全羊，烧的是葡萄枝，烤出来的羊肉有葡萄味。上烤全羊的时候，有仪式，美女献舞，领导主刀。领舞的美女就是门口跟我说话的那个，她是此次新疆之行见到的最漂亮的姑娘，五官精致匀称，白净，还有迷人的酒窝，身材婀娜，美丽的眼睛会笑会说话。她跟我说话的时候，我几乎挪不动步子。真的想不到一家普通的餐厅居然有这么出众的美女。

下午游览了苏公塔、火焰山、葡萄沟。苏公塔也叫额敏塔，是清朝中期吐鲁番郡王额敏和卓的儿子苏莱曼所建。塔边有清真寺，正好是礼拜时间，游客不能进入，看到成群结队的穆斯林往里走，严肃、虔诚。女人是不能进入这个清真寺的，大门外很多维吾尔族女人在等候，她们是陪老公来的。

从苏公塔开到火焰山半个小时，路上正好休息一下。火焰山全长98千米，最高的地方海拔831米，寸草不生，呈现暗红色，远远看去像燃烧着的炭火。《西游记》曾在这里取景，火焰山妇孺皆知。下车后的感觉真像烤火，赶紧跑步进入地宫，地宫有介绍火焰山的图片和资料，还有地形模型。吐鲁番虽然高温，但山沟里却瓜果飘香，如桃儿沟、葡萄沟、木头沟、吐峪沟、连木沁沟。吴承恩是江苏淮安人，我的老乡，他写《西游记》，火焰山这一章特出彩，不知他是否来过这里。火焰山有一根高高的杆子，是孙悟空的金箍棒，同时也是一根温度计，上面显示着地表温度75℃，这还不是最热的时候，最热的纪录是82.3℃，不愧是火焰山。

最后一站葡萄沟，讲解员是当地的小姑娘，很漂亮，讲一口维吾尔普通话，她带领大家参观了葡萄园，看到了各色各样的葡萄，大家都想摘一个尝尝，可惜还没到葡萄成熟的季节。这里出产世界上最甜的葡萄，葡萄沟的葡萄有数百种。按功用可分四种，分别是鲜吃的、酿干的、制酒的、入药的。景区还安排了家访，深入到维吾尔族家庭。家访最有意思，那家年轻夫妇都能歌善舞，尤其是男的，跳得特专业，他男子舞、女子舞都会，旋转、抖眉毛、晃头移颈等新疆舞的各种动作都会。

吐鲁番游览结束回乌鲁木齐。回到宾馆赶紧出去逛逛。

（六）2012年7月1日

凌晨忽然被晃醒了，发现房子在晃，好像地震了。看下手机，才5点10分。赶紧起来，不知是不是幻觉。愣在那里，不知道该不该立刻套了衣服冲出去。我住在乌鲁木齐兵团大酒店的二十六楼，要是房子晃倒了，肯定没命，发生地震不能乘电梯，走下去也来不及，干脆随其自然，冷静地拉开窗帘，看看窗外一切正常，幸好房子晃了一会儿不晃了。一切回到正常。继续上床，躺了刚睡一会儿，叫早的电话响了，今天要赶早班机。下楼的时候，发现团友们都已经在门口了，原来大家地震后都没睡。

  清晨，乌鲁木齐的街上很安静，几乎没什么车辆，昨晚还挤得要命的街道，好像所有的车辆都被清走了。我们赶到机场，飞机起飞时，天已大亮。从空中可以看到天山顶上，有一块一块白色，好似零星的几顶回族毡帽，有的像云朵，有的像白雪。飞到上海要五个小时，我跑到飞机的最后一排，开始看小说。后面是空乘人员的工作室，一位空少看我手里好几本书，就问看的什么书，我说两本小说，两本游记。他翻了一下似乎没有兴趣，问我有没有武侠小说。我说没有。他想和我聊天，但我兴趣在小说里，他便坐下来发呆。原来空姐空少在四五个小时的飞行中也很无聊。看了一本小说，睡一觉，到了上海。出机场，感觉好热，上海的气温比乌鲁木齐高多了。一个小时以后回到苏州。接连收到几十条短信，问我是否回来了，乌鲁木齐凌晨有地震。我一一回复平安，确实遭遇了地震，有惊无险。

  六天的新疆之行就这样结束了，新疆还有很多地方还没走到。希望下次新疆之行超过十天，一定要去看喀纳斯湖，还有要去南疆走走。

  感受无边的戈壁和凌晨的地震，也是这次新疆之行的意外体验。由地震想到，生命其实很脆弱，真的要善待自己，善待这仅有一次的生命，好好为自己活着，活出最精彩的自己。

西 北 避 暑

（一）2011 年 8 月 19 日

  都说银川和西宁夏天特别凉快，这个夏天西北避暑去，此团行程六天。

  中午 12 点 05 分浦东飞往银川。幸好早点到达机场，有一位游客的名字错了一个字，有充裕时间处理。办了登机牌之后航空公司盖个章就好了，挺顺利。不过若是姓错了，就麻烦大了。候机的时候，正好看书，这次旅行准备了四本书。旅行的时候，看旅行的书也很不错，更有旅行的好心情。手里的书是《四个人的旅行》，讲四个人四十天自驾游欧洲，图文并茂，调侃的话语中不乏精美的语段，读着游记跟着作者一起旅行。翻开书，跟着她们一起感受欧罗巴风情：荷兰的风车、德国的教堂、奥地利的音乐、法国的浪漫、丹麦的童话……

　　下午2点40分到达银川，居然提前二十分钟落地，实在难得一遇，大家已经习惯中国航班的晚点了。下飞机团友们赶紧找地方抽烟，公共场所禁烟，从早上憋到下午，挺可怜。现在烟鬼出行，抽口烟真不容易。银川的机场很小，十分钟就出来了。出了机场看到路边一排排的白杨树，挺拔，笔直。最早知道白杨树，是从学生时代的课文——茅盾的《白杨礼赞》，它展现了顽强质朴的精神。父亲那一代人都喜爱《小白杨》这首歌，它陪着战士守边疆，父亲也曾参军，不知它是否陪伴过父亲。导游是个回族小伙，很热情，讲解很好，我真想都记下来，因为他讲的许多知识是我所不知道的，尤其是宁夏的历史。机场离市区19千米，路上经过黄河大桥，这里的黄河河道很窄，难以相信这是中华民族的母亲河。沿着高速，看到大片大片的荷花池，盛开着一朵朵红色的荷花。宁夏跟黄土高坡和青藏高原完全不一样，不愧是塞上江南。这里工业落后，农业为主，盛产优质大米，作为江南鱼米之乡的苏州如今反而没什么农田了。一路瓜果飘香，果然颇似江南，这里水果香甜，也便宜。

　　今天只有一个景点，永宁县纳千户的中华回乡文化园，主要参观回族博物馆。景区是微缩版的泰姬陵，白色的尖顶和穹顶特别雄伟。讲解员是穿回民服饰的小姑娘，导游说领游客进门的都是阿訇，这些漂亮的讲解员就是游客的阿訇了。镇园之宝是元朝的《古兰经》，博物馆里面资料完备、实物丰富。原计划在景区吃的，大家都不太愿意，想早点回来自己吃，于是5点回到宾馆。入住的黄河明珠大酒店，位于银川商业中心，紧邻繁华的新华东街。稍稍休息，就出来找地方吃饭，顺着新华东街行走，看到了老毛手抓美食楼，大家打算选这家，它是宁夏最有名的老字号饭店，是中华名小吃，但犹豫再三多数人还是不想吃，于是换到隔壁的庆丰楼吃川菜，结果还全部是羊肉。大家点了宁夏红枸杞酒，尝了一下，口感很好，它是枸杞、红枣、甘草等精酿而成，说有滋阴补肾、降压护肝等功效。白酒大家选的是老银川，五十三度，相比我还是喜欢宁夏红。

这里温差大，晚上很凉，幸好大家出宾馆都穿了外套。这里经济很落后，最繁华的街道只能与江南的小县城普通街道相比。这次全程是四星级酒店，行程轻松，可以好好休息。有时间自己出去逛逛，有时间看书，晚上回来早可以写写游记。

（二）2011年8月20日

今天8点出发，前往中卫市腾格里沙漠，游览沙坡头风景区。车程三个小时，路上先听导游讲解一个半小时，剩下一个半小时看了葛优舒淇主演的电影《非诚勿扰》，看了很多次，还是愿意再看，台词实在经典。都说中卫市的西沙瓜很好吃，看到路边有瓜摊，司机将车靠在路边，导游要买两个给大家尝尝。摊主很爽快，现场品尝觉得好吃再买。大家一尝，奇甜无比，恨不得买一百个带回家，可惜路途遥远。还有摊上的香瓜更好吃，香气扑鼻，跟这里的香瓜比起来，平时吃的香瓜都不配叫香瓜。这里出产的红枣、杏子、梨子也不错。中午11点多到达中卫市区，它是2003年刚刚成立的地级市，很新，街道宽阔，绿化极好，湖水清澈，大家都觉得这里很适合居住，房价也特低。中午用餐的餐厅叫满汉酒楼，环境优雅，口味也不错。饭后吃了很多西瓜和香瓜，肚子快撑坏了，吃得多了幸福的感觉没了，还是怀恋在路边尝的第一口，甜到心里。

1点钟，到达沙坡头风景区，它是国家5A风景区，是"中国十大最好玩的地方"之一。这个景区分南区和北区，南区看黄河，北区看沙漠。这里的黄河极度浑浊，大家忍不住说："这里的黄河真黄啊！"进去在黄河上坐了快艇，出来乘羊皮筏子，传统和现代两种交通方式都感受一下。快艇驰骋时，都怕黄河水溅到身上，看到如此浑浊的河水，深深明白为什么有"跳进黄河也洗不清"的俗语。羊皮筏子，是木筏下绑着羊皮，一只只充气的羊皮鼓鼓如小肥猪。羊皮筏子很古老，它是西北水上短途运输的重要工具，尤其是黄河上极为常见。北区是一望无际的沙漠，这里沙是超细的，为防止鞋子里进沙，进沙漠之前大家都租了防沙鞋套。选择了骑骆驼进出，周末人很多，几乎所有人都选择骑骆驼的，队伍很长。骆驼也是排队的，一队六只，今天人多，它们没有休息，不停地接送往返。为了游客容易坐上去，骆驼要跪下来，看到鞭子抽打它们，高大的骆驼一瞬间依次跪下，觉得好心酸。骑在骆驼上，走在大漠，开心不起来。看到它们的眼角分明有泪水。想起齐豫的一首歌《哭泣的骆驼》，三毛也有本散文集叫《哭泣的骆驼》。为什么看上去骆驼总是哭泣的？传说是因为失去了双角。对于骆驼我一直充满敬意，它们坚强、勤恳、任劳任怨，整日背负沉重的货物，在沙漠行走。今天看到骆驼的眼泪，发现它们好可怜，如此温顺，任人鞭打。黄色的沙漠无边无际，沙漠里居然还有一些顽强的树，它们是沙漠里最美的风景，让人起敬。4点离开沙坡头，返回银川，路上重温了唯美到极致的电影《阿凡达》，第一次是在电影院看的，那视觉享受和内心激动至今难忘。

路上修路堵车，8点才到银川，用了简餐，大家赶紧回宾馆休息。还要写游记，分享每一天的旅行。

忘了说宁夏有五宝：红黄蓝白黑，红色是指枸杞，黄色是指甘草，蓝色是指贺兰石，白色是滩羊二毛皮，黑色是指发菜。

（三）2011年8月21日

今天主要游览四个景点：西夏王陵、镇北堡影视城、沙湖、中国枸杞馆。

银川是神秘的西夏古都，"二十四史"中没有西夏史，这段历史是缺失的。西夏的文字是死亡的文字，虽然已被学者破译，但再不是活着的文字。建立西夏的党项族，也湮没在历史中，西夏王朝让人倍感神秘。西夏王陵距离银川30千米，位于贺兰山脚下。墓体破坏严重，但骨架犹存，有"东方的金字塔"之称。这里有9座帝陵，两百多座陪葬墓。景区门口有四个西夏文字，大家认了半天没认出来，后来看了介绍才知道是"大白高国"。1038年党项族首领李元昊建立西夏，国号"大白高国"，是西夏语，西夏人崇尚白色。西夏王陵博物馆里，我最感兴趣的是妙音鸟，梵语叫"迦陵频伽"。它人首鸟身，据说是西天派来将人的灵魂接引到西方极乐世界。西夏信仰佛教，所以墓里有大量佛教文物，最引人注目的就是四色的迦陵频伽。

镇北堡影视城，是中国西部唯一的影视城。这里曾拍摄过很多著名电影，如《牧马人》《红高粱》《大话西游》《黄河绝恋》《新龙门客栈》《锦衣卫》《方世玉之英雄出少年》《东邪西毒》等。电影看多了，所以这个地方亲切如故友。它分为明城和清城两部分，明城古朴荒凉，典型的西北风光；清城热闹繁华，富于市井风情。走在影视城，电影里的画面浮现在脑海。谢晋的

《牧马人》看了很多遍，那时的朱时茂是一代青年人的偶像。《新龙门客栈》是徐克所有电影中最喜爱的，电影的结尾最忘不掉，鞑子剔太监脚上的肉，那残忍的画面，正是在这里拍的。还有《红高粱》里，姜文和巩俐结婚的地方，看了好亲切。我们还钻进了盘丝洞，背了一遍《大话西游》里的经典对白。镇北堡的"堡主"居然是著名作家张贤亮，他是淮安盱眙人，出生于南京，1957年因为长诗《大风歌》被划成"右派"，下放到宁夏镇北堡，在这里劳动改造二十二年。他能写书，还创业，文人从商的模范，让人佩服，绝对的偶像，文人的骄傲。

下午游览沙湖。天气炎热，乘画舫游览沙湖。湖里长满了芦苇，不时看到各种水鸟，很有江南的感觉。湖水很清，芦苇一簇一簇的，在风中摇曳，难以相信身在西北。船靠岸以后是沙漠，踩着细沙很舒服。周末人特多，基本是家长带孩子，景区游乐项目极多，有水上的，有沙上的，是孩子们的乐园。突然刮起大风，暴雨欲来，大家赶紧往码头走，大雨点落下来，整个人群以赛跑的速度奔向码头。在码头的草棚下，大家一边擦雨水，一边笑，老天好像拿大家开玩笑。越下越大，大家赶紧乘船返回。这里真的是春天的江南，雨说下就下。

最后一站参观中国枸杞馆，中国最好的枸杞产自宁夏。大家买了好多枸杞，还买了各色枸杞糕和枸杞酥糖，枸杞酥糖很好吃，香酥中有枸杞淡淡的苦味。出了超市，怕没回家之前就吃光，又进去买了几袋。这里的特产还有二毛皮，就是三十天的羊羔皮做的围巾、背心、毛毯。大家很喜欢宁夏的特产，每人买了一推车，全部寄回苏州。

晚餐后去火车站，10点40分的火车往西宁。

（四）2011年8月22日

昨晚睡得很好，虽然刚发车时，火车有一点颠簸，但一会儿就进入了梦想。直到被聊天的声音吵醒，看看手机才6点半，再睡也睡不着了，干脆就起床了。这趟火车居然没有早餐提供，整个火车没有餐车，好想在早晨喝一碗稀饭。火车上只有泡面，一百个不情愿，还是闭着眼睛吃了一碗，总比挨饿强。早饭后，跟一位团友聊天，他国内几乎跑遍了，还去过日本、美国、德国、英国等很多国家，聊了很久关于旅行的话题。国外去多了，他对中国现状很痛心，我倒挺乐观，坚信一切都会变好的。我向来关注教育，很自然地聊了一会家庭教育和学校教育，跟同样热爱旅行的人聊天很有趣，很有收获。

上午10点15分，到达西宁，天气有点阴。西宁西站是新站，还在施工，走了500米才到停车场。导游是位小姑娘，她为大家准备了哈达，挨个献给大家，说"扎西德勒！"献哈达让大家倍感很意外，也好开心。第一次有人献哈达，心情好激动，感觉自己成了贵宾。低头的一刹那，幸福满满，这样的祝福好温暖。车很新，12人，37座，一人两个座位还空很多。司机是藏族小伙，黝黑，但很帅气。他说今年4月刚刚去过苏州，这台苏州金龙就是他在苏州买的，花了四天才开回来。苏州人坐在崭新的苏州金龙上，心情格外好。

第一站用中餐，一是时近中午，大家饿了，何况还有人因为不愿吃泡面没吃早饭；二是昨晚没洗澡大家都迫不及待吃了饭去宾馆冲把澡，稍事休息。西宁的团餐跟宁夏的团餐没法比，突然怀恋起宁夏的手抓羊肉和土豆鸡块。住在西宁的城西，宾馆叫假日王朝大酒店，是老牌四星级，条件很一般，不过对面就是超市，地段还算繁华。附近有青海师范大学，青海的省属重点大学。青海教育相对落后，不错的院校仅有几所，如青海大学、青海民族大学。青海有三十四个民族，其中藏族、回族、土族、撒拉族、蒙古族是最大的五个民族，中国85%的土族人口分布在青海，还有撒拉族也主要分布在青海。

休息到3点，出发去塔尔寺。它位于湟中县鲁沙尔镇，离西宁25千米。从宾馆出发，半小时到塔尔寺。景区车很多，又下着小雨，有点冷，幸好大家都提前加了衣服。塔尔寺因为藏传佛教格鲁派创始人宗喀巴诞生在这里而闻名于世。它是青海最著名的寺庙，因为大金瓦殿有纪念宗喀巴的大银塔，得名"塔儿寺"，因先有塔，尔后有寺，改名"塔尔寺"。里面可以看到藏传佛教的"艺术三绝"：酥油花、壁画和堆绣。可惜停电，殿堂都很暗，大经堂漆黑一片，壁画和堆绣几乎都看不见。

参观了塔尔寺，在市中心的一家老字号用晚餐。用完晚餐自由活动，各自回宾馆，我去逛书店。饭店的对面是西宁书城，想买一本关于西部歌王王洛宾的书，可惜没找到，就在里面翻了一会书，最后买了一本日本作家芥川龙之介的《中国游记》，一个日本作家在中国的足迹，想看看日本作家眼里的中国。日本有芥川文学奖，是日本最重要的文学奖，也是纯文学奖。1950年日本导演黑泽明将芥川的小说《罗生门》和《竹林中》合二为一，改编成电影《罗生门》，获奥斯卡金像奖和威尼斯电影节金狮奖，日本电影从此走向世界。芥川热爱中国古典文学，可惜他虚弱敏感，35岁自杀，日本文坛痛失天才。最近日本文学总是引起我的兴趣。书店出来，在市中心的街上逛了一会儿，地下通道里很多店铺不错，感觉挺时尚，北大街走了一圈，就打车回来了，这里打车很便宜，3千米6元。

回来洗个澡，翻翻书，早点休息，明天早起去青海湖。

(五) 2011年8月23日

今天主要游览青海湖、倒淌河、日月山。青海湖离西宁150千米，车程三小时。

出了西宁城区，就行驶在青藏公路上。青藏公路全长1937千米，起于西宁，至于拉萨，平均海拔4000米以上，故有"天路"之称。这条公路经过西宁、倒淌河、茶卡、格尔木、五道梁、沱沱河、雁石坪、唐古拉山口、安多、那曲、当雄、羊八井、拉萨，沿途可见盐湖、草原、戈壁、荒漠、雪山等景观，所以自驾游也不错，不过很容易疲劳驾驶。路上渐渐看到连绵的山，是祁连山的余脉。途中经过一个镇叫多巴，属于湟中县，是国家体育基地。运动员在海拔2000—2500米的地方训练最容易发挥潜能，多巴海拔2366米，最适合体育训练，被称为"高原训练的风水宝地"。国家队重大赛事之前都会在这里训练，这里走出无数的奥运冠军，比如马俊仁领导的马家军，东方神鹿王军霞，此外还有跳水王子田亮等。车继续往前行驶，大家看到了雪山，看到了无边无际的草原，看到了牛群羊群。马路上不时看到磕长头的信徒，大家被他们的虔诚感动。

天空越来越蓝，油菜花越来越多，离青海湖近了。看到青海湖的时候大家都惊呆了，它是如此的蓝，湖水共蓝天一色。远处有沙岛，更远处是青山，近处是绿油油的青稞地和金灿灿的油菜花，颜色鲜艳丰富，最出色的画家也画不出这里的美景，真叫人陶醉。青海湖是高原明珠，如蓝宝石，是文成公主一滴滴的眼泪吗？10点多到达青海湖151码头。景区有西王母的雕像，青海湖也称"西海"，说这是西王母的瑶池。湖边有船，有码头，有雕塑，过多的开发，过重的人工痕迹，让人心疼，破坏还在继续。这是一片圣湖，开发者们赶紧放下手中的屠刀吧！

青海有一种特有的鱼叫裸鲤，主要生活在青海湖，无鳞，也称湟鱼。十年才长一斤，是青海湖唯一可以品尝到的湖鲜。青藏地区河里鱼很多，但淡水河里的都不能吃，因为以前水葬很多，在高原不能随便吃鱼。藏民是不吃鱼的。

中餐后，前往倒淌河和日月山。一般流水方向是自西往东，而倒淌河自东往西，传说是文成公主远嫁西藏，走到这里转头，不见长安，泪流如雨，泪水形成自东向西的小河。日月山是松赞干布迎娶文成公主的地方。到达日月山时，天空突然暗下来，居然下起了冰雹，颗粒很大，很快草原上就一片白色。羊群在冰雹中，一动不动，静止如雕塑。这么大的颗粒砸在身上该是痛的，但这些羊竟然全部静止。躺着的，坐着的，站着的，好似被武林高手点了穴道。难以相信这样的画面会是真实的，一颗颗冰雹在地上溅起来，落下堆在一起，远观似积雪，细看是粗盐，给高原披上了一件珍珠衫。8月的苏州正烈日炎炎，没想到这里居然下起冰雹，可见南北东西气候差异之大。

晚上很早就回来了。跟我一个房间的团友买的咸花生很入味，香而不咸，没想到西宁有这么好吃的咸花生。此刻，一边打字，一边吃花生，两件事都不想停，所以边吃边写。明天中午的飞机，真想早点回家，自由读书。

（六）2011年8月24日

今天原定行程是东关清真大寺，大家不想去就取消了，等中午的飞机回家。终于有一个清闲的早晨。原计划早起的，在宾馆附近散散步。昨晚睡得太晚，起不来。和团友同住，室友回房间难免要看看电视或打打电话，所以没法静心写游记，最近的游记都写得很乱，也懒得修改。昨晚很想写写醉人的青海湖，等室友入睡以后我又悄悄起床，写了一首诗《青海湖情思》。睡觉时候已经快1点了。吃了早饭，顺便去宾馆对面的超市买了些特产，牦牛肉干之类。可可西里的牦牛肉干最好。回来后翻了会书，赶紧收拾东西，发现东西买太多，箱子装不下，看来我又做了一次购物狂。

10点出发往机场，住在城西，机场在城东，横穿西宁，正好看看西宁的市容市貌。西宁的高楼大厦很多，总要仰头来看，工厂也多。其实西宁是"中国夏都"，是古城，又是避暑胜地，周围群山连绵，是人们盛夏度假的好地方，不宜建这么多高楼，更不应该建工厂，污染环境。11点到达机场，一团 12 人，居然有两张机票出错，一张名字错了，一张身份证号码错了，幸好提前得多，时间充裕。西宁的曹家堡机场非常小，是我见过的最小机场，没有一家航空公司在这里有柜台，只好打电话回苏州，让旅行社跟订票处联系，最快速度修改机票信息。以前去上海的飞机总要在西安中转，或者暂停，这次是直航，三小时不到就可以到达浦东。现在是青海的旅游旺季，机票不打折，单程就要两千二百多，不是一般的贵。要是自由行的话，宁可乘火车，上次跟驴友来青海，玩了十多天才花五千多。下午 3 点半到达上海，6 点到家。苏州下着迷濛细雨，这里才是真正的江南，我生活的地方。

回家的感觉真好，人是漂泊的船，家是温暖的岸，我又一次靠岸了。离岸的时候是开心的，充满憧憬和期待，靠岸的时候是幸福的，装载着沉甸甸的收获。

越南柬埔寨七日

（一）2012 年 11 月 7 日

今天下午 3 点 25 分浦东机场起飞，经过四个小时的飞行，到达越南南部第一大城市——胡志明市，昔称"西贡"。飞机落地已是当地时间 6 点 50 分，从飞机上向下看去，夜幕下的胡志明市，一派灯火辉煌，不愧是越南的"小巴黎"。

下了飞机，穿着外套拉着行李擦着汗，赶紧先脱衣服。机场外的夏日晚风一下子叫人神清气爽。接待我们的女导游，是位华裔，四十岁上下，已是移民过来的第三代，祖籍厦门，却讲一口广东口音的普通话，听得有些吃力。七个人三十五座车，车内特整洁，空调已经打足，凉爽极了。司机是位敦厚朴素的大叔，五十来岁。上车后，导游简要地介绍了越南的历史以及胡志明市的概况。

越南也是一个苦难深重的民族，不过这些年经济飞速发展，发生了翻天覆地的变化，已找不到老电影中的场景。她特别强调胡志明市的治安不好，要大家小心，有抢包的，还有骑摩托车的飞车党。街上摩托车多得吓人，占据了大幅路面,果然是"摩托车王国"。有数据说,越南摩托车数量是汽车和自行车总数的一百倍。在越南开汽车,太需要技术了,摩托车实在太多,稍不留神,就会相擦或撞上。想不到胡志明市的卫生非常好,整洁干净。都市夜色柔美,霓虹灯闪烁,尽显今日西贡的繁华。走在胡志明市,感觉和中国的发达城市几乎一模一样,只是店名是越南语而已。

在一条老街上,看到很多极粗的老树,每棵上都有标号。导游告诉大家,这些树的树龄是80—100年,高高挺立,在车内看不到枝叶,只见粗壮的树干,它们见证了西贡近百年的变迁,已列入政府保护名目。我们的酒店在第五郡,是华人区,名叫 Wondsor Plaza Hotel。到了酒店,迎接我们的是身着粉红色奥黛的越南美女,鲜艳亮丽。这么漂亮的奥黛不输中国的旗袍,细究起来奥黛正源自中国的旗袍。办好入住,先跟导游换了一些越南货币,一百块钱换三十万盾,每人先换了两百元。手持六十万盾,个个开心极了。有人说,他要是在中国有六十万,立刻买宝马。有人担心用不完,我笑着说,看清楚这是越南盾,说不准一天都不一定够用,胡志明市真用不完的话,去河内和下龙还可以用,实在用不完,最后一天机场还可以用。

我们商量好,行李放到房间就出去吃河粉。游客六人加上领队我,七个人四间房,连在一起,我单独住一间,自由舒适,还可以静心写作,难得的好运。酒店对面就有整个越南最著名的河粉店 PHO24,兴冲冲地冲进去,里面环境极好,非常清爽。可惜服务生告知河粉已经卖光,每晚6点之前来才有,不过还有饭,感觉好扫兴,大家只想吃河粉。墙上有河粉的图片,看上去好诱人,价格是五万六千盾,折合人民币十七元一碗。大家都坚决要吃河粉,顺着街面慢慢找,走了几分钟,找到另一家。价格很便宜,一碗牛肉河粉,四万两千盾。店里空无一人,立刻挑张桌子坐下来每人点了一碗,老板懂一点点汉语,小伙计一点也不懂,英语更不懂。我们还以为在华人区,汉语通行呢!七人坐两桌,每桌还上了一盘生的蔬菜,是拌在河粉里生吃的,豆芽我们认识,其他几种绿叶蔬菜,都叫不出名字,桌上除了有醋和辣椒酱之外,有小麻油瓶大小的瓶装鱼露,加了鱼露更鲜美。真的饿了,每个人都夹了蔬菜,倒了鱼露,搅拌几下,大口吃起来。我吃完牛肉河粉,连碗里的汤都喝完了。

回到酒店,想买点水果,前台的服务生告诉我们,右拐五分钟就有水果摊。一条小街，排满了水果摊，郁闷的是，所有的摊主都不懂汉语，竖手指，几个手指表示几万盾一公斤。我们买了莲雾，两万盾一公斤。看到一种像洋葱一样的水果，我们都不认识，想知道名字，汉语、英语比画半天，摊主还是只打手指报价格，真是郁闷。想买又不知是否好吃，价格是四万盾一公斤，于是大家称了几个回去尝尝，好吃明晚再买。又往前走看到了超大的龙眼，比中国的大多了，问问价格，七万盾一公斤，立刻买了两公斤。回来路上算了一下，发现水果一点也不便宜，可能我们是外国人，自然开价高些，居然没一个人想起来还价。

回到房间洗了澡，吃了巨型莲雾，发现水分很足，还不错。今晚错过了PHO24河粉，明晚早点回来，一定要品尝一下最有名的河粉。

越南的电梯，没有一层，只有"G"，表示大厅，插卡才能使用，这样挺好，闲杂人员不能进店，更安全。期待明早的越式早餐，期待明天的湄公河风景，期待明晚的PHO24！

晚安，越南！晚安，西贡！

（二）2012年11月8日

早上5点半就醒了，因为平时在家多是6点半起床做早饭，所以到了这个时间，生物钟就起作用了。起床舒舒服服地冲了个澡，然后冲一杯咖啡，躺在床上看朱军的新书《我的零点时刻》。7点半下去用早餐，发现早餐很丰富，水果品种很多，还有芝麻蕉烤得恰到好处。吃早饭跟两个团友坐在一起，畅谈国内外的教育，一家的儿子功课很好在澳洲留学，另一家的儿子硕博连读研究社会学，她们的教育都很开明，大家看法接近，所以聊天的气氛融洽愉悦。用完早餐回到房间，继续看书，等着9点下楼。

9点出发，第一站是华人区的天后宫。路上的摩托车像潮水一样，公交车空空荡荡。路上经过殡仪馆，发现殡仪馆居然在市区。导游说天气热，遗体基本都是尽快处理。超市很少，路上看到一家华联超市，特亲切。十分钟的车程到天后宫，它又叫穗城会馆，正中是妈祖庙，旁边是华商之家。这里的华裔多来自广东福建，所以拜妈祖很盛行。庙宇的雕刻，五彩缤纷，极其精美，令人惊叹。庙前有一株梅花树，花朵的大小是中国蜡梅的三倍，金黄地盛放，树上还停了两只麻雀，见到游客也不躲。走进去，香烟缭绕，妈祖庄严,天井中往上看,处处精雕细刻,还刻了几句唐诗,如"朝辞白帝彩云间""金陵津渡小山楼",大家入乡随俗,都捐了功德,焚香三炷,写了许愿条。工作人员将它贴在篮子上挂起来。篮子是倒挂的,镂空,可以开合的那种,像一顶顶木帐篷,悬在香炉之上。走出天后宫看到路边一家坐满了孩子在写汉字,原来这是一个汉语辅导班,华裔希望孩子将汉语传承下去。

　　游览了天后宫,前往美托,它离胡志明市75千米,车程要两小时。没有高速,路上摩托车太多,汽车开不快。导游说,胡志明市汽车只有五万五千辆,而摩托车多达600万辆。越南的摩托车很贵,因为政府要收100%的税,一般的摩托车售价2000美元,老百姓买得很吃力,大部分选择分期付款。今天是周末,出城的摩托车像潮水一样,他们平日在市区打工,周末回家,越南大部分老百姓是单休。中国人大部分是双休,比起越南,还是蛮幸福的。摩托车上不论男女都戴着头盔。不戴头盔的话,抓到罚款五十万盾。如果酒后驾驶摩托车的话,要罚两百万盾。越南摩托车不限速,而且不限人数,三四人一辆摩托很普遍,很多摩托车坐着一对夫妻和两个孩子。越南大部分家庭都选择要两个孩子,越南政府规定公务员只能要两个孩子,其他家庭不限。

　　出了市区,看到越来越多的漂亮别墅,是私人买地自建的。越南土地私有,买下来产权永久。郊外也有一些商品房,售价大概每平方米九千元人民币。远离市区的地方,看到绿油油的稻田,越南是农业为主的国家,四季如夏,水稻一年四熟,越南盛产大米,是东南亚主要的大米出口国。吃剩的粮食,老百姓常拿它来酿米酒,米酒有白色和红色两种,白色的炒菜,红色的饮用。农田里有很多墓地,因为土地私有,很多人选择葬在自己的地里。最华丽显眼的墓都是华裔的,因为他们特别重视修墓。导游还说这里的农村不流行养狗而流行养鹅,因为现在的狗跟宠物似的,起不了看门的作用,而鹅很管用,一旦有陌生人接近,它就会叫嚣着冲上去驱赶陌生人。路上经过集镇,看到很多烤鸭店,这里叫烧鸭,店里也卖法式面包,回家的打工者会停下来买烧鸭和面包跟乡下的家人分享。路边的人家,家家开店,或者卖饮料、咖啡,门前排列着藤椅和方桌,还有一张张吊床,供人休憩。越南是一个吊床世界,有人家的地方就有吊床,令人向往。

　　11点到达永长寺。下车前导游送我们每人一顶斗笠,斗笠内有十六个圈,象征着十六岁是人生最美好的年华,越南姑娘十六岁最美,忽然想到,中国古代常用来描述妙龄少女的词不正是"年方二八"么？这里是热带，女孩十六岁已经发育成熟。越南的法定结婚年龄，男二十女十八。下车的时候，烈日当头，戴上斗笠，遮阳防晒。忽然明白越南人为什么戴斗笠了，这个国度炎热多雨，斗笠最实用。永长寺虽在乡下，但宏伟精致，弥勒佛和观音各有一尊，纯白色，数米高，极庄严。寺内路面整洁，雕刻精美，所有的文字都是汉字，主要殿堂需要脱鞋参观。庙两侧，有大盆的盆景，自然气派，长势茂盛，花色鲜艳，完全不似国内的盆景。就在欣赏盆景的时候，大雨倾盆而下，大家赶紧跑进庙里躲雨，还是成了落汤鸡。中午用餐的地方就在永长寺附近，餐厅在室外，宽敞整洁，绿树掩映，桌旁就有洗手池。午餐全部是当地的特色菜，最诱人的是烤出来的象耳鱼，被夹着竖立在盘子里，保持着水里游动的姿势。大家还点了一瓶米酒，售价二十五万盾，折合人民币八十多块，有点小贵，为了品尝当地特色，还是要了一瓶，尝一口口感不错，很香，虽然度数高，倒不辣，就连不沾酒的我，也喝了两小杯。

  下午游览湄公河。乘小船到达泰山岛，第一站品尝各式糖果，有现做的椰子糖，还有包装好的各式果干出售，烤出来的香蕉干不错。第二站品尝蜂蜜，蜂蜜里挤几滴橘汁，甜里带酸，服务员还端来一盘果糖，分别是椰子肉、无心莲子、姜片做成的，挺好吃，天然的蜂蜜也不错，但若买了，携带是负担，所以只是品尝。第三站品尝各式水果，有菠萝、火龙果、木瓜、番石榴、柚子、莲雾等七八种，都是岛上自产。桌上还放了一碟掺了少许辣椒粉的椒盐，当地人蘸着吃莲雾。导游提醒少蘸一点就好，我蘸了一点点，确实不错。莲雾没什么味道，蘸了椒盐辣椒粉微微咸辣，挺棒的吃法。第四站乘独木舟，每舟限四人，船头船尾各有工作人员一名，舟极狭长，六人坐成一条直线。河道很窄，水很浑浊，两边植物丛生，感觉像在亚马孙河探险，虽然水深只有一米左右，仅及腰际，但因水浑，大家还是有些紧张，不敢妄动。船划得很快，因为语言不通，也没法跟划船的当地人交流，只好自娱自乐。有人说，这时候有当地的民谣多好。大家要给划船人员小费，一人付一万盾，他们不唱歌，多少有些失望。独木舟直接将我们送至来时有躺椅的那只船，上船后，导游给每人发了一个椰子，躺着躺椅，喝着新鲜的椰子汁，欣赏湄公河的风景，真是休闲。下船后，返回胡志明市。

  晚餐在西贡河的游轮上，晚风习习，夜色迷离，令人陶醉。晚餐的丰盛不必说，最特色的是烤乳猪，船上还有乐队演奏和表演，演唱的是耳熟能详的邓丽君歌曲《小城故事》《夜来香》《美酒加咖啡》等，享受美食，欣赏夜景，甜美的歌声里，几乎忘了此时身在越南。船要9点半才靠岸，我便在一楼找了个清净的地方，读林清玄充满禅理的文字。虽然二楼的声音很大，但进了书里的世界，一点感觉不到吵，随时随地阅读，也是人生一大乐事。

回到酒店已经10点多了，好困，一边眼皮打架，一边敲着键盘，终于扛不住了，明晚再补吧！

（三）2012年11月9日

今天行程很轻松，主要游览胡志明市中心，半天时间足够，所以上午自由活动。大家问我有什么建议，我说去看看越南的历史博物馆应该不错，可惜他们似乎没兴趣，那还是在房间休息好了。两个小时出去的话，时间有些赶，还不如在房间休息。我们还要去河内和下龙，再说今天下午在市中心就将有两小时自由活动时间。他们打牌，我在房间看电影，又看了一遍很喜爱的电影《面纱》，照旧感动。

中午11点，退房出发，去胡志明市中心。市政厅门口下车，在广场看到胡志明的雕像，他慈祥地坐着，轻抚着一个小女孩的头发，极其怜爱的样子。胡志明一生没有婚姻没有子女，他将自己的热血甚至生命都献给了越南的解放事业，无上崇高，被越南人亲切地称为"国父"。一侧的广场上，用图片展示了越南五十四个民族的文化和特色。接着逛旁边的商场，它是市中心最大的商场，价格奇贵，整个商场包含上三层下三层，有美食、家居用品、服装、电子等，绝对不比上海便宜。

接着参观了统一宫、法式邮政局、百年大教堂。在统一宫，导游请摄影师帮我们拍了合影，一人送一张。我们整齐地戴着斗笠，笑容灿烂，留下了一张越南风情照。在法式邮政局，很多人在给家里寄明信片，明信片加邮票才一万三千盾。我给父母寄了一张明信片，居然忘了写祝贺语。想来父母第一次收到国外寄回去的明信片一定会很开心吧！离集合时间还有几分钟，便去小超市逛逛，天气炎热，买了酸奶，酸甜可口，像果冻一样，价格很便宜，六千盾一盒，人民币两块不到。大家吃了还想吃，想想还是去河内再吃吧，留些念想。

下午4点半集合往机场，7点10分起飞，8点50分到达柬埔寨的暹粒。暹粒的机场很小，建筑很有民族特色，仅有一层，根本不能称为航站楼。下飞机后，步行进去。里面有移民局的工作人员举着有我名字的接站牌。大家办理了快速通关。全部办好以后，有人直接将护照送到酒店。

出了机场，先用晚餐，晚餐有香肠、空心菜、排骨汤等，导游说空心菜是柬埔寨的国菜，顿顿都会有。在越南，也常吃到空心菜。有意思的是空心菜也用来喂鸡喂鱼，我们又吃鸡吃鱼。餐后水果是一盘小巧的龙眼，比越南龙眼小很多。当地人用勺子吃饭，我不太习惯，还是用筷子。饭是放在盘子里，而不是碗里，司机用各种酱和调味品拌饭吃，一把勺子全部解决。酒店是五星级的吴哥天堂大酒店，客房是一栋一栋的别墅，一栋两层，四个房间，七人正好住一栋。楼下有宽敞的客厅、厨房，后院是花园，棚下有桌椅，楼上的房间都带阳台，像在家一样。我一人住楼下，单独一间。进入房间感觉口渴，发现冰箱里有各种饮料，喝了一瓶冰镇的冬瓜茶，酸甜中有清香。在柬埔寨，美元通用，人民币不流通。柬埔寨的货币叫瑞尔，人民币一块钱可以兑换五百瑞尔，他们主要使用面值一千的瑞尔，相当于人民币两块钱。柬埔寨也是小费制国家，处处要给小费。我一百块换了五十万瑞尔，作为大家的零钱。每天要在房间放三千瑞尔作为小费，以示对客房服务的感谢。

写了游记，赶紧上床，明天一天要游览行程表上柬埔寨所有的景点，第一天晚上到达，第三天清晨离开，实际上是柬埔寨一日游。明天6点就要起床，期待明天的世界奇迹，期待吴哥的微笑！

晚安，柬埔寨！晚安，吴哥！

（四）2012年11月10日

7点出发，直奔吴哥窟。早上匆忙房间忘了放小费，吃好早饭还是回房间补上，要给中国人留下好的口碑。

柬埔寨地广人稀，非常贫穷，到处看上去都像乡下。一路上的房子基本都是高脚屋，楼上住人，楼下放东西和养动物。高脚屋有一个重要的作用是防蛇。路上也看到砖木房子，甚至有别墅，是柬埔寨的富人住的，贫富差距大得惊人。一路很多高大的棕榈树，当地人用棕榈叶盖房子，很省钱，但这样的房子只能住三四年。路上看到上学的孩子，这里的孩子只上半天学，学

柬埔寨吴哥窟

生们上午下午轮流，学校师资紧张，轮流上学可以解决这个问题。大部分家庭生五六个孩子，家长管不了，都是大孩子带小孩子。半天上学，剩下的半天就去景区卖东西或者干些简单的活，也算半工半读。能上学的孩子只有一部分。很多贫穷的家庭，孩子们没有读书机会，对于他们来说，最重要的是解决温饱问题。多数家长会选择让家里最聪明的孩子去读书。柬埔寨因为多年动乱，教育落后，一般孩子读到初中就不错了，高中绝对算是高学历，柬埔寨大学极少。就算大学毕业了，也很难有一份好工作，只有家庭特别富有的才会把孩子送出国读大学。为了谋得一份不错的工作，中学毕业后很多人选择去培训班学一门外语，这比读大学实用。这里不许发展工业，旅游业是支柱，做外语导游很容易，收入又好。我们的导游汉语很流畅，她说她学习了五年，才考到导游执照。柬埔寨的导游管理很规范，不但要持证上岗，还要统一着装。

　　路上经过西哈努克亲王的行宫，他刚刚在北京去世。沿途看到的医院都没什么人，导游说，只有有钱人才看得起病，大部分老百姓是从来不去医院的。原来，"看病难"不仅是中国的问题。柬埔寨没有养老金，退休了什么都没有，只能靠子女，还是传统的养儿防老，所以他们尽可能多生孩子。柬埔寨有点与众不同的是，男孩要嫁到女孩家，男方要陪嫁很多东西，用当地话说"儿子都是赔钱货"。柬埔寨也是佛教国家，男孩子一生中一定要出家一次，报答父母的养育之恩，时间不限，一个星期、一个月、一年、几年、一辈子都行。景区看到许多身着红色僧服的十几岁僧侣。也有一些纯白僧服的老尼姑，她们终身不嫁。

我们游览了大吴哥、小吴哥、斗象台、巴戎神庙、塔普伦神庙、女王宫等主要景观。大小吴哥只是习惯说法，实际上，大吴哥是吴哥王城，规模宏伟，刻满沧桑，满眼是微笑的四面佛；小吴哥是吴哥寺，是一座大型的神庙，保存最好，也就是吴哥窟，后来吴哥窟被用来统称所有的吴哥古迹。柬埔寨国旗上的图案正来自小吴哥。吴哥古迹的修复得力于各国的协助。柬埔寨因贫穷无力修复，联合国教科文组织发起，联合世界各国力量保护和修复，美国、日本、德国等纷纷加入，2000年中国也加入进来，周萨神庙就是由中国援助修复的。柬埔寨政府特地办了吴哥艺术学校，为国家培养这方面的人才。塔普伦神庙是《古墓丽影》的拍摄地，所以欧美游客超多，挤翻天，几乎无法拍照。这座寺庙看的不是建筑，而是传奇的古树，它们从砖缝中生长出来，跟寺庙融为一体，但也一点一点地侵吞古庙。寺庙周围大部分是名贵树种，如油桐、紫檀、花梨木等，都是中国罕见的，所以这里的雕刻很著名。当然也有不值钱的金银树，是空心的，没有使用价值。在寺庙门口，遇到一支地震受害者组成的乐队，心生怜悯，主动上去献一份爱心。他们不是乞讨，而是凭自己的手艺养活自己，应该尊重和支持他们。

女王宫离大小吴哥有一段距离，驱车过去要五十分钟。女王宫的雕刻最为精美，精雕细刻，繁复瑰丽，令人叹为观止。看了大吴哥和女王宫以后，大家就感觉审美疲劳了。因为对柬埔寨历史和印度教一知半解，看多了难免有重复之感，渐渐提不起精神了。孩子们看到游客就上来要糖果，他们会说"姐姐，糖果"，"哥哥，糖果"，大家就把带来的糖果发给他们。来柬埔寨之前，来过的朋友提醒说，这些孩子糖果吃多了，牙齿不好，所以我带了水笔和饼干。给他们水笔的时候，他们都有点愣，完全没有喜欢的感觉，勉强收下，看来大部分孩子都不喜欢学习。拿出饼干，他们也兴趣不大，谁散糖果，孩子就一窝蜂地追在后面。在女王宫的出口，有个很小的小女孩，坐在路边，一双清澈的大眼睛，惹人怜爱，经过的游客纷纷给她零食，有些还给零钱。我给了两包饼干。她的屁股后面有个大袋子，拿到的所有东西她都悄悄地装起来，看了一下，除了各式糖果还有好多旺旺雪饼。感觉这个小女孩很是与众不同，特别聪明。还有柬埔寨的蚂蚁是金黄色，像欧洲的金发女郎，非常漂亮。东南亚都吃昆虫，我猜想这样的蚂蚁肯定会被当地人油炸。

用完中餐，顺便在餐厅边上的市场买水果，价格超便宜，但看到蜥蜴和壁虎在水果上乱爬。店主像没看到一样，或许在店主眼里这些爬行动物和蚂蚁一样寻常吧！柬埔寨的汽油很贵，因为完全靠进口。柬埔寨的海底有丰富的石油，目前正在和中、美、韩联合开发，当地人希望早点用到便宜的汽油。

下午3点钟，正准备前往阿肯山，天上乌云密布，估计去了肯定看不到日落，便决定放弃阿肯山，直接回酒店。车刚转头一会儿，暴雨就来了，都庆幸刚才明智的选择。但又遗憾，因为原先商量好，骑大象上阿肯山的，二十美元一位，钱都准备好了。错失了骑大象的机会，有点可惜。不过以后去泰国或者东南亚其他国家还有机会。回到酒店才4点半，便吃水果看电视。今天在水果市场，我们买了山竹、芝麻蕉、木瓜、莲雾等，打开后门，坐在后院，欣赏雨后如洗的美景，热带的草木苍翠欲滴，雨后更美。有一只树蛙跳到椅子上，居然竖贴着不掉下来，四处张看，引得我们好奇围观。

晚餐在湄公河大饭店，是带演出的自助餐。演出柬埔寨当地的民族舞蹈和歌曲。晚上回来他们继续打牌。我不想看书，也不想那么早睡，打开电视，发现外语频道很多，英语、法语、日语、韩语、粤语、泰语、高棉语等都有，中文频道最多，看会儿柬埔寨的连续剧，发现是偶像剧，没太大意思。听了一会柬埔寨的歌曲，绵软温情，感觉很好听。最后还是回归中国台，看了半小时中央一台和四台，赶紧睡觉。

明早7点50分飞河内，4点起床。带团最怕早起，明天三更灯火就出来数星星，顺其自然吧！

（五）2012年11月11日

早上4点半出发时，外面还一片漆黑。路上有些灯火，竟然有三两行人，也有夜排档还在营业。到了机场，居然不放车子进去，说5点才上班，还差几分钟。被硬生生地拦住，导游怎么说都不放行。只好拉着行李走进去，其实也就五十米，走进去两三分钟。

明明5点上班，5点20分工作人员才陆陆续续地来，我们只好坐在门口等。进去以后，到了柜台准备办登机牌了，工作人员还没准备好，继续等着，看来不发达国家的低效是普遍的。越不发达越低效，跟柬埔寨比起来，中国的低效算是相当的高效了。办好登机牌，托运好行李，进入安检，他们机器还没开，随随便便地就让我们过去了。通关的时候，我告诉团友，所有费用已付，出境税二十五美元也付了。我排在第一个，给工作人员看证明和清单，他看着我不停地重复一个词"Tip"。居然盖个章还硬要小费，当时想要拒绝，进来要小费出去要小费，真是不像话，给的话，只会助长他们的坏习气，不给的话，僵持着耽误团队的时间，排在后面的人也会有意见，而且大家不在乎这一美元，迅速过关就行。一般情况下，领队都会告诉大家，通关时候在护照里夹一美元。自由行的游客通常坚决不给小费，反正他们有的是时间。若不是带团，我坚决不给，绝不能助长这种歪风。令人气愤的是东南亚某些国家主要跟中国人要小费。等了一个小时，飞机起飞，整个飞机上只有二三十个人。早餐居然是冷的，也没有热茶和热咖啡，越南航空前面的优质服务给我们的好印象，一下子打了六折。经过一百分钟的飞行，到达越南首都河内。

下飞机以后，河内是阴天，极其凉爽。昨天在吴哥窟一天热怕了，虽说是柬埔寨一年中最凉快的季节，我们还是感觉酷热难耐。越南北部跟中国接近，到了冬天，也会降到十几摄氏度。现在是全年最冷的时候，这里人习惯了热，一点受不了冷。温度低于18℃，大家就赶紧把羽绒服穿上了。虽然冬天只有两个月，但羽绒服人人必备。越南很多地方学中国，就像中国以前学苏联，越南称中国为老大哥。越南版的普通话说起来很搞笑。

一个小时车程，到达市中心。沿途发现，河内虽是首都，却远不如胡志明市繁华，卫生状况更没法比。到了市区，游览了军事博物馆、独柱寺、巴亭广场，外观了红教堂、还剑湖、西湖和中国驻越南大使馆，车游了三十六行古街。军事博物馆看到了越南共产党用过的各种武器，还有打下来的美国飞机残骸，以及缴获的坦克和大炮。博物馆还安排了十五分钟的黑白纪录片，它介绍越共打仗的线路和策略，看到了他们艰苦卓绝的斗争，跟法国美国打了几十年，深感每一个民族的独立都来之不易。

巴亭广场相当于中国的天安门广场，广场附近有越南国父胡志明陵寝和纪念馆、越南人民政府，胡志明遗体也在水晶棺里。胡志明生前的愿望是火化以后，骨灰分三部分，分别撒在越南北部、中部和南部。老百姓对他万分崇拜，将其遗体保存了下来。政府正在使用的大部分老建筑是法国人遗留下来的，比如胡志明纪念堂正对面的外交部完全是法国建筑。独柱寺是一根柱子支撑着的寺庙，最早是木柱，腐烂以后改成了钢筋混凝土柱子，柱子在水池中央，庙很小，只有一个佛龛，顺着台阶上去。它是东南亚最有特色的寺庙，又在首都的中心，所以香火鼎盛。令人诧异的是，排着长队持香在拜的基本都是欧美游客。河内建城一千多年，三十六行古街，是河内古城的核心，每条街都有自己的特色，慢慢逛的话要半天，很多游客选择乘坐三轮车游览。

午餐的地方，有身着粉色奥黛的漂亮姑娘，演奏乐器，清脆悦耳，伴以她们优美的歌声，很是美妙。乐曲基本都是邓丽君的歌，她们到每张桌边去演奏，也出售这些乐器。这样的推销很优雅，让人心情愉快，毫不反感。午餐后，到下龙要三个半小时的车程。路上很多小摊，盆里好像装着看不清的很小的小鱼，导游说，是水里的虫，当地的老百姓买回家油炸。想到乱爬的黑虫子，感觉有点恶心。越南限速厉害，路况也不好，车开得很慢。

下龙是海滨城市，风景优美。那些翠绿的小岛，倒映在水里，美极了，它们是下龙湾的名片。住的酒店步行到海边只需两分钟。用完晚餐以后，就去海边散步，沙滩上空无一人。习习的晚风、轻柔的海浪、远处的灯火静静地陪着我们，聊着天，踩着细软的沙滩。走着走着，忍不住脱了鞋袜，让自己的脚彻底解放，任细沙亲吻拥抱。不知不觉，走到了导游介绍的南风咖啡。据说老板是华人，可惜今天不在，里面的服务员一点不懂汉语。南风咖啡，面临大海，灯光幽暗，最宜小坐。大家点了南风咖啡和冰激凌，出于好奇，我点了南风三色咖啡，牛奶、巧克力、咖啡三层，层次分明，最下面乳白色，中间灰色，上面黑色，像冰激凌，口感不错。海风吹拂，临海而坐，喝着咖啡，聊着旅行的趣闻，休闲舒适。结账，七个人才二十九万盾，真便宜！下次来，一定还要来南风咖啡。

半小时后，离开南风，沿着马路漫步，逛逛沿街的店铺。到了当地的大市场，店铺林立，有好几十家，逛了很久，买了些纪念品。开始不敢还价太多，发现一开价老板立马就卖，显然因为我们是外国人，开价太高，于是大家狠狠砍价。我买了一套越南竹编绘画的书签，还有一套贝壳贴画的木质茶垫。除了木雕和漆器以及写有越南语的包包、T恤，大部分纪念品跟中国相似，有人说市场里大部分是广州货。这里离中国广西只有200千米，四小时车程。市场边有个青年超市，价格也不太贵，里面有越南的特产薄皮腰果、路上我们尝过很好吃的绿豆糕，还有咖啡。有人发现了胡志明市吃过的酸奶，立刻买了八盒，人手一盒，边走边吃，真是美味。除了在中国西北的郎木寺小镇，从未遇到这么好吃的酸奶。因为好吃，所以大家一致惦记着。越南的米线和酸奶，是永远忘不了的。

　　走在下龙湾，感觉这里真是休闲度假的天堂。回到酒店，想起来这里可以免费上网。洗好澡，便迫不及待地整理游记。

（六）2012年11月12日

　　想到要补写和修改游记，早上6点就醒了，打开电脑，写了起来。导游要8点半出发，我坚决不同意，改为9点。一天就一个下龙湾，玩好回河内，河内没有行程。迟点出发，休闲一点，而且海边最应该休闲游，迟点起床，慵懒地洗漱，慢悠悠地享用早餐，然后吃点水果，一杯咖啡，休息一会，出发，这才是海边早晨应有的生活。下龙没有五星级酒店，我们住的四星已经是最好的了，从窗子可以看到椰树和大海，打开窗子，海风扑面而来。

　　出发的时候，天有点阴，感到遗憾，阴天的下龙湾将要失去多少光彩。到了码头，云开日现，阳光纵情地洒在每位游客身上，我们戴上斗笠，欣喜起来。七个人单独乘坐一艘可容纳48人的两层红木船，宽敞舒服，不过感觉有点奢侈。导游说原先码头的船都是红色，越南特色的红木游船，下龙湾的旅游局局长去意大利考察，发现那里的船都是乳白色，很纯净，特别喜欢。回来以后就下令，将下龙湾所有的游船都漆成乳白色，就是我们今天看到的样子。

　　下龙湾，有"海上桂林"之称。整个下龙湾1500平方千米，散布着成千上万的岛屿，像海上的石林，秀丽无比。蓝天白云，一海绿水，星罗棋布的群山倒映水里，如诗如画，不经意一瞥，就令人陶醉。大部分的岛屿就是一块跃出水面保持静止的岩石，形态各异，有风帆石，有神龟石，有凤凰石，有武松打虎，有仙人采药……最神奇的是斗鸡石，一只公鸡，体型庞大；一只母鸡，弱小许多，两只鸡对面而立，似欲争斗。我们还进了渔村，在渔民手里买了下龙湾的特产大腿鱼，还有海螺、虾、贝，价格有点贵，但可以随意砍价，大家痛砍一气，不然游客总是被狠宰。买来的海鲜，船上可以加工，中午有口福了。各式各样的美景，令人目不暇接，忘记身在何方。

　　登了两个岛屿，一个是天堂岛，另一个是惊讶洞。天堂岛可以游泳，海水清澈，岸上的沙也很细。山顶可以纵览下龙湾全貌，三百多个台阶，边走边看海上美景，十五分钟就可以到顶，蓝天之下所有岛屿一览无余，层层叠叠，苍翠欲滴，点缀得大海如仙境。惊讶洞，最早是躲避暴雨的法国人发现的，石笋、石钟乳之外，里面的石头，变化万千，令人浮想联翩。出了洞，看到很多卖海鲜、卖杂货的小船，有一只小船卖煮熟的笋和红薯，买了一点尝尝，笋肉清香细腻，红薯甘甜，大家吃了又买，无不爱吃。午餐丰盛，佐以醇香米酒，在海浪温柔的海上吃，看到哪里都是美景，这样的生活，神仙也会妒忌羡慕吧！

　　下船2点，返回河内的旅途是漫长的，导游不时给我们介绍沿路的风情和越南的风俗，司机还播放了越南的流行歌曲。沿途看到很多学校，越南的学校学制跟中国不一样，小学五年、初中四年、高中三年，越南的大学主要集中在河内。现在越南重视教育，出国留学的越来越多，教育发达的国家都可以见到越南留学生的身影。越南文字只有三百多年的历史，之前使用汉字，曾是中国的附属国，古称"交趾"。越南深受儒家文化影响，现在仍有很多文庙孔庙，小学学校里至今还有"先学礼，后学文"的标语。越南不是小费制国家，但有些工作人员会索要小费，大家还不敢不给。导游举例说，去医院打针就一定要给小费，不给小费会猛扎，很疼，没有不给的。

　　越南的节日风俗跟中国大致一样，但稍有变化。他们最重要的节日也是春节，但春节不吃饺子，吃粽子，巨无霸粽子，一个粽子两公斤，够四个人吃饱。平时包得少，逢年过节才会包。孩子们都爱吃妈妈包的粽子，很费时间，但有家的感觉和节日的气氛。这种粽子是冷吃的，外国游客吃不惯。

　　到了河内，已经6点，一路疲惫，大家都没有食欲。住在开发区的皇冠大酒店，是豪华五星，问总台附近有没有超市，他说对面就是一家大超市，9点关门。此时8点，大家约定放了行李就赶紧去逛。超市要存包，大家都有点犯难，因为包里都有不少现金，不太放心。想到身在越南治安最好的首都，应该没什么问题。存好之后，便一起进去，发现河内的物价比胡志明市低很多，大家买了腰果、咖啡、绿豆糕、蜂蜜。我看到了冬瓜茶，立刻向大家推荐。柬埔寨喝过，香醇爽口，清热祛火，这里一模一样，价格才五千盾，人民币两块不到。超市的酸奶也便宜，胡志明市八盒五万盾，这里九盒才一万八千盾，总之河内的物价比胡志明市低很多。相比胡志明市，河内似乎更适合生活，不过越南年轻人还是更愿意去"大上海"胡志明市闯荡。

结账的时候遇到了河内导游，她说她没带包，身上有巨额现金，放在身上不安全。跟我商量放我这里，一千万整，我愣了一下，还是答应了。这么多钱，小心翼翼地点了两遍才放包里。回到宾馆以后，算了一下一千万盾不过才三千块人民币，也没多少，一千万这个数字太吓人，害我白紧张一场。

回到酒店，吃了酸奶，洗澡，喝一瓶冬瓜茶，看一会儿电视，实在困了，游记只好再说了。明天就回苏州了，感觉一周真快。

（七）2012 年 11 月 13 日

昨晚太困，没写完游记就倒在床上就睡着了。夜里醒了好几次，总是睡不实，6 点起床，翻了几页纳兰词，洗漱、收拾东西、用早餐。今早临时决定吃素，只吃河粉、包子、面包、蔬菜。从健康角度讲，早上不宜吃荤，但住在酒店，肉食动物看到又焦又香的烤肉就把持不住。今天管住了自己，越南的米粉，清淡好吃，几乎天天早上吃。惊讶地发现有我们最喜爱的酸奶，一份美味的酸奶让河内的早晨更加美好。

7 点 20 出发直接往河内的机场。正值上班高峰期，虽在开发区，道路宽阔，仍是很堵，密如蚂蚁般的摩托车爬满大街。开发区的路边和老城区一样，清早已经摆开了很多小摊。一张小方桌，桌上放着面包、饮料、咖啡，几张塑料凳子，几乎每个小摊上都有三三两两顾客，有的吃着面包，有的翻着报纸，有的喝茶聊天，让人感觉河内真是休闲之都。这些小摊还卖香烟，居然是论根卖的，兴致来了，吆喝一声："老板，来根香烟！"可以一根接一根，也可以只抽一根，感受指间唇上烟雾里的休闲时光。如此忙碌的早晨，居然很多人这么休闲，还是在马路边。或许这是法国人的影响吧，因为法国人特喜欢路边一杯咖啡的休闲。路边摊的消费很低，谁都消费得起，这是一种生活习惯，无论贫富都可以这般悠闲。

大街上的很多越南女人，看上去跟中国人相差无几，她们同样以白为美，注意护肤，有钱也去韩国整容。越南深受中国文化影响，很多文化相近又稍有不同，两个地方颇值一说。一是十二生肖，他们没有兔，而有猫，越南人说属猫，不要奇怪，和中国属兔一样。二是星期，越南没有星期一，每周的第一天是星期天，第二天是星期二，第三天是星期三，以此类推，第七天就是星期七了，别弄错哦！

到了机场，人很多，要排队，这个时间点是高峰。依程序，办登机牌、通关、候机。通关很快，七个人用了不到七分钟。候机时，他们淘了免税店的手表和花瓶，都很漂亮，尤其是彩色的花瓶，我也选了一对，十四美元，很便宜。

登机以后，我和朋友聊了一会天，还是谈中外的教育。喝一杯苹果汁，闭目两分钟，便捧起纳兰词，穿越到清朝，走进纳兰性德那短暂而传奇的人生，体悟纳兰词里的哀愁。

下午2点15分，浦东机场落地。外面秋雨敲窗，寒意侵人，飞机一停稳，赶紧套上羊毛衫，披上外套，迅速从夏天过渡到深秋。

越南柬埔寨的七天之行，画上了完美的句号。想念高棉的微笑，想念下龙湾的美景，想念清晨的一碗河粉，想念一袭窈窕的奥黛，还有果冻一样酸酸甜甜的越南酸奶……

期待下一次的中越之行和柬埔寨的背包自助游。

西行苦旅

（一）2011年7月18日

陕西回来飞机晚点，到家飞速洗澡洗衣服，收拾东西，睡觉时已近3点。今天开始我的自助行——西行苦旅，跟八位驴友结伴走青海、甘肃、四川藏区，西宁汇合，我从苏州出发要兰州中转，下午4点半的火车先往兰州。

上午等快递的睡袋到了，赶紧去图书馆还书，重新借书，接着报账、采购，此行时间长，要买要带的东西多。还特地买了一个AeApple，路上听音乐看电影。西北坐车时间太多，车上看书看电影眼睛累，看看电影听听音乐会好些。驴友们说，带一个五十五升的背包就行了，我的大包只有四十升，睡袋一放已去掉大半空间。还有很多衣服，长袖、短袖、毛衣、睡衣、冲锋衣、内衣、袜子、拖鞋，早已塞不下，笔记本电脑也要带。只好带了拉杆箱，转眼被塞得满满，又把一个小背包塞满了。虽然带了电子书，还要带纸质书。最想带的《红楼梦》居然被谁借走至今未还，书房里看到什么书都想带，带多了又不便，挑来选去，一番忍痛割爱后定下六本，两本小说，两本散文，还有朋友从拉萨寄给我的《西藏生死书》和《藏族文化中的佛教象征符号》。3点多终于搞定所有事情，直奔火车站。

  同行的驴友看到我肯定要笑死了，居然四件行李，哪是旅游，是搬家。我家附近打车很难，幸好遇到一辆私家车，带上了我，没想到他不熟悉线路，去火车站竟然不知道走东环高架，走了老城的人民路，一路红灯，急得我心焦。总算提前到了。一个人两个背包、一个拉杆箱、一个装书的手提袋，真可怜。

  上了火车，放好行李，开始看书，旁边有两个小男孩，吵闹得实在厉害。大人管不住，只好随他们爬上爬下，大喊大叫。主动跟他们换了上铺，清净一点，听一会儿老歌。重温了斩获最多国际电影奖项的中国华语电影《霸王别姬》，看了三次，每次感觉都不一样，第一次看不疯魔不成活的哥哥，第二次看京剧，这次只看巩俐饰演的菊仙。巩俐绝对是功力深厚的演技派，将菊仙这样一个妓女塑造特别成功，泼辣、温柔、坚强，为钱步入青楼，为爱跳出青楼，把一个敢爱敢恨的妓女演绝了。整部戏，巩俐演得很震撼，很有张力。她知道蝶衣的想法，不愿意小楼去唱戏，最后还是让步了；孩子丢了，她觉得对不起小楼；蝶衣戒鸦片的时候，她又那样怜爱他，她包容了这个情敌一样的师弟，却始终被师弟记恨。为了小楼，她愿意牺牲一切，只要这个男人爱她。当小楼在批斗场揭发她的时候，她绝望了。原来，这个男人戏里是怜香惜玉的楚霸王，戏外只是一介莽夫，她还是看走眼了。菊仙的轰轰烈烈只是为了平平淡淡，可惜孩子没了，丈夫竟然也是靠不住的。《霸王别姬》戏里戏外都是悲剧，对于段小楼，虞姬是蝶衣还是菊仙？都是，也许都不是，也许段小楼从来就不是楚霸王，蝶衣只是自己的虞姬，虞姬只是菊仙梦想的角色。经典就是经典，精致如一本品味不尽的名著，难怪得到世界认可。

（二）2011 年 7 月 19 日

昨晚很早就睡了，一夜安稳。早上睁眼已经 7 点，不想立刻起床，躺着舒服，听了几首歌曲，起床洗漱。列车员过来，要了一份早餐，小米粥、馒头、鸡蛋、小菜，还不错，在火车上吃乱七八糟的零食对胃不好，早上要喝点粥。最近经常胃疼，就是因为饮食没规律。早起喝点热的，养胃健胃。沿途的风景不错，上午 10 点过了西安，虽是西北，绿化却不错。不过河水浑浊，周围旅客说这里是黄河的支流，自然是黄的。往车窗外看，田地里种的多是玉米。从小喜欢吃玉米，尤其喜欢玉米糊，一直吵着要妈妈种玉米。那时家里没有，难得吃一次，绝对是美味。家里的玉米往往是亲友所送，母亲把它加工成玉米粉，熬玉米糊。常常喝两三大碗，喝得走不动。小时候的幸福就那么简单。看着窗外，听着经典老歌，心情格外好，想着，以后要多出来走走，不能做井底之蛙，心有多大，人生的舞台就有多大。一定要开开心心地活着，其实一辈子很快。

下午 4 点到兰州，下铺的一位奶奶有侄儿接她去西宁，跟她商量了一下，正好搭顺风车去西宁。省得自己大包小包去买票等车了。这位奶奶还说她的车会经过我的旅馆所在的胜利路。奶奶七十多岁，身体很硬朗，也很和善。她出生于西宁，从小失去父母，在孤儿院长大，后来从军嫁了军官，定居常州，这次是回老家看看。他的侄儿在西宁市政府工作，特地从西宁开车来兰州接她。她身体好，大半个中国都跑过，新马泰、欧洲、美国都去过，算是见过世面的老人。我们一路聊天，聊得特别投机。每位老人都是一本精彩的书，我们应该多和他们交流。三小时后，到了胜利路，下车的时候，她侄儿还把号码留给我，说在西宁需要帮忙随时给他电话。心里暖暖的，出门总有人相助。下车步行几分钟就到了西宁雪域阳光青年旅馆，大部队都到了，我是最后一个。进房间时候已经 8 点了，饿坏了，赶紧找东西填肚子。吃了东西，洗把热水澡，昨晚在火车上没法洗，洗完心情好极了。

自带的笔记本上不了网，正好早点睡觉。

(三) 2011 年 7 月 20 日

6点15分起床，早起是为了出去吃点热的早餐。这家青年旅馆条件很一般，因为有带孩子的家庭住在里面，很吵，一早就被吵醒了。在附近找了个早点摊子，喝了热腾腾的辣汤，吃了现炸油条和茶叶蛋。虽是夏天，路上的行人都穿着外套，这里的气温比苏州低很多，走在路上感觉肩膀有点凉。乍到西北，总觉夏天穿外套别扭。

同行的驴友八位，分别是 Tina、飞鱼、杨羽、双双、飘零、我思、Jesis、Yuka，来自山西、广东、湖南、湖北、江苏五省，加我六女三男。后来才知道，当今驴友之中女性居多。我们包了一辆车，事先谈好一公里一块钱，提前定好了全程的宾馆，青海段同行十天，然后各奔东西。他们都是经验丰富的驴友，看了大量攻略，还打印了很多资料，我接连带团走山西陕西，忙得什么功课也没做，乖乖跟着。

今天主要游览门源，8点从西宁出发。一点不热，青海真是避暑的好地方，难怪电视上报道，夏天青海旅游业井喷，我们赶上了旺季。因为是包车，可以随时停车，随时改变线路，自由行真好。

第一站是太极岛，车停在路边，下面是黑泉水库，蓝天白云，青山绿水，风景宜人，大家居高临下，迎着风，摆着各种姿势。继续前进，突然看到了皑皑的雪山和金黄的油菜花，女生们开始尖叫。确实很震撼，最高处是蓝天，下面白云朵朵，山顶白雪皑皑，群山如黛，山下是一片金黄的油菜花，看着如此奇景，不禁疑惑现在到底是冬天还是春天。这样的构图，不是亲见怎能相信？难怪摄影师 Jesis 愿意到青海来。我们嚷着要停车，司机说弯道口停车不安全，往前开到了专门的观景台，大家迫不及待如鸟雀四散。看着远处的雪山和无际的油菜花，大家兴奋极了。拍好照去卫生间，男厕所就我一个，女厕所几十个排队，我刚从里面出来，车上的女生霸占了男厕所，还说"你帮我们看着"，便冲进去了。她们一过来，很多女生都跟着过来了，远处走过来几个男生，女生又陆续过来，女生中夹着一撮男生，于是出现了男女混排的现象，刚下车的游客很惊奇，原来这里的厕所不分男女，我们笑成一团。一路上到处是油菜花，但并不单调。油菜花种植得很艺术，油菜青稞相间，一块黄一块绿，拼接一起，如彩色织锦。满山遍野，黄黄绿绿，金黄的耀眼，

门源 © 梁淮山

油绿的盎然，我们在彩锦中穿行。

在门源县城用了中餐，继续上路。Jesis 昨天包车来过，带领我们走摄影线路，跟常规旅游线路截然不同。穿过村庄，走在乡间小道，油菜花清香扑面，牛群懒懒散散，放蜂人忙碌，蜜蜂更忙碌。Jesis 说从山上看更漂亮，他将我们带到了野牦牛沟，曾经是野牦牛出没的地方。种满油菜花的这些地方也曾是犯人劳改的地方，牧场最早是犯人垦荒开辟的，很多青春的生命留在了这里。向着更高处，看更美的风景，个个蠢蠢欲动等着爬山。我们把车开到山脚下，大家迫不及待地登山。山坡上开满各种野花，很多人打着伞，躺在草甸上。大家都喜欢这些五颜六色的小花，笑着跟花合影，我们有专门的摄影师，大家摆出各种造型。拍完一起往山坡上奔跑，山坡上开满了狼毒花，花瓣是白色的，花茎是艳红的，很耀眼，一看就有毒，当地人叫它"馒头花"，因为花型如圆圆的馒头。它可以用来造纸，还可以入药，有祛痰止痛的功效。爬坡的时候，一只小鸟从面前惊飞，我们吓了一跳，发现地上居然有个鸟窝，里面有三只嗷嗷待哺的雏鸟，有一只嘴巴张得好大好大，渴望食物，它们的母亲在远处看着，我们赶紧闪开。这里是草原没有树，鸟儿们只能在地上搭窝。爬到高处，大家坐在山坡，阳光下，吃着零食，讲着笑话，对面是连绵的祁连山，山下大片的金黄，看到哪里都是美景。

3点出发往祁连县，一路是美丽的草原，牛羊满山坡，果真是祁连山下好牧场。当地牧民为了区分，各家做了标记，所以羊身上有蓝色、红色、绿色，还有的有双色条纹。他们成群结队地漫步在绿色的大草原，还有牛群，吃饱了就晒太阳，渴了就去小溪喝水。小溪的水很清，是山上流下来的雪水。这里很适合骑马，后面骑马的地方还很多，就放弃了。我们要 6 点前赶到祁连县的紫庄宾馆，去得晚了，房间可能就没了。小县城宾馆家家爆满，紫庄是 Yuka 费了一番周折才订到的，真不容易。

（四）2011 年 7 月 21 日

早起去对面的餐厅吃早饭。进去的时候，看到三位朋友已经吃好了，看着碗里的清汤，我问他们吃的是不是馄饨，他们一个劲地笑，原来清汤是稀饭。餐厅的包子和油条极其难吃，还有稀饭居然是清汤，不过总算是热的，有得吃不错了。

8 点出发，先去附近的林海观景台，这里有八宝林场，远处是祁连山，可以看到附近的卓尔山，最远处山顶有皑皑白雪。观景台的大石头上写着"东方的小瑞士"，仔细一看，这里的景色和瑞士确实很像。我们在这里拍了合影，大家都笑得好灿烂。我们惊讶地发现照片上日月同现。我思和飞鱼说，今天他们很早就起来爬山，看到的日月同现更为壮观。爬到山坡，再看对面的山脉，感觉更漂亮，早晨的露水很重，鞋子完全湿透。山坡有一处房子，屋后有窑洞，可惜无人居住，单门独户在此很不安全，求救都没人听到吧。接下来直奔卓尔山，卓尔山主要看丹霞地貌。观景台上看去，赤色的山体很与众不同，卓尔山是祁连山丹霞地貌最显著的地方。蓝天白云下，红色的山、绿色的青稞和金黄的油菜花，构成五彩缤纷的图景。山上有烽火台，有蜡像士兵守卫，墙上有西夏的地图、西夏的文字，这里是西夏文化遗迹。登上烽火台，向四面看去，处处如画，令人陶醉。中午回到县城用中餐，选了一家川菜馆，门面不起眼，但口味特好，大家边吃边夸，Jesis 买了大西瓜，饭后吃西瓜。

去青海湖一路美景，大家不停地下车拍照。一路遇见牛群羊群，它们经常横穿马路，我们只好停下来等它们过去。有时它们就在路上慢悠悠地逛，司机按喇叭根本不让，还有的直接迎面走来，司机立刻减速，它们淡定得让人吃惊。车越爬越高，我们看到了前方的雪山，向下看，山路蜿蜒，悬崖绝壁。车往前，就是向上，蓝天白云在路的前方，大家说这是一条天路，有人唱起韩红的《天路》。在开车都很费力的情况下，居然有驴友在推自行车前行，大家佩服得五体投地，都说这些在青藏高原骑行或者徒步的是强驴中的强驴。今天所到之处，海拔最高的是大冬树山垭口，海拔4120米，不过大家都没有反应。一是大家身体素质都不错，二是每天大家互相提醒按时吃药，吃抗高原反应的红景天，还有维生素。"你吃药了没？"真不是玩笑，是关心和提醒。垭口经幡飞舞，白云就在头顶，摄影师给我们拍了一张合影，大家拉着手，顶着蓝天，满脸笑容，我们离天好近，几乎是"去天咫尺"。下山以后，路过大通河，景色美得无法言喻，车上的美女尖叫着要求停车。山路沿着大通河延伸，对岸是成群的牛羊，一个个帐篷，都是牧民住所。河水潺潺，视野开阔，牛羊吃草，青山绵绵，这样的画面让大家陶醉了很久。

  下午6点，到达青海湖，入住海晏县西海镇的香格里拉宾馆。大家一致决定去青海湖的沙岛看日落，放下行李就出发。沙岛景区有三个小湖，分别是芦苇湖、月亮湖、太阳湖，都是根据形状来命名。夕阳下的湖面很唯美，湖面上还有一些野鸭，大家拍了很多好照片。景区里有十二尊雕塑，都是关于昆仑文化的神话传说和历史故事。青海湖是中国最大的咸水湖，一望无际的深蓝色，湖边风很大，幸好大家都穿了厚外套。

  要看日落就得爬山，最近的那座沙山既高又陡，爬得很累，爬上去发现背面是巨大的涡坑，远看是无际的沙漠，大家都小心地坐着，一旦掉下去后果不堪设想。太阳慢慢下沉，如红色火球浮在一条厚厚的红绒之上，荒漠日落，别样壮观。难怪摄影师Jesis到处看日出日落，果然壮观。每个地方日升日落不一样。要看到最美的日出日落，就要早出晚归。看了日落大家一路好心情，分享照片，分享音乐，饥饿全忘。晚上10点才回到西海镇，赶紧找地方吃饭。

  回到宾馆，洗好澡，已经快0点了，还得写游记。

  终于可以上床了，美美地睡一觉，明天要在青海湖边骑车，好期待。

（五）2011年7月22日

  今早我思跟我转了全镇也没找到地方吃稀饭。只好在宾馆附近吃了馄饨，还有羊肉饼。

8点准时离开西海镇，前往共和县。沿着青海湖飞驰，风景美不胜收。碧蓝的湖边有大片的油菜花，红顶的藏民住宅。在江西沟乡，巧遇赛马会，立刻将车靠边。大家都说"人品好，运气就好"。赛马会是我们意外的收获。江西沟，藏语意为"骏马滩"。"江西"是藏语中"骏马"的尊称，是无所不知的意思。赛马会是节日盛会，来这里的藏民大多身着藏袍。赛马会要一天，我们最多只能停留三小时。赛马会也是赶集，很多摊点，有玩色子的，各色套圈的，有卖小吃、纪念品、杂货的。藏民们带着孩子，看赛马，顺带采购一些小商品。最开心的是孩子，我们看到一位藏族妇女牵着一个漂亮的小男孩，四五岁，穿着蓝色的藏袍，吃着冰棍，手里还拿着果奶，好奇地东张西望。他睫毛长长的、头发卷卷的，像个小童星，走到哪里都是焦点，很多人拿相机拍他。他好像没看见，始终盯着摊点。逛完了摊点，就和妈妈坐在草地休息，草原上开着各色的小花。妈妈看着可爱的儿子采花，眼睛里满是幸福。赛马会同时也是相亲会，年轻小伙可以有机会认识年轻姑娘。赛马场年轻姑娘很多，服饰鲜艳，同行的朋友很想跟她们合影，都被羞涩地拒绝了。

　　姑娘们成群地聚集在一起说笑，不时偷看着周围的小伙子，等待心仪的男孩。我们溜达的时候遇到一位穿绿色藏袍的美女，宛若草原上天仙，大家惊诧于她的美貌。她跟一位比她小几岁的女孩走在一起，两人长得很像，估计是她妹妹。Yuka问她可否合影一张，她害羞地答应了，大家便轮流和她合影，她很开心也掏出自己的相机，要大家也帮她拍，让我们很意外。我跟着朋友们沾光，不过没好意思单独跟她合影。12点赛马会开始了，报名的有两百匹马，十匹一组，要从12点一直赛到下午4点。参加比赛的马都非常漂亮，皮毛油亮，身型骠壮，各种颜色，黑的、灰的、白的、栗色的，身上写着数字，头上系着绸子，多数系着白色或红色，也有绿色、蓝色。小伙子们个个使出浑身本领，为了赢得名次，为了赢得姑娘们的芳心。赛程2千米，起点在青海湖边，为了显示勇敢，赛手们都不用马鞍。我们站在终点，选手们冲过来的时候，观众们叫着喊着，喊的是藏语"加油"。看到1点钟，肚子实在饿了，我们不舍地离开了。

　　2点到达热水镇，这里几乎全是川菜馆。大家饿得不行了，随便选一家川菜馆赶紧吃饭。下午赶路往黑马湖，路上遇到一个摩托车队，他们来自四川江油，摩托车后都插了一面红旗，上面写着"浪迹天涯"。一辆辆穿梭在崇山峻岭之间，很壮观气派，绝对拉风。路上一边看窗外的风景，一边听熟悉的歌曲。

4点到达青海湖边的黑马湖乡，为了方便在湖边骑车、散步、爬山、看日出，大家一致决定住藏民的帐篷。沿着湖边，不断下车询问，现在是旺季，铺位非常紧张。功夫不负有心人，终于在湖缘驿站找到了帐篷入住，位置就在湖边。大家开心坏了，两人一个帐篷。我已三天没洗衣服，这里阳光很烈，湖边有风，洗了容易干，便决定先洗衣服，洗好去爬山。好不容易找到了盆，找到洗衣粉，准备下手，突然看到了老板家里有洗衣机。惊喜地跟老板商量，没想到老板爽快地答应了，立刻付了十块钱。我赶紧宣布了这个消息，大家飞速把要洗的衣服交到我手里。好不容易把洗衣机搬出来，把大家的衣服一起放进去，找不到插头，找不到水龙头。拉了个接线板，总算插上了。还有水怎么办？老板说，要自己拿水壶去厨房一壶一壶地接，直接晕倒。不停进出厨房，跑了七八趟，水才加满。想到还要清洗，算了还是用手吧，接水要疯的，用洗衣机还不如手洗，折腾了半天，苦不堪言。

6点一起去爬山。帐篷后面就是山坡，一山后面还有一山高，我们越过了好几座山头。登高望远，青海湖宛如天蓝色的宝石，呈现在目前。我们坐在草地上，拼命拍照，Tina不停地用"机关枪"扫射，拍出一张张漂亮的全景图。Jesis不愧是大师级摄影师，摄出的每一张图片都让我们惊叹。远处的白云仿佛就在身边和脚下，有人提议用手托起一朵白云，邀请大师帮忙拍下来。我们轮流坐在草地，做托云的动作，背景是蓝天和蓝色的青海湖。躺在山坡，看着湖面，大家都是静默的。青海湖，我们在梦中吗？

8点钟回到住处用晚餐，晚餐极为丰盛，也很可口。一边欣赏青海湖的落日，一边喝着当地的酒，吃着牛肉羊肉，大家兴致很高，每个人都喝了一点酒。晚上住在帐篷里，感觉很特别，不过有点冷，幸好全部带了睡袋，崭新的睡袋第一次用，睡得很舒服。

（六）2011年7月23日

5点15分被叫醒看日出，天还没亮，在帐篷门口看就可以了，其实在床上也可以看，就是视野不够开阔。我还是起来了，也有朋友就在床上看。湖面上，深蓝色天空下有一线金光，等了半个小时，天边越来越红。太阳一点一点露了出来，终于天边一片火红。拍照的人越来越多，都想抓住一轮红日喷薄而出的瞬间。最后大家拍出来的照片都比实景漂亮。看了日出用早餐。早餐是稀饭、包子、鸡蛋、酥油茶，好几天没喝稀饭了，看见稀饭特开心。酥油茶很难喝，我闭上眼睛一饮而尽，赶紧喝开水，结果开水也有酥油茶的味道，傻眼了。

8点准时出发，今天主要是赶路，前往黄河源头所在的玛多县，500多千米。在车上我几乎睡不着，跟Tina借了MP3听，里面的歌曲不错，我都很喜欢。尤其是其中一首有句"爱上你是我的错，可是离开又舍不得"，歌词简单但唱得深情动人，听得酸酸的，这句话唱出了多少人的心声，谁不曾有过这样的心情和伤痛。问了才知道叫《擦肩而过》。听了两小时耳朵实在吃不消了，拔掉耳塞闭目养神。睁开眼窗外的风景实在漂亮，天上的云各式各样，一会儿龙飞凤舞，一会儿万马奔腾，一会儿波涛汹涌，一会儿大朵大朵，一会儿小片小片。有的一团一团像棉花糖，离我们如此之近，似乎伸手就可以拿过来吃。看云的时候，想起顾城的《远和近》："你，一会看我，一会看云。我觉得，你看我时很远，你看云时很近。"很简单的几句，自然，却充满思辨，又想到徐志摩的《偶尔》："我是天空里的一片云，偶尔投影在你的波心——你不必惊异，更无须欢喜——在转瞬间消灭了踪影。"顾城和徐志摩的诗百读不厌，我也喜欢写诗，终究只是片言只句，随手写几行小诗，即兴记录旅行生活。路上还看了《第十放映室》里的《看得见风景的英国》，看伦敦这些年的变化，那些曾经熟悉的电影已经淡忘了，回顾一下很温馨。《第十放映室》是很不错的栏目，比如《金庸群侠传》看了很多遍。还有《世界电影之旅》这个栏目也很好。

中午在温泉镇用中餐，为节约时间，统一吃了凉拌面，我们自带的西瓜超甜。今天到了鄂拉山，海拔4499米，大家没有任何反应。往玛多跟去玉树是同一条路，路上看到很多标语："学校会有的，家园会有的"，"抗震救灾，大爱无边"。玉树刚刚地震过，玉树也是冬虫夏草的主要产地。下午经过一处风景非常漂亮的地方，叫苦海滩，是攻略之外的。它是共玉公路边的一个小湖，停车后，穿越2千米的草原，爬到山上去看，一片深蓝色，群山倒映在湖里，湖面静寂，我们似乎是闯入者。如此漂亮的地方怎么会叫苦海滩呢？也许是看了此处的美景，可以忘却烦恼，苦海无边，回头是岸。不知什么原因，我很喜欢这里，虽然它只是一个小小的湖泊。人生就是一个苦海，人们每天都在苦海里挣扎，青藏高原是信仰佛教的。背面山脚有一个石头搭起来的很大的圈。山上有一块突出的石头，我突然想起一个雕塑《沉思者》。我坐在那块石头上，看着苦海，托腮遐思，这个瞬间被大师拍了下来。身材高挑的飞鱼将丝巾扬在风中，漂亮极了。我们在这里合影了一张，姿势各异。下山时候看到了很多的田鼠，肥肥的，并不怕人。吃草根，居然可以养得这么肥。有些胖和尚坚称自己只吃素，或许是真的。

6点半，到达玛多，住在藏民家里，极其简陋。明天要早起，包了越野车去看黄河源头。

（七）2011年7月24日

今天好辛苦，5点半就起床，去看两湖一碑。没带厚衣服，差点冻死。玛多的县城很小，不如乡村集镇，两条街都300米左右，五分钟可以把整个县城逛两遍，超市没有，服装店更没有。这里的藏民没有时间观念，我们等了很久司机还没来，实在冷得没法子，刚想跑两圈暖和暖和。Yuka说："不能跑，剧烈运动会有高原反应。"我只好继续挨冻。这里早晚很冷，大家都带了厚的外套和羊毛衫，我只有很薄的外套，就怕早出晚归。在黑马湖看日出是租了军大衣才过来的，今天真是没辙了，真是"衣到穿时方恨少"。

从玛多县城到黄河源景区40多千米，是颠簸的石子路，一路上是草原，辽阔空旷，不时看到野驴、黄羊、羚羊、狐狸，司机说他曾多次看见过狼。玛多在藏语里的意思是"黄河源头"，这里海拔4200多米，人烟稀少，很多野生动物、鸟类在此栖息。景区门票80元，包括两湖一碑，两湖是指鄂陵湖和扎陵湖，一碑是牛头碑。有藏民生活在景区里面，不时可以看到马牛羊群。其实玛多的湖非常多，有"千湖之县"的美誉，昨天看到的苦海滩也属于玛多，此外还有星宿海、冬格措纳湖等。这里是黄河的源头，所以来寻根溯源的人很多。司机说很多华侨来这里，找到黄河源头标志——牛头碑因激动而大哭。我很能理解，因为黄河是中华民族的母亲河，漂流在外的游子在这里痛哭一场，是一种释放，是内心深处家国情怀的爆发。

进入景区开了很久才到鄂陵湖，鄂陵湖是咸水湖，湖水是天蓝色，到的时候正好日出时分，湖面上波光闪耀，呈现好几种颜色，几条线非常清晰，

玛多苦海滩 ⓒ 梁淮山

将湖分为几个部分。汽车开过，受惊的鸟儿们飞起，那一瞬间是很美的画面。大家都想抓拍野鸟齐飞的瞬间，但很难。鄂陵湖是玛多最大的湖，也是最漂亮的湖。在鄂陵湖边有一块碑，写着"迎亲滩"。相传松赞干布曾在这里迎接文成公主。司机一直把我们送到山顶，直接看到了牛头碑。原以为要爬山上来的，还想着万一高原反应怎么办，这里海拔 4610 米。牛头碑建于 1988 年，分别有十世班禅用藏文和胡耀邦用汉字题写的"华夏之魂黄河源牛头碑"，周围经幡翻飞，看来在此许愿祈福的很多。周围还有香港和澳门回归的纪念碑。牛头碑的后面，远远望去就是扎陵湖，它没有鄂陵湖那样雄伟辽阔，是淡水湖，它的颜色非常特别，呈现亮白色。扎陵湖候鸟多，有一座鸟岛。今天我们看到了很多的鸟，运气不错。这两个湖泊汇合成黄河，这里是黄河的最上游，黄河最上游的水很清很清。

中午 11 点半回到玛多县城，这里实在没有什么饭店，只好还去昨晚的"天府小炒"用中餐。

12 点出发往久治，将近 600 千米，预计九小时。途经达日县和白玉县，达日是黄河上的第二个县，经过黄河大桥的时候，都不相信这是黄河，因为河水不清澈，河面也不宽阔。白玉县有个特殊的习俗——树葬，将夭折的孩子放在木箱里，捆绑在树干上，希望孩子早点投胎转世。男孩挂高处，女孩挂低处，很神秘。我们还路过一个宏伟庞大的寺庙——白玉达唐寺，是藏传佛教宁玛派寺庙，庙宇纵横，连绵起伏，我们震惊于它的规模，外围是长长的廊房，估计整个转一圈得要两个小时。因为后面要去郎木寺和拉卜楞寺，此时快要天黑，赶路要紧，只好放弃。这里没有高速，山上都是高低不平的石子路，而且没有路标，车开得很艰难，小心翼翼，还下雨了。到处爬坡，连续下坡，急转弯，天越来越黑，我们的心都在喉咙口。翻越一座座山峰，终于看到一片灯光，晚上9点半到达久治。大家开玩笑说，怪不得这里就叫久治，"九至"就是九小时才到。坐了整整一天车，大家都累垮了。下车赶紧吃饭，洗澡。因为大家已经三天没洗澡了，大家坚决不在达日住，赶到久治，就是因为久治的宾馆能洗澡。

今天经过的最高处为玛积雪山垭口，海拔4677米。下午和晚上全部在赶路，翻越了几十座山峰，司机的技术真棒。路上还眺望了阿里玛卿雪山，非常壮观。今天听了一天的音乐，耳朵很痛，听得最多是王菲。宾馆的热水器有问题，要等很久才能洗，正好看完了张恨水的《啼笑因缘》结尾部分。洗好澡睡觉，已过1点了。

（八）2011年7月25日

久治要好好休整，好好睡觉，好好洗澡，洗洗衣服，准备干粮。定好9点半出发，我6点就醒了，被外面的喇叭声吵醒。久治县域也很小，只有两条街道，黄河路和长江路，我们住的民政宾馆就在黄河路和长江路交界处，是县城中心位置。因为这里的宾馆能洗澡，我们开心死了，下面几天不是天天都能洗澡的，所以我们决定久治住两晚。今天早上在附近的小吃部居然吃到了稀饭、小笼包、茶叶蛋，我和我思特开心，稀饭熬得稠稠的，我们立刻打电话给同伴们，跟他们分享这个好消息，马上全来了。

今天主要游览年保玉则景区。年保玉则又称果洛山，据说是果洛各部落的发源地，所以深受推崇。年保玉则有很多的冰山雪山，融化的冰雪在山下形成三百多个湖泊，最大的是仙女湖和妖女湖。这个景区主要游览方式是徒步，穿越丛林，欣赏仙女湖、妖女湖、雪山，来这里的都是驴友。我是做不了驴的，大师说："做驴必须做到三天不吃饭、七天不洗澡、负重二十斤徒步穿越十公里。"对照一下，我完全不合格，也受不了，所以发自心底地佩服强驴。

年保玉则景区要徒步八小时。大师和我思都是强驴，要负重徒步，一个负重二十斤，一个负重三十斤，我思觉得自己的包不够重，又把我的书拿了四本放进去，又把所有人的干粮一起塞进去。大师更厉害，把他自己所有的东西都背着。我第一次来到高原，又是第一次穿越，只背了十斤，担心半路走不动。年保玉则景区的门票60元，里面没有任何交通工具，全程徒步，在里面要步行一天，我们准备了很多干粮。一进入景区，我们就被它的美给征服了，仙女湖蓝莹莹的，草地上开满了小花，远处的雪山高耸入云，年保玉则的美果然名不虚传，大家都说这趟来得值！

仙女湖的水非常清澈，完全是透明的。水里的鱼黑压压，成千上万条，密密麻麻。藏民们不吃鱼，湖里的鱼泛滥。我们要从仙女湖的这头徒步到对岸的沙滩，再徒步到妖女湖，再徒步到垭口看雪山，最后原路返回。昨晚刚刚下过雨，到处是积水，灌木丛生，完全没有路，很多地方一踩就陷下去，像沼泽地，灌木大多一人高，寸步难行。大家小心翼翼，踮着脚尖，踩着石头，抓着树枝，艰难前行。不停有人陷进泥潭。同行的女孩子一个比一个厉害。我是男生，努力在前面探路，但总被她们超越。她们动作极快，有时我得小跑。很多地方无法穿过，大家就往上走，迂回过去。有的地方根本无法前进，大家各自开路，前方汇合。不停有人摔倒，弄脏衣服。大家都是有备而来，没有任何抱怨，来这里的全是驴，除了我。穿着外套，背着包，后面全部汗湿了，尽管百倍小心，还是好几次陷进泥潭。很多地方看上去是青草，踩上去就下陷。淤泥很臭，水也很臭。大家一路互帮互助，互相提醒，紧紧跟上，没有一个掉队。后来女生基本都在前面，成前锋，让我惭愧不已。对岸的沙滩看起来很近，走起来很远，大家步履维艰。我们说好到了对岸再吃饭，饿着肚子，一鼓作气，两个半小时之后终于到达，已经1点半，全体筋疲力尽。奔跑到沙滩，风景太美，大家尖叫着，忘了疲劳和饥饿，赶紧先拍照。实在受不了臭鞋子的味道，女生们赶紧洗鞋子洗袜子，还说要是带鞋刷就好了，把鞋子好好刷干净。有人开玩笑说，仙女湖的鱼要被驴的臭鞋子臭袜子熏死了。洗好鞋袜立刻吃饭，啃饼干面包，喝冷水，拼命填肚子。吃好饭，大家分散地躺在沙滩上，听着涛声，看着蓝天白云，都觉得好幸福，这就是旅行的目的和意义。

走出仙女湖是一片草地，各色花儿在微风中轻舞。大家在草地上拍了很多照片。有人问："为什么这里的花儿开得这么艳？"我开玩笑说因为牛粪，鲜花全爱插在牛粪上，这里牛粪确实多，大家每一步都小心，生怕"中奖"。妖女湖比仙女湖稍小，是几个小湖泊组成的。到了妖女湖，路好走得多，动作加快。想到回去还要三四个小时，六个人放弃了去雪山，包括我，体力跟不上，走太快喘不过气来，万一高原反应就麻烦了，决定不冒险。再说雪山已经看了很多很多，我还有个冠冕堂皇的借口，护送五个女生返回。大师、我思、杨羽三人继续前行，他们真是绝对的强驴。

回到仙女湖，沙滩上躺了好多人，跋涉过来都不容易。突然走过来三个年轻的喇嘛，大家决定跟着他们走，省得探路找路。喇嘛都是年轻小伙子，美女们先跟喇嘛拍了合影。一个很帅的喇嘛，他戴着墨镜，笑容很灿烂，若不是红色僧服，都以为是都市青年。她们轮流拍照，大师不在，我充当临时摄影师。大家都想了解喇嘛的真实生活，希望和他们结伴同行，顺便聊聊天。谁知道他们健步如飞，拼命跑也跟不上，转眼不见踪影。实在没法同行，美女们实在想不通喇嘛要赶什么时间。下面只好由我当前锋，在前面探路，任我背着包，提着公共垃圾袋（我们约定不在任何景区留下垃圾），行动也很困难。大家洗干净的鞋子又不断陷进了泥潭，走得特辛苦。我笑着说，回去给所有美女发一张"强驴证书"。渐渐地她们又全部走在前面，路上还遇到一个独行的美女，真让我敬佩，不仅是强驴，简直是侠女。今天统计了一下来此徒步的驴友，70%是女生。真纳闷，这年头怎么驴友队伍里女远比男多，而且很厉害，还各种独行。

走到一半的时候，遇到了几个藏族高中生，就跟在他们后面，他们很愿意跟我们结伴，估计因为我们队伍里美女多。她们跟着，我殿后。交谈中知道，他们来自甘肃的玛曲，念高二，暑假结伴来年保玉则游玩。女生们很好奇地问他们，这里有钱的藏民是不是娶好几个老婆，因为在共和县听人说过。他们笑着说不是，他们的汉语讲得不是很好，但都笑嘻嘻的，跟他们聊了高中生活。我们高中的时候好辛苦，哪有他们这样自由的。他们说，他们考大学很难，藏语、汉语、英语、数学等都要考，为了考上好学校，他们在兰州读高中，因为玛曲的学校远不如兰州，一学期才回家一次。今晚他们在这里扎营，明天回去。本来我们小分队也有人提议住帐篷的，遭到多人强烈反对，没饭吃又冷，还不能洗澡，找罪受。小伙子们说，他们住帐篷习惯了，不觉得冷，他们连被子都没带。我们要住的话，夜里冻死不可。不知怎么谈到了赛马会，他们说 8 月 13 日玛曲有一年一度的赛马会，大约有两千名选手参加，选手来自甘肃、四川、青海三省，奖金共三十万，他们里面有一个要参加，这个选手还骄傲地给我们看他 T 恤上的字，是去年参加赛马会发的。我们都好想去，可惜那时候我可能在尼泊尔了，不过以后总有机会参加的。他们正值青春年华，有做不完的梦。一路上我们偶尔聊天，偶尔唱歌，他们开口就唱，藏族青年都能歌善舞。中途休息的时候，他们还主动与我们合影。旅行路上，有人相伴，虽然只是短短一程，都是很美好的回忆。

今天徒步好累，回来赶紧写游记。想天天写，真不容易，没网络，没时间。坚持每天写一点吧！不然旅途结束，很多片段就忘了。让写作成为习惯，坚持！

（九）2011 年 7 月 26 日

今天前往四川阿坝唐克乡的黄河九曲第一湾。

从青海进入四川阿坝，完全是另一番景象，建筑风格完全不同。四川比青海富裕很多，房子明显建得更好，还有很多漂亮的别墅，但路况很差，很多地方是石子路，灰尘极大。四川的道路很难走，难怪自古说"蜀道难"。阿坝州是藏族、羌族的聚集地，下辖十三个县，包括大家熟知的九寨沟、汶川、若尔盖等。

阿坝之后经过红原县，下午 2 点到达若尔盖县唐克乡。大家饿坏了，赶紧吃饭，看到终于有鱼吃，大家都要吃鱼，结果老板推荐黄河里野生的鱼，八十元一斤，一条鱼两百多元，大家一狠心就点了。这里还有一道特色菜，是红军野菜，说是红军长征经过若尔盖时吃过的野菜。我们点了一份，还不错，是凉拌菜，看起来像蕨菜，吃起来很有嚼劲，我挺喜欢吃。吃了饭，先回宾馆休息，黄河九曲主要看落日，大家商定 5 点出发。

唐克乡因为临近九曲黄河第一弯而闻名。5 点半到景区，日落要 8 点，所以大家就沿着黄河边散步、拍照，骑马的人很多，虽然很想骑马，但更愿意在大草原上策马奔腾，而不是在景区被人牵着走。黄河在此地有九个弯道，爬到山上可一览无余，远处是草原，近处是白塔佛寺和藏民民居，景色如画，夕阳下更美。我们期待着"长河落日圆"的壮丽景象。看九曲有三个山峰可看，要看整体全景，先登山。昨天徒步回来鞋子洗了，今天穿的是拖鞋，但我还是决定三个山峰全去。登第一个山峰的时候，突然乌云滚滚，大雨将至。很多人抱怨着，我想遗憾也是一种美，不可能任何时候来都是晴天，再说雨天有雨天的景色。第一峰最适合拍照，但人满为患，排满了相机，找不到落脚地方，所有人都只能拍合影。到了第二峰，九曲尽收眼底，可以清晰地数出黄河九道弯。爬到第三峰的时候下雨了，第三峰只是最高，但距离九曲太远，所以景色一般，不算最佳观景位置。雨越下越大，赶紧下山，到停车场，发现周围的车已经离开得差不多了，都带着遗憾走了。上车时，雨小了，大师要等一下，说不定等一下有落日。我们想反正下雨，等等无所谓，大家都尊重大师的决定。没等多长时间，雨小了，接着太阳出来了，大家都从车里跳出来，路上站满了拍照的人，还有人赶紧骑马上山到一号山峰拍照。意料之外地看到了"长河落日"，大家都很欣喜。接着天边还出现了火烧云，黄河落日，晚霞千里，别样壮观。大家的运气真好，一直有惊喜。

回来吃了饭又10点了，早点休息。

（十）2011年7月27日

今天要游览的郎木寺位于甘南碌曲县，它位于青海、四川、甘肃三省交界，是一座声名远播的藏族寺院。

9点出发，整个唐克还在清晨的睡梦中。沿着一望无际的草原飞驰，昨晚下过雨，草原笼着淡淡的雾。到山上，向后看去，整个唐克已经融在一团雾里。这一团白雾连在草地和蓝天之间，难以相信，我们是从那团雾里出来的。若尔盖拥有国家草地公园、湿地公园、自然保护区。这里也是红军长征经过的地方，在路上看到一块巨石，上面刻有九大元帅的名字，这里印有他们的足迹。长征中红军爬雪山过草地，雪山主要指祁连山，草地则主要指若尔盖草地。看着无边无际的草原，我陷入了哀思，多少红军战士永远留在了这里的沼泽地。美丽的草原，曾经吞噬多少青春的生命，他们饥寒交迫中相互扶持，这里有过多少拼死的挣扎和绝望。饿了吃草根，渴了喝浑水，有些草地轻轻一踩就马上陷下去，随时可能丧命。经历过长征的都是英雄。长征途中牺牲的红军，名字永远刻在中国史册，后代永远不能忘记红军。

快中午的时候，太阳出来了，大家决定找个地方骑马。路边可以骑马的地方很多，在一个景色不错的地方我们停车，一起骑马。第一次骑马，觉得马好高大，坐在上面，感觉自己随时会掉下来，马走一步就颠一下，居然有点心慌。马走了几步，才渐渐适应。整天想着在草原上骑马，真正骑在马上没有一点豪迈的感觉，反而小心翼翼，抓牢缰绳，紧踏马镫。马儿很乖，走着走着，我逐渐放松下来。因为有人牵着，又是第一次骑，不能骑得很快，转了一圈很快就下来了。策马奔腾原来与我无关，下次去内蒙古的时候再骑吧！

2点左右到达郎木寺小镇，中餐在阿里餐厅，它是这里最著名的特色餐厅，深受旅行者的喜爱，墙上贴满旅行者的口碑贴。他家的酸奶是全镇最好的，尝了一下，果然名不虚传。酸奶是自家做的，里面加了蜂蜜，酸甜可口的幸福让大家忘了旅途的劳顿。每个人都说这里的酸奶超赞。每次是双双和飘零点菜，今天大师亲自点菜，大师的字写得很漂亮，工整有力，大家赞不绝口。已经习惯使用电脑的年轻人，没几个会写字了。所以单看一手好字，大师绝对是人才。大家还把他点菜的菜单拍了下来，留作纪念。阿里餐厅菜的口味也不错，吃饭的时候，大家兴致极高，要我赋诗一首，我不想让大家扫兴，就即兴写了几句。Yuka朗诵，大家鼓掌说写得不错，还把它贴到墙上，署名用我们的群名"放飞心情"，还留下了群号。Yuka是才女，也擅长写诗，她也立刻赋诗一首。吃了饭，吃了西瓜，看着窗外的人来客往，开着玩笑，旅行真美好。从窗口发现，门口的椅子居然是牛羊皮做的，把手是牛羊角。出门时，我们都感受了一下，真是与众不同，这是西北的风情。

所住的兴盛宾馆是回民家庭旅馆。回民的服务态度极好，房间干净整洁，色调素雅，布置得也很温馨，有空调，可以洗热水澡，有院子可以洗晒衣服，是我们一路住过的最舒适的旅馆。下午4点一起出发参观郎木寺，讲解员是一名喇嘛，带我们游览了整个寺庙，还有最早的郎木洞，他还带我们转山，转山也是修行方式之一。这个寺庙有八百多个喇嘛，走到哪里都能看到喇嘛。还有很多欧洲人来到这里，据说曾有位英国的传教士来此传教，还写了一本书，称郎木寺为"东方的小瑞士"，这本书在欧洲有一定影响，所以寻访者络绎不绝。晚上在郎木寺小镇闲逛，行走在这样的小镇，很惬意。

郎木寺小镇，真的很难忘。

江南名园巧借塔景

借景是中国园林中常见的艺术手法，将所能感受的园外景观巧妙地借入园内，无形中扩大园林的广度和深度。明末造园名家计成在《园冶》中写道"园林巧于因借，精于体宜"，正是对借景在园林手法中的重要性的精妙概括。不管是北方皇家园林，还是南方的私家园林，无不将借景艺术运用得淋漓尽致，借山水、借建筑、借花木、借声音、借风月、借雨雪霜雾等，各尽其妙。纵观江南诸名园，借景艺术运用最多最成功的是借塔景。江南的私家园林，以苏州、无锡、扬州最为集中，古城多古塔，常被借入名园，独成一景。这些高明的借景，无不体现造园者们"天人合一""道法自然"的思想，不仅丰富了园林的景观，更增强了园林的文化意蕴。

拙政园借北寺塔之孝道

苏州园林，是我国古典园林的精华。陈从周教授赞誉"江南园林甲天下，苏州园林甲江南"。拙政园不仅是苏州占地面积最大的园林，也是苏州艺术成就最高的园林，是我国第一批全国重点文物保护单位，1997年被联合国教科文组织列入"世界文化遗产名录"。

进入拙政园中部，一池碧水，两岸绿树之中，远亭之上赫然巍立着一座古塔，此塔为苏州城北的北寺塔，在三里之外。塔尖倒映水中，古意盎然，园主巧妙地将北寺塔之景借入园中，是苏州园林中借景艺术的典范。北寺塔又叫报恩寺塔，相传为三国时期东吴大帝孙权为报母恩所建，寺前有"知恩报恩"的牌坊。孙权孝母的故事，一直是吴地美谈，影响至深。

自古说"百善孝为先"，"孝"不仅是个人的美德，也常是家训。园主将此塔借入园中，既提醒自己要行孝，也告诉后代要重视孝道。

寄畅园借龙光塔之文运

无锡诸名园中，康熙、乾隆二帝独对寄畅园赏爱有加，南巡多次游此园。

拙政园借景 © 梁淮山

不但一再题咏，还亲笔题写匾联。乾隆说："江南诸名园，唯惠山秦园最古。"秦园也即寄畅园，最早为北宋词人秦观后人秦金所建，故名"秦园"。颐和园内的谐趣园、圆明园内的双鹤斋，正是以寄畅园为蓝本而建。寄畅园位于惠山脚下，园中可见对面锡山顶上的龙光塔。这座塔是振兴无锡文风的风水塔。

关于此塔还有个传说。无锡南宋至明初一直没出状元，有懂风水的人观察了锡惠二山的地势后说："惠山是龙身，锡山是龙头，龙头无角，故无状元。"于是，无锡地方人士为了让无锡人在科举中夺魁，大家集资在锡山上建了一座石塔。可惜五六十年仍未见无锡出状元。又有人说龙角是龙的耳朵，中间应该是空的。于是，万历二年再次集资，撤去旧塔，建成楼阁式砖塔，就在当年无锡人孙继皋中了状元。从此无锡文星高照，清代出了三位状元。

无锡人将此塔视为文运之兆，秦家为无锡望族，人才辈出，寄畅园不但借了龙光塔之景，还乘势借了文运。

瘦西湖借栖灵塔之诗情

瘦西湖为扬州第一名胜，也是扬州最大的一处园林。站在雕栏玉砌的二十四桥上，向东远眺，可见远处蜀冈上的栖灵塔。此塔位于扬州名刹大明寺内，该寺因为鉴真曾任主持而闻名天下。唐代诗人李白、高适、刘长卿、白居易、刘禹锡等都曾登临此塔，留下灿烂的诗章。

李白登塔后写有《秋日登扬州栖灵塔》，其中"宝塔凌苍苍，登攀览四荒。顶高元气和，标出海云长"几句，竭力描写栖灵塔高耸磅礴的气势。唐宝历二年，白居易和刘禹锡相逢在扬州，两位诗人同龄又是诗友，相携登塔，各赋诗一首。白居易作《与梦得同登栖灵寺塔》：

　　半月腾腾在广陵，何楼何塔不同登？
　　共怜筋力尤堪任，上到栖灵第九层。

刘禹锡作《同乐天登栖灵寺塔》：

　　步步相携不觉难，九层云外倚栏干。
　　忽闻笑语半天上，无数游人举头看。

二位诗人同登栖灵塔，留下一段佳话。

瘦西湖本身就在诗画中，二十四桥更是用诗歌砌成的，借来的栖灵塔为瘦西湖平添了一份禅意与诗情。

2015 年 3 月 24 日

江南园林建筑中的男女平等思想

中国经历了两千多年的封建社会，男尊女卑观念根深蒂固，但提倡尊重女性、男女平等的思想一直存在，在文艺作品中得到充分体现，在建筑上却不多见。在江南园林中我们惊喜地发现，有极少数的几处建筑，留下了那些年代提倡男女平等的时代印记，新颖而独特，如南京煦园里的方胜亭、苏州唯一的夫妻园林——耦园等。

南京总统府里的煦园原为明初汉王朱高煦的花园，洪秀全定都南京后，改称天京，在此建天朝宫殿，后被曾国藩弟弟曾国荃烧毁，使得"十年壮丽天王府，化作荒庄野鸽飞"。煦园里的太平湖正是这段特定历史的见证，园中现存建筑多为太平天国时期初建。方胜亭正是当时遗物，是太平天国首次提倡男女平等的物证。此亭上部为筒瓦双攒尖套顶，远看双亭并列，近看一亭独伫，呈方胜结构。方胜，即方形的彩胜，是古代女子头上的饰物，形状为两个菱形部分相叠而成，有"永结同心，永不分离"之意，是男女心心相印的美妙喻示，古人也常将情书折成"同心方胜"传递爱情。

方胜亭又称鸳鸯亭，鸳鸯是夫妻恩爱的象征，这样的亭子全国有数十处之多，如湖北荆门文明湖、山东济南大明湖、陕西凤翔东湖、浙江永康密浦寺等处都有，象征"两心恩爱百年合，千里姻缘一线牵"。也有与爱情无关的，如北京天坛公园里的方胜亭，乾隆为母亲祝寿所建，希望母子永不分离。煦园里的方胜亭因为被赋予了男女平等的特定时代含义而独树一帜。方胜作为女性物品，本不登大雅之堂，但洪秀全主张男女平等，他认为男女均为上帝子女，都是"同胞手足"，为了突出女性的地位，显示女性和男性拥有平等的地位，特建此亭。

苏州古典园林现存六十多处，耦园是唯一的夫妻园林，处处体现着男女平等的思想，已被联合国教科文组织列为世界文化遗产。"耦"原意是二人并肩耕作，指成双成对共同劳动，"耦园"寓夫妇双双归隐林下之意。园名为园主沈秉成、严永华夫妇亲自议定，迁入耦园时，沈秉成写有《奉命按察河南、旋调蜀皋，以病辞，侨寓吴门。葺城东旧圃，名曰耦园，落成记事》，严永华和诗曰："旧家亭馆花先发，清梦池塘草自生。绕膝双丁添乐事，齐眉一室结吟情。"沈秉成爱好金石字画，严永华娴于词翰，夫妻二人情投意合，在耦园生活八年，诗酒联欢、琴瑟和谐，园中的建筑皆是无声的见证者。

严永华为桐乡著名才女，出身于书香门第，其父著有《小浪轩诗钞》，其母著有《写韵楼诗钞》。严永华不但工诗善文，还长于书法丹青，人品出众，又才华横溢，深为沈秉成赏识。沈秉成得此佳偶，极为尊重，平等相待，从园中建筑可见：书房，夫有还砚斋，妻有无俗韵轩；长廊，夫有夫廊，妻有妻廊；阁楼，夫有魁星阁，妻有听橹楼，处处体现男女平等。织帘老屋是硬

耦园

山式鸳鸯厅,喻示着夫妇二人甜蜜的爱情生活。城曲草堂取李贺"女牛渡天河,柳烟满城曲",夫妇二人以牛郎织女自比,以示夫妻恩爱。双照楼为夫妇共同会友之地,严永华多次在诗歌中写到昔日名贤满座的盛况,全然不似它园之中男女会客各居一厅。二人相敬如宾,举案齐眉,赋诗填词,合著《鲽砚庐联吟集》,既是耦园浪漫爱情的见证,也是珍贵的文学史料。

"耦园住佳耦,城曲筑诗城",耦园实至名归,是纯正的爱情主题园林,更是一百四十年前男女平等思想的绝佳例证。

2017 年 4 月 17 日

拙政园扇亭

拙政园,有"中国园林之母"之称,是中国园林艺术的最高典范。拙政园去过不下百次,最难忘情的是西部的"与谁同坐轩"。

与谁同坐轩，也就是我们习惯称之为"扇亭"的小建筑，面向别有洞天的月洞门，静立水畔，极为雅致，有说不出的风韵。与清风明月同坐，充满诗情画意，但也能感觉到文人内心深处的清高与孤傲。

扇亭的来历还有一段故事。拙政园西部旧名"补园"，为张履谦购得，悉心重建后所命名。张履谦因经营盐场而发家，但祖先制扇起家，特建一扇亭，以示不忘先祖之业。此外张履谦母亲的娘家是苏州的制扇世家，所以她的母亲也擅长于制扇，一生珍藏了百余扇。这个扇亭也是为母亲而建，见扇亭如见母亲。张履谦后代也多爱扇成癖者，对扇亭尤其偏爱。看来这个小小的扇亭是张氏家族的象征，也是母子连心的象征了。

拙政园精致的建筑不胜枚举，我独爱扇亭。每次去扇亭，都会和朋友说，这是绝佳的框景。人站到扇亭后面去，墙上一个空的扇框，人的笑脸正好在扇面上，头顶是姚孟起的篆书匾额"与谁同坐轩"，古朴苍劲，两侧是何绍基书联"江山如有待，花柳更无私"。整个拍下来，是一幅图，一幅古典建筑与现代游客构成的完美图画，画中巧含苏轼的词和杜甫的诗。让我们不得不佩服主人的建筑构思的巧妙。

拙政园扇亭

苏州园林处处是艺术，处处是文化，值得我们一生细读。

2012年2月8日

留园又一村

留园是中国四大名园之一，以七百米的曲廊和"冠云峰"闻名于世，被朴学大师俞樾题为"吴下名园"。带团去过几十次，每次进出匆匆，从未细细品赏，这次带着家人专门一游。

适逢周末，停车场塞满了车，园子里也挤满了游客，嘈杂不堪，一时兴致尽失。只能带着家人大致看看，走着走着就到了园子北面的"又一村"。顺着月门看进去，里面都是盆景，一直以为是私人领地，所以来留园这么多次，未曾进入。走进去才知道，原来里面大得很，别有洞天，果然是"柳暗花明又一村"。

同在留园之内，又一村的清静和村外的喧闹完全是两个世界。欣赏着情景交融、巧寓山水的苏派盆景，不得不佩服园艺者的匠心。小小盆景，分明是一幅微缩山水。盆景园中还有个水池，池水清浅，池中有假山，山间植几株小松，映入清水，别有情趣。对面有黄石假山，山上有一亭，坐在亭中，发现又一村还真不小，南北两面景色有别，南面是田园，北面是山水，头顶着蓝天白云。这里人迹罕至，让人感到心旷神怡。看着地上的池水，天上的白云，突然想到冠云峰东面墙上的八个字"清泉洗心，白云怡意"，恰是此时的心情。

"又一村"为盛康旧迹，想必盛氏常流连于此。走下假山往南，顺着高墙，有金镶玉竹和藤萝，中间一大块空地，视之如村野，植有杨梅、桃杏、葡萄、豆架，是主人昔日的果圃蔬畦，颇似拙政园东园，"筑室种树"、"灌园鬻蔬"，此亦拙者之政耶？顺着走廊走到一个方亭，题为"君子所履"，意为有德者涉足之地。上有苏州书画名家崔护题写的楹联"今日还宜知此味；当年曾记咬其根"，这是2000年重建此亭时所书。崔老是苏州园林的艺术顾问，已八十多岁高龄。这副楹联也教育我们，无论何时也不要忘了根本，一粥一饭当思来之不易。再往前的建筑是"活泼泼地"，里面有幅画，极漂亮，几尾

留园又一村

金鱼，活灵活现。

名园自是喧闹，又一村是这名园之中的一块净土，真是别有洞天，"又一村"这个名字着实让人喜欢，再贴切不过。

又一村竟然被我忽略多年，看来苏州的园林都要细细地欣赏，静静地感受。今天走进了留园又一村，发现了另一个世界。在苏州园林中行走这么多年，总能发现崭新的地方。苏轼说"旧书不厌百回读"，我要说"旧园不厌百回游"，每次重游都有新的收获和感悟。

愿留园如主人所盼，长留天地间。繁华姑苏又一村。

2012年2月5日

桂花香动万山秋

江南诸多名园之中，我总以为留园是最宜赏月的。

坐在留园的闻木樨香轩，桂花飘香，小桌围坐，月饼菱角，一盘螃蟹，一轮明月在波心，远处笛声起，风来桂花落。或许是因为每次在闻木樨香轩，都要提到苏州人过中秋，所以总习惯把留园和中秋联系在一起。

闻木樨香轩边上种的桂花，好像都是为了中秋。我特别喜欢轩内那副楹联："奇石尽含千古秀；桂花香动万山秋。"其实留园不仅有桂花香，还有各种花香，算起来，四季有花香，春天有红梅、绿梅、牡丹、芍药、杜鹃、兰花，夏天有一池荷花，秋天假山边上有桂花，冬天园中四角有蜡梅。园林中的辞章亦描写留园花香醉人又多风月，比如清风池馆的楹联"墙外青山横黛色；门前流水带花香"，五峰仙馆的楹联"雨后静观山意思；风前闲看月精神"。此时秋高气爽，最宜游园。园中楹联字字珠玑，典雅精美，反复诵读，益发喜爱，最爱闻木樨香轩里的"桂花香动万山秋"这一句，诗情画意，最动人心魄。

这句诗出自明朝"后七子"之一谢榛的《中秋宴集》，原诗如下：

满空月华好登楼，坐倚高寒揽翠裘。
江汉光翻千里雪，桂花香动万山秋。
黄龙塞上征夫泪，丹凤城中少妇愁。

词客共耽今夜酒,漫弹瑶瑟唱伊州。

通篇来说,不算上乘,但本诗以佳句胜,尤其"江汉光翻千里雪,桂花香动万里秋"一联,诗意磅礴,豪迈潇洒,颇得唐人风韵。一个"动"字,意境全出,整个秋天全活了,也实了。清代吴乔的《围炉诗话》说到"诗贵活句",这一句正是全诗的"活句"吧!

前后七子提倡模拟盛唐,但他们中的多数摹古而泥古不化。谢榛虽也是后七子之一,但他强调情真,重视独创,在明代诸家中算是出色的一位。谢榛不仅诗名卓著,更有系统的诗学理论,著有《四溟诗话》。他提出"自然妙者为上,精工者次之",又说"情景相融而成诗",这些理论今天看来还是有道理的。陆游也说"文章本天成,妙手偶得之",文章自然自生动,一切景语皆情语,情景相融,自成好诗。

"桂花香动万山秋",是自然,是情思,情景交融,读来如饮醇酒,令人三分陶醉,满口生香。

2012年10月9日

沧浪亭里兰花闹

空谷有幽兰,人世传芳草。细叶素荣浅淡香,不似佳人笑。
富也且由它,贱却何曾恼?唯喜千山万壑中,天地同怀抱。

——佚名《卜算子·咏兰》

沧浪亭的春季兰展已经开始,报道说,这次兰展除了苏州、常熟、吴江兰友送来的佳品,还有浙江的许多名品,绍兴兰花最让人期待,兰亭正因盛产兰花而得名。周末趁着兰展,好好赏兰花。

周六虽是阴天,仍兴致勃勃去赏兰。沧浪亭是苏州现存最古老的私家园林,也是苏州市兰花协会所在地。进入景区,发现人头攒动,好不热闹!这次兰展大约有两百盆,四十个品种左右。一盆盆兰花,争奇斗妍。我感兴趣的是兰花的名字,一个个记了下来,记了七八十个,很多名字很好听,如"红宝石""宜春仙""余蝴蝶""鹅头水晶""千岛之花""穹窿之光""玉环王子""金边春兰""知足素梅"等。发现很多名字带有产地,还包含了主人

沧浪亭

的骄傲。另外还惊讶地看到不少兰花的名字有"梅"字，如"四喜梅""如意梅""九章梅""小打梅""剑阳梅""新花梅""秦梅""玉梅素""宋梅"，甚至还有一种兰花居然叫"不好梅"，我查了资料才知道，原来它是浙江春兰，因花型较小，得名"不好梅"。

  兰展主要在明道堂、瑶华境界、翠玲珑三处，获奖兰花集中在明道堂的中心，获特等奖的叫"虎蕊"，一等奖的有"日新""黑猫""定新梅""知足素梅"等。所有兰花中我最喜欢的是"素大富贵"，它没获奖，名字也有点俗，但看上去极大气，也很舒服。也许和放置的位置有关。获奖兰花都挤在一起，而"素大富贵"远远地搁置在架子上，真的是"幽兰"了，它花朵大大的，绿色花瓣厚厚的，花蕊素白，真有富贵相。它是吴江松陵饭店送来的，这个品种原叫"张荷素"，也是浙江的品种，还叫"大吉祥素"，一株兰花居然几个名字。越看越有趣，反复比较，渐渐发现各种兰花之间细微的差别，不觉竟来来回回看了好几遍。

  这次算是第一次亲近兰花，觉得挺有意思。想不到如今还有这么多人喜欢兰花。古人认为兰是花中君子,《孔子家语》中有"芝兰生幽谷,不以无人而不芳",我想这就是君子之德吧!

园林外面,很多买兰花的,价格也不贵,就买了一株。想起一首老歌,胡适写的《兰花草》:"我从山中来,带着兰花草。种在小园中,希望花开早。"兰花草当然和兰花不是一码事,但恰好是当时回家的心情:"我从园中来,买回兰花草,种在阳台上,希望花开早。"

2012 年 2 月 25 日

天 香 小 筑

苏州是园林之城,离我心灵最近的园林不是四大名园,不是精致的退思园和环秀山庄,也不是幽静的艺圃和网师园,而是静立在苏州图书馆里的天香小筑,名不见经传。如果说苏州图书馆是我终生继续教育的大学,那天香小筑就是大学里一座神秘花园。

小筑,辞典里的解释是"规模小而比较雅致的住宅,多筑于幽静之处"。在苏州人眼里,小筑就是小巧精美的园林。苏州园林的园主多为极有修养的文人,出于自谦,常用小筑来命名自己的园林,如留园题有"花步小筑",网师园题有"网师小筑",周瘦鹃将自行设计的园林雅称"紫兰小筑"。简单的"小筑"二字散发着传统文人身上的谦逊和淡泊。苏州的这些"小"筑,大多不凡,规模不大,但极精雅,天香小筑亦如此。

天香小筑是苏州众多小筑中的小辈,初建于民国初年,几经兴废。1935年,东山席启荪购得此园,整修后,苏庄改称"天香小筑"。它是一处园林式别墅,中西合璧。从图书馆西面的过道可以直接步入天香小筑。整个园林建筑呈"回"字形。南面有三座建筑,呈"品"字形,寓意园主极为重视人品,读书人的品格。

入园是一条鹅卵石小径,两边杂树丛生,接着便踏上了长廊,廊下有池沼,水中有数尾游动的红鱼,池上还有一座高高的鲤鱼雕塑,朝天的姿态,好似即将跃出龙门。夏天水中有一池莲花。水的四面是状如各种动物的太湖石,所以此园也叫百兽园,水路蜿蜒,有曲水流觞之意。长廊曲折错落,是

天香小筑

幽径,也是向导。左侧贴近图书馆大楼的墙下,一丛蜡梅,傲寒绽放,暗香盈园,它那高扬的枝头是否在盼着漫天的飞雪?右侧一株玉兰,含苞待春,冬天已经来了,春天还会远吗?玉兰早做好了迎接春天的准备,你准备好了吗?园的东面有一棵参天古松,见证着天香小筑的百年兴衰。园中有土山,山上叠石,假山之上有六角亭,是休憩佳处,可以环视全园。园中花阶铺地,暗八仙散落其间。

1998年建苏州图书馆新馆,将天香小筑纳入其中,并在园内东墙上新刻了《苏州历代名人书画廊》,刻石者为苏州金石篆刻名家蔡廷辉、时忠德,历时六个多月。这些书画"再现古人艺术精华,光大吴门流派风范",以供游者流连观摩。廊中有唐寅、沈周、黄公望、仇英、文徵明、归庄、王时敏等人的画,还有张旭的草书,范仲淹的文,吴伟业的诗等,作者皆苏州俊彦。这个书画廊给天香小筑增加的不仅是风雅,它简直成了苏州名家才子的一次雅集。

园林的南面有三幢别墅,皆为两层,门额分别刻有"正本""清源"'蕴玉""凉香""选胜""真趣""涤尘"等。整个建筑既采用琉璃瓦和彩色玻璃，又有传统的花窗、挂落、地罩、洞门，门窗隔扇裙板上刻有花鸟钱币等图案，是典型的中西结合风格，散发着民国时代气息。

每次坐在图书馆看书，窗外就是天香小筑。眼睛疲劳时，就会走进天香小筑，我的秘密花园。漫步其中，或独坐，被宁静的幸福拥绕。

我忽然在想，天香小筑是否命中注定是图书馆的主人，"天香"不正是这里珍藏的110万册图书散发出的漫天书香，为千千万万来此读书的学人贡献一份永恒的清静，而我只是静静穿过书香的过客。

2012 年 1 月 16 日

再访鹤园

天气晴好，推开鹤园的重门，穿厅入园，池馆楼台，满目清新，小园似乎独为我们开。

园子不大，占地五亩不到，正中是一方水塘，四面遍植草木，巧置数块太湖石，其中有一块名为"掌云"，亭亭树立，形如展掌，通体褶皱，最受青睐。水池南面的建筑专为唱曲之用，鹤园一度是曲会之地，昆曲传习所的"传"字辈昆曲演员年轻时与学者吴梅、张紫东等人常聚集于此，梅兰芳、叶恭绰等名家亦有来访。屋后有一紫丁香花坛，为曾寓居于此的著名词人朱祖谋所植，花坛上有邓邦述题刻的篆体"沤尹词人手植紫丁香"。

水池东西，风亭与月馆正对，风亭地势稍高，以迎风，风亭之中有一面巨镜，镜中全园景色一览无余，两边有副洒脱的对联"石上随时添爽气；栏前无日不清氛"。凭栏四望，美不胜收。月馆素净雅致，我们坐在里面喝茶聊天，向外一看，池边高高的几朵红花，映到对面风亭的镜子里，真是风景无限。池东有曲折的长廊，墙上有书条石，有沈周字画，金松岑撰写的《鹤园记》至今完好。水池北为正堂"携鹤草堂"，初为俞樾所书，现为后人补写。这块匾也说明了园林名字的由来。整个园中只有我们数人，漫步园中，颇觉清爽宁静。一壶清茶，四五文友，品谈园林旧事，心境甚佳。

鹤园中，题名多用鹤字，如"鹤巢""栖鹤堂"等，铺地多用鹤形图案，西面院中有一幅白瓷片铺地，图案是一对白鹤与一株挺拔古松，寓意松鹤延

鹤园

年。据说园主也曾在园中养鹤，养鹤向来为文人雅事。一位文友说园中水池的形状像鹤，经他一点，越看越像，东边的沟渠正像脖子，尽头稍宽，恰像突起的鹤头。还能看出，这是一只飞翔的鹤，不飞则已，一飞冲天。

园林从来就是风雅之地。朱祖谋、邓邦述、汪东等一批又一批文人雅士在这里宴饮雅集填词赋诗。后来又有曲界名家学者在此举办曲会，无数名流曾慕名来访。

今天，这里仍能听到昆曲。现在鹤园是政协退休干部活动之地，爱好昆曲的老人们定期相聚在这里，其中有老一辈的昆曲演员。如果适逢他们聚会的日子，进园就能听到昆曲。

2013 年 5 月 26 日

石湖有个渔庄

早晨收到好友的短信，"走石湖，空吗？"窗外阳光明媚，欣然赴约。9 点到达石湖，发现石湖太美，有山有水有岛有堤有桥，几乎可与西湖媲美。今天巨大的收获不仅是徒步环湖，还意外地发现了渔庄。

渔庄是近代书画名家余觉故居。余觉，字兆熊，是"刺绣皇后"沈寿的丈夫。渔庄只有两进，第一进是天镜阁。这曾是范成大的石湖别墅，就叫"天镜阁"，所以主堂中悬有"天镜飞来"四个大字，苏渊雷题写。堂中颇具匠心地挂了四幅画，色彩有别，风格迥异，细赏很久。第一幅是墨竹，题名"鸾凤清吟"；第二幅是野花，题诗"峭壁三千丈，清香纸上生"；第三幅是梅花，题名"一树梅花天地春"；第四幅是湖上风景，题名"石湖帆影画"。

另一进为福寿堂，"福寿"二字为慈禧太后所赐。慈禧太后七十大寿，沈寿献了两幅刺绣：《八仙上寿》和《无量寿佛》，慈禧大悦亲笔题写"福寿"二字赐予沈寿。沈寿名字中的"寿"字由此而来。余觉是画家书法家，和妻子共同研究刺绣二十多年，创造出西洋画与中国刺绣相结合的"仿真绣"，功绩甚伟。门额上保存了一些砖刻，如"有情""成趣""无尘""爱吾庐""息影""耕读"，可见主人的志趣。门上有两副楹联："山静鸟谈天；水清鱼读月"，"卷帘惟白水；隐几亦青山"，很得唐人风韵。

渔庄

出福寿堂，门口有一亭，正对石湖，名曰"渔亭"，落款是"八旬叟吴进贤题"。坐在亭中，四面皆有风景，设亭于此甚妙。坐在湖边，欣赏美景，看湖光山色。很羡慕范成大隐居于此读书、写诗，也羡慕会觉在湖边，有如此优美的渔庄。

余觉在墙上刻有"爱吾庐"，取自陶渊明的"吾亦爱吾庐"，这样的小庐，谁人不爱呢？

偶遇最美，渔庄虽小，却精雅，前临石湖，风月无边。

2012 年 5 月 12 日

一个人的园林

南园宾馆的西北角隐藏着一个精巧的小园，这座鲜有人知的园中之园，如养在深闺人未识的少女，名叫"明轩"，原是何亚农的住宅园林，以网师园为蓝本精心构建，故有"小网师园"之称。

美国纽约大都会艺术博物馆内也有一座园林式庭院叫"明轩"，吸收了网师园殿春簃小院的精华，也被称为"小网师园"，所以欧美游客来苏州必访网师园。两个"明轩"，虽然一个在苏州，一个在纽约，它们与网师园的精神和

南园明轩

艺术一脉相承，都高度体现了苏州私家园林精巧典雅的特色。

走近明轩，先映入眼帘的是五蝠捧寿的鹅卵石铺地，门边是一丛苍劲的翠竹，门楣上方有一方砖雕，有隶书"明轩"二字，字色墨绿。步入园中，花木扶疏，亭廊水榭精妙。园中巧植各种花木，如桂花、银杏、蜡梅、红枫、茶花、凌霄花、芭蕉等，四季可赏。河沿上还有桃树，春天则有桃花三两枝的诗意。一块螺形太湖石贴水而立，园子被曲折的小径和水中的两三块垫脚石隔成大小两片。南面是贴墙的小型假山，山上灌木丛生，山脚种有攀缘的凌霄花和高高的芭蕉。西面是一个沿墙的半亭，极小，只合一人独处，或吟诗，或抚琴，或弹筝，或静静发呆，此半亭甚妙。亭顶立着一只白鹤，凛然有仙气。亭的两侧分别种有圆柏和罗汉松，松树和亭顶的白鹤正好构成"松鹤延年图"。北面是封闭的水榭，应是演出昆曲和演奏丝竹之地，现在改为餐厅，这样的园中用餐真是太过奢侈，据说只有南园宾馆接待的贵宾才能享此待遇。东面是回廊，廊内有三张半圆桌，墙上有各式漏窗，图案各异，主要有象征富贵吉祥的凤凰、麒麟、牡丹、白鹭、梅花鹿、喜鹊等，象征多福多寿的松树、仙鹤、葡萄、松鼠等。半圆桌本来的寓意是主人常出门在外，家人吃饭只用半圆桌,主人回来两张半圆桌拼成圆桌,表示团圆。看来作为同盟会的老会员和收藏家的何亚农经常外出,为革命事业和收藏爱好,各地奔波,这几张半圆桌看来也是家人的心意。

明轩占地不足一亩,方寸之间别有天地,整体和谐自然,精巧怡人。这里人迹罕至,实在是难得的清雅之地。我在附近上班,有幸常来小坐,时常园中静读,来得越勤,越喜欢这座小园。

走进明轩,享受一个人的世界。

2013 年 7 月 10 日

昆曲只合园中听

从平门下车,顺着苏州美术馆边上的校场桥路走进去,三五分钟便到了游园惊梦昆曲会所,它是在原来的苏州昆曲传习所的原址上改建的,也是目前中国唯一的昆曲会所。

站在门前,感觉这扇小门很不起眼,不敢相信这就是培养了无数昆曲名家的地方。门楣上方的砖雕刻有著名昆曲表演艺术家俞振飞先生手书的"昆曲传习所",时光仿佛倒退了九十年,那些熟悉的名字,一位位向我走来。

民国初年,昆曲衰落。1921 年,一批热爱昆曲的艺术家集资在桃花坞的五亩园创办了昆曲传习所。最初由贝晋眉、徐镜清、张紫东创办,后来穆藕初、吴梅、汪鼎丞等人加入,他们延请名师,倾心传授,培养了后来成为中流砥柱的"传"字一辈的昆曲演员。如果没有昆曲传习所,今天的我们估计只能在纸上的戏文中接触昆曲了,对于拯救昆曲,昆曲传习所功不可没。

进门,首先看到厅中一块玲珑皱透的太湖石,院中有一座精致宏伟的砖雕门楼,门楼前竖有拯救昆曲的张紫东和穆藕初二人的雕像,供来者瞻仰。走廊上挂着水墨花灯,四面薄薄的绢上绘的是《游园惊梦》里的戏文故事,根据苏州画家马德的戏画定制。走到底是一条长廊,连接三进院落。第一进的墙上有一幅巨画,名为《姹紫嫣红》,正好似杜丽娘误入的园子。第二个院落放满了方桌和深色的藤椅,极其清爽雅洁。第三进是园林的核心,令人叫绝,半亩方塘,廊台古雅,水上有戏台,戏台边有假山,泉声泠泠。立在园中，曲未开唱，人先醉了。走在园中，抑制不住的喜悦将我融化。访过无数姑苏名园，多少次幻想着沉浸在园中的昆曲声里，正对水边的戏台，悄然而坐，一任吴歈兰薰的浸洗。这一次终于梦想成真。在这梦一般的地方，哪怕第一千零一次听《惊梦》，也毫无厌倦。

可惜这里唱过多次《惊梦》我都错过了。今晚唱的是《思凡》和《闹潮》。俗话说，男怕《夜奔》，女怕《思凡》。《夜奔》出自《水浒记》，是昆曲中小生难度最大的一出戏；《思凡》出自《孽海记》，是昆曲中旦角难度最大的一出戏，这两出戏都是独角戏，对唱功、舞蹈、表演的要求都非常高。这一次能完整地听到《思凡》，还是开心的。说到《思凡》，京剧和川剧也都有，在电影中，我们也常常听到片段。大家都清晰记得《霸王别姬》里，程蝶衣唱的是旦角，小时候学唱《思凡》，念台词"小尼姑年方二八，正青春，被师傅削了头发"，他坚持将"我本是女娇娥，又不是男儿郎"唱成"我本是男儿郎，又不是女娇娥"，挨了师傅多少打。昆曲中的台词是"奴本是女娇娥，又不是男儿汉"，昆曲中的台词跟京剧中的台词稍有不同，昆曲更加典雅一些。《闹潮》讲的是春秋时期晋国赵盾与屠岸贾斗争的故事。两出戏的演员都是苏州昆剧院的青年演员，《思凡》的演员是翁育贤，梅花奖二度获得者王芳的弟子。《闹潮》的演员是殷立人和章祺。

掌声响起，人还在戏里。

2013 年 7 月 14 日

静对秋水心自闲

文家旧馆池亭好，小草闲花仍有情。
药圃于今新修葺，追思深院读书声。
——苏州崔护题文震孟读书处

苏州的诸多园林之中，最幽僻最有隐逸情调的自是艺圃。如果说苏州园林是一群江南佳丽，那艺圃算是不施脂粉的深闺中人。闹市中的深巷，曲曲折折，走入园中，别有一番天地。

有朋友说，哪天空了去艺圃喝茶吧！它清幽，最适合小聚。

艺圃

有朋友说,喜欢一个人去艺圃,世纶堂的玉兰树下读闲书。

有朋友说,苏州的园林只去艺圃,那才是真正的城市山林。

艺圃我也只去过一次,几年前的一个四月天,和同学跟着春的晴明和烂漫,在古城寻访园林,捧着地图,沿途问询,找到了艺圃,满心欢喜。观书读画,博雅堂赏牡丹,乳鱼亭小坐,浴鸥池那一池春水,令人心静,悠然忘机。

这次专为喝茶而来。原打算雪后来赏艺圃的雪景,耽搁一天,雪已争着融化了,处处檐瓦滴水如雨,寒而不觉。我提前一小时到,为了好好在园里走走。近来对字画感兴趣,一幅幅细赏,惊讶地发现小小的艺圃里居然云集了苏州书画两界名流的作品,如吴羍木、王锡麒、吴进贤、崔护、谢孝思、程可达、祝嘉、钱太初、沙曼翁等。

苏州园林里多次读到崔护这个名字,因为跟唐代诗人同名,一直好奇,这次特意了解一下。崔护,生于1924年,是太仓人,原名崔祖光,慕唐代崔护遂取笔名"重来崔护"。国学大师钱仲联赞曰"崔护先生以画鸣,其题画诗及书法并佳妙",观其作品,确如此评。他书画好,诗词亦佳,曾是中华诗词学会发起人之一。艺圃里的几幅崔护字画都很精妙，我特摘了一首诗做题记。

除了崔护的作品，我还特喜欢园里的一首诗："坐纳清幽古草堂，依阑且赏淡秋光。风来一阵芭蕉雨，翠盖并声意味长。"南斋里的一幅《草堂读书图》，也让我驻足良久。

艺圃构建精巧，简练开朗，游者无不流连。想起文震孟建药圃时，希望此园"令居之者忘忧，寓之者忘归，游之者忘倦"。四百年后的今天，仍能体会到这样的意境，真是前人造园后人享受。每一座园林，都凝结了几代园主的心血，袁祖庚、文震孟、姜埰的风流与功绩，与艺圃同流芳。

游园后，友人纷至，步入延光阁，临水而坐，窗外假山轩亭，一池秋水，茶香袅袅，言谈甚欢，不觉天暮。

深冬时节，走进艺圃，游园品茗，真人间乐事。

2013 年 1 月 8 日

重访静思园

最近重访江南当代最大的私家园林——静思园，再次静读，不但完全摒弃了各种偏见，而且从心底喜欢上了它。

记得我曾一直不愿来这个园林，总感觉它是现代人建造的，只是一味堆砌拼凑罢了，绝不会有古典的意境，必定缺乏历史和文化。去年冬天的一个早晨，我突然来了兴致，想去看个究竟，决定背包探访。那天特别冷，还下起了小雪，偌大的园林只有我一个人，安静极了，雪花飞舞在亭台楼阁之间，很美妙，读着那些楹联、匾额、书法，始终觉得新了些，浅了些，毕竟今人的文化修养远不及古人，古代很多无形的东西是今天造不出来的，那种"虽由人作，宛自天开"的境界今人无法企及。今年游走在市区的各大名园，拥挤、嘈杂，让人想逃离，全然没有江南私家园林的意境，常常想念郊外的园林，尤其是静思园。今日再次造访静思园，忽然有种久违的感觉。早晨的静思园，静谧祥和，任意行走或雅坐，在这里找回了游览私家林的心境。

喜欢静思园，主要有两个原因。第一，它是真的安静，给人很多哲思，万物静观皆自得，远离城市的纷嚣，坐看亭台楼阁，烟雨画桥，红花绿叶。"静思"是出世和修身的哲学,我们既要能够平静,又要勤于思考,"静思"二字蕴含不尽的思辨和禅理。第二,它是一个圆梦之园,关于最初梦想的故事深深打动了我。

园主陈金根,出生于苏州市郊的吴江松陵镇。他的父亲很喜欢园林,每次进城都要带童年的他逛逛大大小小的私家园林。他永远忘不了他第一次走进园林的情景,一进去就呆住了,世间怎么有这么美的地方,像在梦里,眼前小桥流水,轩榭亭台,桃红柳绿,如诗如画。回家的路上,他对父亲说,长大了也要造一座这样园林。父亲笑了,孩子多天真啊!可这个梦想永远驻在了陈金根的心里,他为此付出了毕生的精力。一位农家少年,梦想有钱以后营建一个属于自己的私家园林,在别人看来多么遥不可及,孩子一时的信口开河罢了。他却是认真的、执着的,将童年的美梦作为人生理想,艰苦创业,终于成了一位企业家。有钱了,他从未忘记最初的梦想,所做一切都为了去圆这个童年的梦。他省吃俭用,不辞劳苦,四处搜集建造园林的材料,砖雕、木雕、各式家具、各种名石……我们在静思园看到了无数的古典家具、奇峰异石、砖雕门楼、古桥古阁,这些凝聚了主人多年的心血。还有主人当

静思园

时买地、审批、设计、建造，无不费了一番周折。其中的辛酸曲折，只有园主知道。

在这座园林，我们被园林的静美震撼，更被梦想的力量震撼。园林造好了，陈金根多希望父亲能看看自己建的园林，可惜父亲已在另一个世界。

静思园是一个神话，关于梦想的神话。他给了我们无限的启迪。主人陈金根，坚持自己的梦想，朝着这个目标奋斗，不懈努力，他终于成功了，创造了一个人间奇迹。

朋友，你还记得最初的梦想吗？坐在静思园，你能想起最初的梦想。

2011 年 12 月 7 日

怡园读书记

下午 2 点，完成了春节前所有的文字工作，可以提前放假了。

走出单位，阳光明媚，随便走走，不觉走到了不远的怡园。它闹中取静，游客不多，可以逛逛园子，读读闲书。园中蜡梅沉静，红梅艳放，白梅胜雪，绿梅羞涩，引人驻足，还有一位老者在池边小亭吹着旋律熟悉的葫芦丝。在花香和乐声中穿行在廊舫亭阁，追慕前贤雅集韵事，在楹联和书法中领悟园林诗情。信步慢行，怡然自得。

在阳光满照的玉虹亭小坐，小院中玉兰暗孕花苞，散发着早春的气息。石舫中"室雅何须大；花香不在多"的楹联悠然可见。这样优雅的地方，静静读一本书，该是很愉快的事。我从包里翻出作家明凤英的《一点一横长》，跟随她的文字走进眷村的童年往事。就在忘我阅读的时候，有声音打断了我。近处有一个游客对着我拍照，我继续看自己的书。他走过来说，打扰了，请问你看的什么书。我把书名给他看，顺手夹进一页书签。他又问，夹到书里的是什么，我说是书签。他很好奇，怎么是红色的，我告诉他这是从北京香山带回的枫叶书签。他立刻问：你是北京人？我说：我就生活在苏州。他笑笑说：怪不得你喜欢看书，苏州文人才子多，你的书可以借我下吗？拍张苏州园林读书照。我说：当然可以啊！于是他倚靠在廊柱上，装着低头安静读书，我帮他拍下了这个阅读的瞬间。他看了很满意，不住地道谢。我笑笑，

怡园

继续读春村的故事。

想起几年前在乌镇西栅小住，也遇过这样的事。那是一个初冬的上午，温暖的阳光洒满了小镇，我在沿河的长凳上读木心的诗集，跟着这位从乌镇走出去的文学大师周游世界。一位漂亮的姑娘从桥上拍下我读书的照片。走过来跟我商量，借用我手中的诗集作为道具，帮她拍下小镇读书的画面。背景是粉墙黛瓦的枕水民居和宁静的小河，一只摇橹船轻轻划过。我记得，她捧着书很专注，阳光下的她像一朵静静盛开的花。青春女子水乡读书，多美的画面。

读书，无意中成为别人的风景。捧一本书，拍下自己旅行中的阅读，也是慢旅行中别致的风景。

园林处处是风景，阅读也可以是一道风景。

2015 年 2 月 17 日

神秘的南园

南园宾馆一直是苏州古城里最神秘的地方，走进南园，穿越时空，倾听南园的故事。

南园的历史可以追溯到五代吴越国时期。广陵王钱元璙及其子指挥使钱文奉建造南园，前后经营达三十年，规模宏伟，风景殊胜，有"胜甲吴中"之称。明清时期这里一直住着官宦世家，清末有苏州名医薛生白的扫叶庄。今天的南园宾馆原址是蒋介石原夫人姚冶诚的别墅和何亚农的花园别墅所在地。何亚农的二女儿、女婿就是"中国居里夫人"何泽慧、"中国原子弹之父"钱三强夫妇，抗战前夫妇俩曾在这里的灌木楼住过。

民国初年，南园一带是豪富聚集之地。1927 年，姚冶诚携养子蒋纬国搬到老家苏州，住进了蔡贞坊七号，这座三层三开间的青砖西式楼房，名叫"丽夕阁"，又称"蒋公馆"。母子俩在这里住了九年，现辟为"蒋纬国故居"。这栋中西合璧的别墅如今是南园宾馆最著名的建筑。

南园宾馆接待过几十位国际贵宾，如美国前总统卡特、美国前国务卿基辛格、新西兰总理马尔登、英国前首相撒切尔夫人、尼泊尔前国王比兰德拉、新加坡前资政李光耀、新加坡前总统王鼎昌、日本前首枢海布俊树等，这些国际政要无不赞叹南园优美典雅的环境和精致美味的苏帮菜。

众多的国家领导人也曾在这里下榻。这都是南园的骄傲。

百年南园见证了苏州城无数重大的事件，历史的波澜远去，神秘的面纱退却，所有的重要历史成为淡淡的往事。今天的南园又将谱写新的传奇和辉煌。

2013 年 7 月 11 日

退思园留 "人"

顺着水边的回廊，走出退思园的小门，转头可见门楣上额有一方砖雕，题有"留人"二字。细看"人"字，一撇一捺之间颇值玩味。

"人"字一撇的上端，明显向后弯曲，右边的一捺落点略高于左边一撇，如果这两笔好比一个行路人的话，好像这个人正仰着头，身体后倾，一只脚抬起却迟迟未落。好像游览完了园林，已经走到门槛，脚抬正欲迈过门槛，又想回头，欲走还留之间，动作就这样定格。那只脚为什么没迈出去，是不是被留住了？这个字形象地刻画了游园者准备离开时的那种复杂而又矛盾的心情。欲走还留之间，我们不禁在想那只未迈出去的脚，是因为园子的美景令人流连还是主人的盛情挽留？我们不得而知，看到这个"人"字，似乎所有的"留"字的含义都已经生动地蕴含在这个简单"人"字里了。

近看"人"字，还会发现一捺的右端有浅淡的两点，整体好像"心"字。看来主人不仅想留人，更想留住来者的"心"！主人任兰生因为镇压捻军有功，授凤颍六泗兵备道。光绪八年任安徽按察使，十一年被劾免职，十三年复职，退思园正是主人革职回乡期间请画家袁龙设计而成。想那时"退思补过"的他，忽然从官位上退下来，勤政爱民却遭弹劾，郁郁难平，也许特别渴望亲友们能多走动多宽慰吧！亲友要走了，人留不住，那就留下"心"吧！其实这两个字游园者很容易错过，也只有留心的人，回眸之际才能读到，那一刻读懂了园主心底的悲凉与无奈，也读到了他发自肺腑的深情期盼。

退思园

看着这两个字，想到留园刻有元代书法家周伯温的一句"长留天地间"，是留园主人希望园子永远流传下去。退思园里的"留人"，留人留心之间，或许也一样包含了园林主人任兰生希望退思园永留人间的宏愿吧！

　　退思园的花园，所有建筑皆贴水而建，紧凑自然，建构精妙，游者无不留连。景色已经足够留人，主人还是殷勤地写下"留人"二字。我们不愿辜负主人的这番好意，迈出的脚步收回，重游一遍。

　　终于该走了，依依不舍地离开，心却留下了。

2013 年 7 月 7 日

后 记

我是一个幸运的笨小孩。

最近终于停下脚步,整理近年的旅行笔记和照片,惊讶于自己如此精彩地生活过。从事旅游工作的这些年,读了七八百本书,写了一千多篇文章,结识了各地各行各业的朋友。工作中接待过全国各地来华东的旅游团,也接待过近三十个国家和地区来访的境外游客,带团去了国内三十多个省区,走到了三十多个国家和地区。

其实,真的从未想过能读那么多书,更没想到能走那么远。感谢命运,让内向自卑、不敢讲话的我,有机会读大学,还有幸受到研究生教育,还能走到那些遥远的国度。古人的理想"既读万卷书,又行万里路",正是我这些年的生活,何其幸运!

小时候一直被人说笨,开始总是不服气,随年岁增加,渐渐接受事实,自己确实从来就不聪明。上帝总是公平的,笨人意外地得到更多的关爱,我从小到大,一直得到各种照顾,内心充满感恩。表面安静的我,一直有一颗流浪的心。总想去很远的地方,从省内走到祖国的东西南北,再后来走到了很多国家和地区,但从未停止读书写作。就这样,一直在路上,一路读书,一路写作。

读书始终是我生活中最重要的部分,这首先要感谢高中语文老师张恒清先生。他引导我们阅读各类文学作品,启发我们独立思考,用心欣赏语言文字之美,因此文学成为我终生的朋友。正是张老师的启发,我开始热爱阅读,高中时读《孤岛》《白鹿原》《围城》《红楼梦》等长篇小说,养成了剪报和摘录的好习惯。高三学业繁重还订了《扬州晚报》,每天晚上把报上的好文章剪下来贴在本子上,杂志和书上读到的好文章会专门摘抄到本子上,这样的习惯一直保持到大学。大学时已经养成良好的读书习惯,任何时候总有一本书在手边,随时随地阅读。很多时间泡在图书馆,直到闭馆,那是非常幸福的时光。读书的同时,也动笔写写,高中时作文经常作为范文,因此每一篇作文写得特别用心。大学时写了三四本诗集,也写了一些散文和小说,偶尔有文字见于书报,拿到每一笔小小的稿费都开心很久。

因为长期的阅读积累,很顺利地从人力资源管理专业考入苏州大学中国古代文学专业,跟古典文学结缘。很幸运我的导师是著名学者罗时进教授,他对学术研究和文学创作要求严格,对语言文字精益求精,一直要我们反复修改自己的文章,字斟句酌,无止境地打磨文字,不断提醒我们多读各类书籍,拓展思维。这些理念,将让我受益终生。

一直断断续续写,没想过发表和出版,只是将写作作为爱好,记录自己生活中的所见所感所悟所思。毕业后尝试了几份工作,最终还是留在了旅游行业。旅行成为我的工作,总有一本书相伴,随时随地阅读;总有一支笔随身,随时将一路的见闻和内心的感悟记录下来。旅游行业非常艰辛,舟车劳顿,还要处理各种问题,但每一天都很充实,国内国外去了很多地方,看到了世界的风景,听到了各种故事,积累了极为丰富的素材,回头看看,留下了不少文字。

因为大多数文字是旅行中匆匆写就,很粗糙,也缺乏深度,但这些文字是这些年旅行读书的真实记录。做一次整理,也是对一段时间写作的总结。旅途中每有了灵感,随手先记下来,得空就赶紧写,很多文字是熬夜写的,工作结束已经很累,还是尽量打起精神去写下一天的旅行和读书,有时夜里也会起床写,也有时天没亮就起来写,写作让本来就没有规律的生活更没有规律,不过回头看看一路的文字,幸福充盈。

重读自己的文字,感觉自己实在太笨,认真读了那么多年书,写出来的文字还是那么稚嫩。要写好文章,必经长期的历练,我会一直努力。一路读行,遇到无数的好人、贵人,一直有很多朋友帮助我、鼓励我。在修改的过程中,又得到很多师友无私的帮助。太多的感谢,我真不知道如何来表达。

非常感谢《苏州科技大学学报》编辑袁茹师姐,帮我从头到尾校对一遍,她的帮忙让这本书有了现在的样子。

非常感谢绍兴文理学院教授邢蕊杰师姐和苏州博物馆研究员沈建东老师

从忙碌的工作中抽出时间给我写序言。

非常感谢摄影师 Jesis 抽空将我手机拍摄的旅行照片进行了一些处理，视觉效果明显好了很多。

非常感谢江苏大学教授李金坤师兄、泰州学院教授孙植师兄、苏州科技大学教授路海洋师兄、苏州作家杜怀超、苏州作家怀念、苏州作家葛芳、诗人余丛、诗人许军、上海特级导游王伟民及其女儿刘霄、苏州特级导游肖雷、苏州资深文化导游丁莉婴、上海金牌导游朱翔、无锡资深领队陆志东、南京高级导游夏军，我的同学王青松、靳扬扬、邹荣建、殷敏以及我的师妹朱平、孙铭露、陈超等在修改过程中给予我巨大的帮助，指出了很多问题，提出了许多非常宝贵的建议。因为个人水平有限，加上工作繁杂忙碌，很多地方没有精力重写，书中还存在很多的问题，请读者朋友们帮忙指正。

非常感谢这一路遇见的所有朋友，虽然只是一程短暂的相伴，一路的交流和分享，却永远是美好的回忆。

特别感谢我的妻子和父母对我的支持和包容，让我从事自由的工作，让我有很多时间花在读书和写作上。很幸运，这一路认识了很多优秀的作家、学者和优秀的旅游同行，得到很多鼓励和帮助。有了各位老师和同门同学亲友一路的鼓励，我永远记得我不单是旅行者，更是读书人和写作者；有了各位优秀旅游同行前辈一路的鼓励，我始终坚信旅游行业同样可以成就丰富精彩的人生。

2017 年 12 月 15 日于诺唯真喜悦号游轮初稿
2018 年 2 月 14 日于苏州独墅湖图书馆修改